KB108539

굴렁쇠와 킥보드

굴렁쇠와 킥보드

발행일 2021년 10월 25일

지은이 함동갑
펴낸이 손형국
펴낸곳 (주)북랩
편집인 선일영 편집 정두철, 윤성아, 배진용, 김현아, 박준
디자인 이현수, 한수희, 김윤주, 허지혜, 안유경 제작 박기성, 황동현, 구성우, 권태련
마케팅 김회란, 박진관
출판등록 2004. 12. 1(제2012-000051호)
주소 서울특별시 금천구 가산디지털 1로 168, 우림라이온스밸리 B동 B113~114호, C동 B101호
홈페이지 www.book.co.kr
전화번호 (02)2026-5777 팩스 (02)2026-5747

ISBN 979-11-6539-994-8 03810 (종이책) 979-11-6539-995-5 05810 (전자책)

1970년이 2020년에게 전하는
행복과 희망의 메시지

논픽세이

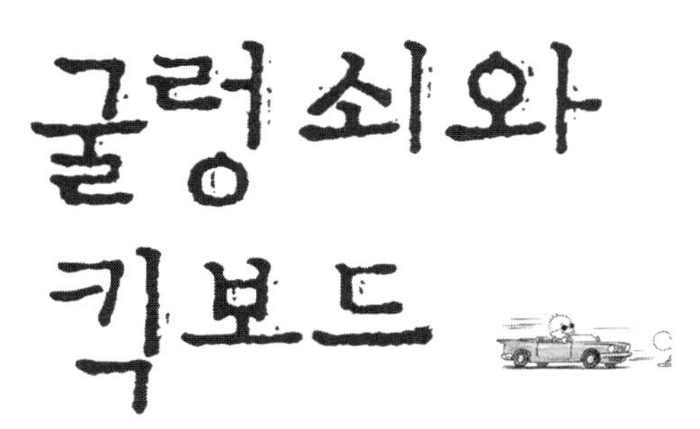

굴렁쇠와 키보드

함동갑 지음

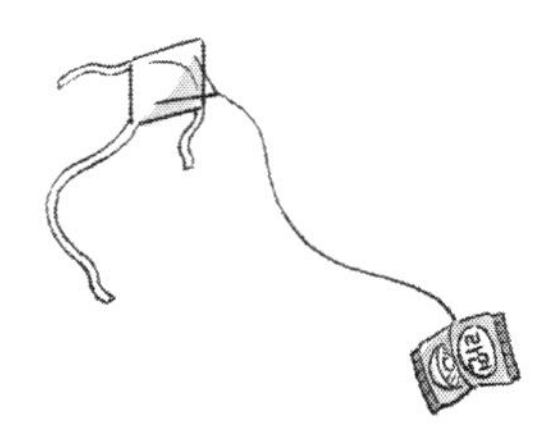

아득히 먼 옛날인 것 같다.

내 고향은 산어촌山漁村이다. 요즘으로 말하자면 공기 맑고 물 맑은 버스 종점의 촌구석이었다. 운송차가 읍내에서 몇 가지 공산품들을 싣고 비포장도로를 뿌연 흙먼지와 함께 털털거리며 한 시간 반을 와야 동네 구멍가게에 납품할 수 있던 그 시절. 1분만 가면 생활용품을 살 수 있는 요즘에 비하면 생활 자체가 자연 그대로의 삶이라고 할 수 있던 그 시절, 없어서 불편하고 끼니를 거르던 일이 일상이었지만 행복했던 그 시절이 지금도 나를 익어 가게 한다.

보릿고개 1975 / 전설의 고향 ① / 테레비 ① / 아이스께끼 ① / 군고구마 / 첫사랑 / 대변검사 ① / 딸기 서리 / 엄마의 연인 개 파는 날 / 쥐 잡는 날 / 끔찍한 이야기 / 물이 펑펑 ① / 부엉이의 전설 / 그리움, 기다림 / 라디오 편지 외 36편

북랩book Lab

목차

1부

2부

3부

1
부

STORY

논픽세이

이 책은 내가 어릴 적에 실제 경험한 에피소드를 모아 각각을 한 편의 스토리로 구성한 것에 당시와 현재의 생활상을 비교 묘사한 것을 삽입한 논픽세이—필자가 고안해 낸 표현으로, 논픽션과 에세이의 합성어—다.

그래서 이 책에서 보여지는 당시의 인물, 사물, 장소, 풍경, 풍습, 관습 등을 묘사한 글은 스토리와 구분 짓기 위해 한 칸 띄어서 서술했다.

또한 한정된 공간과 길지 않은 시간대 안에서 모은 스토리라, 그것들이 서로 중복되는 경우가 더러 있다. 그럴 때는 지면 할애나 가독성을 위해, 중복 서술을 하지 않고 '[ ]' 안에 서술한 해당 편의 제목을 명기했다는 점에 유의하시기 바란다. 또한 지역에 따라 당시의 언어나 생활상이 서로 다른 부분이 많다는 점도 감안하며 읽어 주시길 바란다.

보릿고개 1975

1950년대에서 60년대까지 '보릿고개'라는 게 있었다고 한다. 나도 들은 얘기지만, 6·25 전쟁 이후 황폐해진 땅과 오늘날같이 제대로 된 시설물이나 농기구 등이 없어서 식량 수확량이 적었다고 한다. 한 해에 수확한 식량으로는 겨우 그해 겨울까지는 버티지만, 새봄이 오면 먹을 식량이 떨어졌다는 것이다. 그래서 여름에 수확하기 위해 씨를 뿌려 놓았던 보리 새싹을 뿌리까지 캐서, 커다란 가마솥에 죽을 쑤어 가족들이 허기를 잊었다는 것이다. 요즘은 삶이 넉넉해져서 보리 새싹을 건강식으로 먹지만, 식량이 없어서 몇 뿌리 안 되는 보리 싹을 넣고 많은 물을 부어 그 죽으로 허기를 잠시나마 잊었던 거라면 그 고생을 알만하다. 그것이 보릿고개다.

1975년 이른 봄 어느 날.

아직은 어장을 시작하지 않는 때라 아빠는 배 수리를 가고, 엄마는 동태를 팔러 나갔다. 엄마가 없을 때 가정일은 모두 큰누나의 몫이었다.

당시는 수도가 없는 시기여서 집집마다 커다란 물 항아리가 여럿씩 있었는데, 샘에서 양동이에 물을 받아 머리에 이고 집까지 왕복하며 그 물 항아리를 채우는 것도 큰일 중의 하나였다.

큰누나는 '새골배기'라고 불리던 동네의 자연 공동 샘에 물을 길으러 나갔고, 형과 나는 작은누나에게 글씨를 배우고 있었다.

그렇게 오전이 다 가고, 물 항아리를 모두 채운 큰누나가 허기진 듯 광으로 갔다가 오더니 한숨을 내쉬고는 바가지로 물을 떠서 마셨다.

광에 수숫대로 엮은 저장고의 바닥에는 고작 썩은 고구마 몇 알뿐, 먹을 게 아무것도 없는 것이었다.

한참을 우두커니 앉아 있던 큰누나가 측은하게 우리를 바라보더니 작은누나에게 물었다.

"숙아, 우리 보리 볶아 먹을까?"

"엄마 알믄 맞어 죽는디?"

"한 그릇만 퍼내고 다시 판판허게 해 놓으면 돼야."

말하자면 한 그릇 퍼내고 난 다음 덜어 낸 흔적을 손으로 다듬어서 편평하게 해 놓으면 감쪽같다는 얘기였다. 작은누나는 기가 막힌 방법이라는 듯 눈을 반짝이며 고개를 끄덕였고, 큰누나는 엄마의 절대적 영역인 보리 항아리로 향했다.

우리 4남매는 누가 뭐라 말할 것도 없이 각자의 임무를 진행해 갔다. 작은누나는 콩깍지로 아궁이에 불을 지피고, 형과 나는 텃밭 옆에 쌓아 놓은 땔감 나무를 가져와서 작은누나가 불을 지피는 것을 도왔다.

아궁이에 불이 단단히 피어오르며 가마솥을 달굴 무렵, 한 그릇을 퍼내고 완벽하게 증거 인멸에 성공한 큰누나가 보리를 가져와 솥에 넣고 커다란 나무 주걱으로 젓기 시작했다.

들에 보리가 누렇게 익으면 몰래 따서 낙엽이나 솔방울 등을 태운 불로 구워서 간식으로 먹기도 했다. 물론 어른들이 보면 혼날까 봐 모두 팽개치고 줄행랑을 하는 것이 다반사였지만.

엄마가 저장해 놓은 보리는 요즘 시중에서 판매되는 보리가 아니라 집집마다 식량용으로 밭에서 직접 키워서 껍질만 벗겨 낸 통보리로, 가마솥에 볶으면 구수한 맛과 바삭한 식감이 일품이었다.

솥에서 보리가 노릇노릇 익자 우리 4남매는 사이좋게 나눠 먹었다. 포만감을 느끼기에는 한참을 못 미쳤지만 행복했다.

"엄마한테 절대 보리 안 볶아 먹었닥 해라이?"

아빠의 회초리는 며칠에 걸치는 엄마의 체벌에 비하면 새 발의 피였다. 하루 한 끼를 굶기는 것은 기본이고, 다혈질의 화신이라도 되는 듯 문득문득 화가 치밀 때면 날아들어 엉덩이와 종아리에 철썩철썩 달라붙는 굵은 회초리 찜질이 있었고, 엄마가 허락할 때까지 한 시간이고 두 시간이고 집 모퉁이에서 손 들고 서 있어야 하는 벌도 있었다. 더욱 피를 말리는 것은 눈치를 봐야 한다는 것이었다. 엄마는 한번 화가 나면 그 순간부터 며칠간이나 무서운 표정으로 변했는데, 집안에 웃음이 사라지는 것은 물론이고, 엄마의 화를 누그러뜨리기 위해 아빠마저도 눈치를 보며 엄마를 편들어 우리를 나무랄 정도였다. 엄마의 그런 표정은 어떤 땐 보름까지 계속되기도 했다. 그처럼 엄마가 한번 화가 나면 그야말로 대재앙이었고, 엄마의 얼굴에 웃음이 돌아올 때면 우리 4남매는 그때서야 긴장이 풀리며 엄마의 품에서 서러운 울음을 터뜨렸다.

큰누나의 말은 엄마가 알더라도 목숨 걸고 시치미를 떼라는 얘기였다. 엄마가 알면 그렇게 혼쭐나는 것은 모두가 알기에 우리 4남매는 굳은 약속의 눈길을 나누었다.

뉘엿뉘엿 해가 저물고, 녹초가 된 엄마가 한 손에는 생선을 다 팔고 비어 있는 대야와, 한 손에는 조그마한 보따리—당시에는 쇼핑 봉투가 없었다—를 들고 돌아왔다. 보따리에는 소위 '개떡'이라고 일컫는, 쑥과 밀가루를 버무려서 찐 떡이 들어 있었다.

우리 4남매는 도둑이 제 발 저리듯 엄마의 눈치를 보며 개떡을 먹기 시작했다. 엄마는 고된 것도 잊고 잘 먹는 새끼들을 흐뭇하게 바라보고 있었다. 그런데 한참 동안 잘 먹던 작은누나가 불쑥 일을 그르치고 말았다.

"엄마, 우리 절대 보리 안 볶아 먹었어."

진흙 속의 진주

아빠의 생신 날. 방의 윗목에 차린 상에 기도를 드린 엄마는 장독대와 텃밭에 조그마한 상을 차려 정성껏 기도를 드린 후 상을 걷었다. 우리 가족은 엄마가 정성껏 차린 음식으로 아침 식사를 시작했다. 그런데 그날은 좀 이상했다.

푸짐한 상차림은 바뀐 게 없는데 아빠만 쌀밥이고 우리는 보리밥이었다.

엄마는 명절이나 제사, 가족의 생일에는 정성껏 차린 상에 꼭 쌀밥을 올렸다. 온 가족이 하얀 쌀밥을 먹는 날이었다.

쌀밥을 먹을 기대에 부풀어 있던 나는 실망이 컸다. 추석과 설날과 대보름, 그리고 두세 번의 제사와 우리 여섯 가족의 생일을 다 합해도 1년 중 쌀밥을 먹는 날이 열 손가락을 겨우 넘는데. 그것도 아빠의 생신 날에 보리밥이라는 게 믿기지가 않았다.

우리 집은 쌀농사를 안 했기에 엄마는 아마도 이웃 동네에 물건을 팔러 갔을 때 쌀로 바꾸거나 5일장에서 미리 사다가 놓았을 것이다.

요즘은 생산 기술과 물류 유통망이 발달해 그런 일이 없지만, 아마도 그해 흉년이 들었든가 아니면 장마철 수해로 쌀값이 비싸서 준비를 못 했는지도 모른다. 그렇지 않고서야 토속신앙을 중요시하는 엄마가 가족 만찬에 보리밥을 올려놓을 리가 없었다.

엄마는 보리밥을 지을 때 항상 보리를 초벌 삶아서 바구니에 담아 두었다가, 그 삶은 보리로 지었다. 그러면 보리가 잘 불어서 식감도 훨씬 부드럽고 소화도 잘되었다.

나는 가득 차오르는 불만을 숨긴 채 밥을 먹기 시작했다. 항상 먹는 밥이었지만 그날 아침은 보리에 가시가 돋은 듯 목구멍을 마구 할퀴고 쑤셔 댔다. 나는 불만 때문에 고개도 못 들고 아빠가 먹는 하얀 쌀밥을 흘끗거리며 목이 메는 보리밥을 삼키고 있었다. 그때 내 밥에서 흰쌀밥 알 네 톨이 발견되었다.

엄마는 밥을 지을 때 가끔씩 가마솥 한쪽에 쌀 한 그릇 분량을 넣어서 했는데, 그 쌀밥이 아빠의 밥이었다. 그 밥을 퍼서 덜

다가 남은 쌀밥 알이 우리 그릇에 옮겨 오는 일이 종종 있었다.

내 밥에 섞여 온 쌀밥 알도 그렇게 된 것이었다. 이유야 어떻든 내 밥으로 건너온 쌀밥 알이 내 눈에는 진흙 속에 빠진 진주처럼 반짝반짝 빛나 보였다.

쌀밥은 우리 밭에서 재배한 통보리로 지은 꺼끌꺼끌한 보리밥은 비교도 안 될 만큼 식감이 부드럽고 고소했다. 더군다나 가마솥으로 한 밥이었으니 그 맛의 차이가 오죽했으랴.

나는 내 보리밥에 섞인 쌀밥 알을 보자 급히 눈을 굴려 형과 누나들을 살폈다. 형과 누나들은 아빠의 생신 날 보리밥을 먹는 것에 아무런 불만이 없는 듯 묵묵히 밥을 먹고 있었다. 나는 형과 누나들에게 들키지 않은 것을 다행으로 여기며 쌀밥이 섞인 부분을 떠먹으려다가 멈칫했다. 한입에 넣기에는 너무 아까웠다.

나는 한 수저에 한 알씩 떠서 입에 넣었다. 입 속에서도 어느 쪽에 쌀알이 있는지 가늠하며 식감을 음미했다. 은근히 기분이 좋았다.

두 알을 먹었을 때였다. 형과 누나들이 각자 준비한 선물을 아빠께 드리는 것이었다. 나는 깜빡하고 방에서 안 가져왔는데, 형과 누나들이 드리는 것을 보고야 생각난 것이었다. 그때 엄마가 나를 보고 빙긋 웃으며 물었다.

“작은놈은 선물 없냐?”

“있당께!”

긴장한 중에 엉겁결에 대답을 했다. 선물을 가져와야 하는데 남은 쌀밥 알 두 톨이 눈에 밟혔다. 내가 선물을 가지러 간 사이에 형이나 누나가 쌀밥을 집어 먹으면 어쩌나 하는 불안 때문이었다. 그냥 모두 한 술에 떠 넣으면 될 것을, 한 톨씩 떠 넣는 데 집중하다 생긴 순간적인 불안이었다.

"선물은 지금 드리는 것이여 잡놈아. 후딱 갖다가 드리랑께."

큰누나가 다그쳤다. 나는 궁리 끝에 쌀밥이 형과 누나들에게 안 보이게 밥그릇을 슬그머니 돌려놓고 선물을 가져와서 아빠께 드렸다. 아빠는 효자를 낳아서 기쁘다는 듯 흐뭇하게 내 선물을 받았다.

다시 밥을 먹으려는데 쌀밥 알 두 톨이 없어져 있었다. 서둘러 다녀왔는데 그사이에 없어진 것이었다.

"내 쌀밥!"

나는 퍼질러 울기 시작했다. 깜빡하고 선물을 안 가져온 것뿐인데, 잠깐 사이의 그 억울함이 치밀어 오르며 발까지 굴렀다. 형과 누나들은 무슨 일이냐는 듯 나를 바라보고 있었다.

"아놔, 작은놈아. 울지 마랑께."

아빠가 나를 달래며 당신의 밥을 덜어 주는 것이었다. 나는 울고 있을 겨를이 없었다. 금세 울음을 그치고 누구에게 뺏길세라 쌀밥을 맛있게 먹기 시작했다. 가족들은 그런 내 모습을 보고 배꼽을 잡고 웃어 댔다.

그 후 그날 내 밥에 들어갔던 쌀밥에 대한 얘기는 누구도 하지 않았다. 나는 그날의 범인이 누군지 아직도 모르고 있다. 때론 가족 간에도 영원히 감춰야 할 비밀이 있는 듯싶다.

조금만 더 행복해 봅시다

1970년대. 1년, 또 1년이 다르게 생활이 새로워졌다. 하지만 구석지고 여전히 부족함 많았던 고향 동네에서의 추억을 회상하다 보면, '나는 지금 만족하면서 살고 있으며, 행복하고 또 행복하려고 노력하며, 희망을 품고 있는가?'라고 스스로에게 질문을 던지게 된다.

지금도 넉넉지 못한 것을 채우려 노력하는데도 좀처럼 채워지지 않는 것을, 부족하고 어려웠던 그 시절이 넉넉하게 채워 주는 것은 무엇 때문일까?

아버지의 바다

아빠는 요즘의 원양어선 격인 중선배—'중선中船'의 전남 방언이다—의 기관장으로, 한번 출항하면 보름에서 한 달 정도 바다에서 생활하고 입항했다.

아빠는 형보다는 나를 더 사랑했다.

따뜻한 봄 어느 날, 고사리 같은 내 손을 꼭 쥐고 아빠가 나를 데려간 곳이 동네에 하나 있는 점방店房이었다. 그래도 동네에 몇 안 되는 기와집 중 하나인 데다, 유리창이 있는 집. 그 집 앞을 지날 때마다 유리문 너머로 보이는 온갖 맛난 것들을 보곤 군침을 삼키며 상상했던 순간이, 아빠와 함께 현실이 되어 내 앞에 있었다.

“큰 놈으로 집어 부러라.”

말하자면 먹고 싶은 것 마음대로 집어 보라는 뜻이었다.

내가 집은 것은 라면이었다. 지금 기억으로는 겉봉에 ‘의좋은 형제’ 설화의 그림—형은 아우의 집에, 아우는 형의 집에 볏단을 몰래 갖다 놓기 위해 가다가 한밤중에 마주친 장면—이 그려져 있는 라면이었던 것 같다.

유통 구조가 그리 발달하지 않은 그때에는 라면이 고급 음식 축에 들었다. 품앗이 등으로 집안에 일손을 맞을 때면 가마솥에 푸짐하게 라면을 끓여 대접하기도 했다.

고사리만 한 내 손에 라면을 쥐여 주고, 오전 오후로 나뉘어 하루 두 대 있는 버스 중 하나를 타고 아빠는 그렇게 목포로 출항하러 떠났다.

아빠를 배웅하고 돌아오는 길에 동네 아이들이 내 뒤에 줄을 서서 따라오며 눈을 반짝였다. 내가 좋아서가 아니라 그 라면이 먹고 싶어서였다. 나는 행여 누구에게 뺏길세라 가슴에 꼭 안고 곧장 집으로 향했다.

집에 도착한 나는 물 항아리에서 물을 받아 냄비를 곤로—석유풍로의 일본어 표현으로, 등유를 사용하는 취사용 가열 도구를 말한다—위에 올리고 누가 오지 않나 밖을 살폈다. 엄마는 밭에, 형은 학교에 가고 없다는 걸 알고 있지만 그 시간만큼은

누구에게도 방해받고 싶지 않았다.

뽀글뽀글 물이 끓기 시작했다. 나는 끓는 물이 반가웠다. 이제 면과 스프만 넣으면 맛있는 라면이 완성되고 나는 꿈에 그리던 맛을 느낄 것이다.

하지만 나는 그 라면 봉지를 열지 못했다. 너무 아까웠다. 이걸 지금 먹으면 또 내일부터는 먹지 못하게 될 거라는 불안함….

나는 끝내 곤로의 불을 끄고 동구 밖 양지바른 곳에 앉아 라면을 바라보았다. 햇빛에 반짝이는, 달밤의 두 형제가 나를 보고 있었다. 그 그림을 보고 있자니 왠지 금방이라도 친구들이 내 이름을 부르며 놀러 올 것만 같았다.

해가 뉘엿뉘엿 지고 있었다.

이제 저녁을 먹을 시간이었다. 형과 나는 밥상을 사이에 두고 마주 앉아 있었다. 나는 형에게 라면 얘기를 해야 하나 말아야 하나 깊은 고민을 하는 중이었다. 그때 엄마가 저녁상을 가지고 왔고, 나는 끝내 입을 다물었다.

"밥을 워째 고것밖에 안 먹냐?"

밥을 먹는 둥 마는 둥 일어서는 나에게 엄마가 물었다. 내 머릿속엔 온통 이불 속에 감춰 둔 라면밖에 없었다. 엄마의 질문에 대충 얼버무리고 내 방으로 와 이불 속에서 라면을 품에 안았다. 형한테 보여 주고 간식으로 끓여 먹자는 말을 할까 말까 고민을 수차례 하다가 잠이 들었다.

아침에 잠에서 깨어 보니 라면이 없어졌다. 내가 벙어리 냉가슴 앓듯 라면을 찾으려 온 방을 뒤지는 그때, 향긋한 냄새가 코를 찔러 왔다. 분명 라면 향기였다. 순간 나는 울상을 지었고, 그때 엄마의 말이 들려왔다.

"작은놈아 라면 먹어라."

'작은놈'은 작은아들을 일컫는 말인데, 우리 집에서는 나를 그렇게 불렀다.

"아부지가 작은놈이 라면 좋아헌다고 몇 봉지 더 사다 놓고 갔어야."

엄마가 칭얼대는 나를 보고 웃으며 말했다. 밥상에 앉아 보니 냄비에 있는 건 라면 한 봉지 양이 아니었다. 나는 맺힌 눈물을 닦고 라면을 먹기 시작했다. 이게 행복한 맛이었다.

이제 라면을 또 먹으려면 아빠를 기다리는 것밖에 도리가 없었다.

나는 바다가 보이는 방파제에 자주 갔다. 바다를 보고 있으면 아빠도 보고 싶고, 라면도 먹고 싶었다.

아버지가 고인이 되신 지 30년이 다 되어 간다. 지금도 그때처럼 아버지를 기다리는 것 같다.

대한민국, 대한국인

1970년대. 길다면 길고 짧다면 짧았던 그 몇 년은, 정부와 국민이 한 몸 한 뜻으로 모국母國 발전의 기틀을 마련한 하나의 역사였고, 전쟁의 후유증을 이겨 낸 1950, 60년대를 발판 삼아 온 강산을 바꾸던 대한민국의 격변의 한 세기世紀였다. 그리고 그 세기는, 티 없이 맑은 어린 아이의 눈으로밖에 볼 수 없는 세상이었고, 우리의 부모님과 선배님들의 노고가 스며 있는 세상이었고, 조국의 미래가 준비되는 세상이었다.

나는 이 책을 쓰기 전에 사실 6·25 동란이 끝마무리된 1950년대 중반부터 쓰고 싶은 욕심이 있었다. 그런데 60이 넘은 형님들부터 70, 80대 어르신들까지의 말씀을 듣는 동안, 그 어려웠던 시대를 짤막한 몇 줄의 글로써는 도저히 써 낼 수 없음을 알게 되었으며 게으르고 왜소한 내 필력이 원망스러웠다.

그 시대의 풍경이 이 이야기의 군데군데 엿보이기도 하지만 1950, 60년대, 그 고난과 역경의 시린 세월을 이겨 내어 오늘의 대한민국을 있게 해 준 선배님들께 더 없는 경의와 찬사를 보낸다.

전설의 고향 ①

우리 동네에 텔레비전이 들어왔다. 그때는 부잣집에나 한 대씩 들여놓는 귀하고 값비싼 물건이어서, 동네에 많이 있으면 두어 대 있는 '명품'이었다. 그래서 인기 드라마나 영화가 방영될 시간이면 부근 사람들이 텔레비전을 보기 위해 그 집으로 모여들었다. 경로사상이 깊었던 시절이어서 방 안에서는 어른들이 앉아서 보고, 마루와 마당에 있는 평상에서는 주로 젊은 사람들이 모여 앉거나 그냥 서서 시청했다.

텔레비전에서 방영되었던 명작 중 드라마로는 이정길, 故 김자옥 선생님—지금도 기억에 생생한데, 삼가 김자옥 선생님의 명복을 빕니다—주연의 〈봄비〉, 영화로는 〈미워도 다시 한번〉(1968)과

〈엄마 없는 하늘 아래〉(1977)가 기억나는데, 그때 온 동네가 울음바다가 되었다. 당시는 연령 제한이 없을 때라서 나도 큰누나 손을 잡고 자주 보러 갔다. 텔레비전 자체도 신기했고, 아마 어른들이 재미있다고 하니까 영문도 모른 채, 내가 느낀 것은 그저 브라운관에 나오는 사람들 구경하는 재미였을 것이다. 〈전설의 고향〉은 여름 시즌 최고의 인기 프로그램이었다.

삼복더위가 한창이던 어느 날, 그날은 밤에 〈전설의 고향〉을 방영하는 날이었다.

〈전설의 고향〉이 무섭다는 소문은, 나에게는 곧 큰누나 손을 잡고 가서 필히 시청해야 된다는 말로 들렸다. 스토리야 어쨌든 텔레비전에서 나오는 사람을 구경하는 관객으로서 귀신이라는 새로운 캐릭터에 대한 무시무시한 소문은 나의 호기심을 자극하기에 충분했던 것이다. 누나는 평상의 자리를 잡기 위해 좀 일찍 서둘렀다.

"부채는 워째 들고 간당가?"

"쓸디가 있어야."

누나의 손을 잡고 가는 길에 물으니 누나가 진장된 표정으로 그렇게 대답했다.

당시는 요즘처럼 열대야가 그리 심하지 않았던 것으로 기억한다. 낮에는 찌는 듯 더워도 콘크리트길이나 아스팔트길이 아닌 단열 효과가 있는 흙길에다가 주변에 나무와 풀이 많아서 밤에는 그리 덥지 않았다. 더군다나 해변 마을이라 바다에서 불어오는 바람에 다른 마을보다는 더 시원했다.

그런 환경 탓에 누나는 밤에 부채를 잘 쓰지 않았는데 그날은 부채를 가지고 가는 것이 이상했다. 상영관에 도착하니 벌써 수많은 관객이 와 있었다. 우리는 간신히 평상 자리를 얻어 앉았다. 내 친구들 몇 명도 와 있었다. 일명 '장롱 텔레비전'이라 불리던 다리 넷 달린 텔레비전의 브라운관에서 상영되는 광고를 모두들 벌써부터 긴장하며 보고 있었다.

나는 관객들의 분위기에 덩달아 휩쓸려 긴장되었다. 더군다나 처음 보는 귀신이라는 캐릭터에 대한 호기심까지 일자 더욱 긴장되었다.

과연 〈전설의 고향〉은 달랐다. 타이틀부터 괴이한 울음소리가 흐르며 어두침침한 밤길을 걸어가는 사람의 모습이 위험을 직감하게 했고, 그 뒤에는 반드시 목숨이 오가는 도주와 추격이 이어졌다. 그러다가 하얀 소복에 검은 머리를 늘어뜨린 채 눈과 입에서 피를 흘리는 귀신이 화면 가득 클로즈업되어 나타나는 것이었다. 그럴 때마다 관객들은 손으로 눈을 가리기도 하고 고개를 숙이기도 하고 다른 관객의 뒤로 숨기도 했다. 누나는 귀신이 나올 때마다 부채로 얼굴을 가리고 눈만 내놓은 채 깜짝깜짝 놀라 비명을 지르면서도 공포와 전율을 즐겼다.

"귀신 들어갔당가?"

무서워서 누나 뒤로 숨은 채 내가 물었다. 누나는 공포 때문에 대답도 없었다.

보지는 않아도 계속해서 들려오는 비명과 한 맺힌 귀신의 울음소리만으로도 오줌을 지릴 지경이었다. 그렇게 한 시간여가 지나고 누나의 손을 꼭 잡고 집으로 돌아왔다. 문제는 그날 밤부터 일어났다.

잠을 청하려 누우면 귓가에 귀신의 한 맺힌 울음소리가 들려오고, 눈을 감으면 영상이 눈에 찍힌 듯 선명하게 그 귀신이 보이는 것이었다. 더욱 고약한 것은 밤에 도무지 측간[전설의 고향②]을 갈 수가 없는 것이었다.

"엉아, 잔당가? …엉아, 나 오줌 마렵당께."

나는 조심스레 재차 형을 깨워 보았다. 형은 곤히 자고 있었다. 나는 할 수 없이 혼자 측간에 가려고 문을 열었다가 포기하고 말았다. 어둠 속에서 금방이라도 귀신이 나타날 것 같았다. 결국 오줌을 참기로 한 나는 뒤척이다가 지쳐 새벽에야 겨우 잠이 들었다.

"오매(어머나)! 많이도 쌌네! 빨리 소금 얻어 와 잡놈아! 다 큰 놈이 오줌도 못 가린당께."

큰누나가 내 이불을 보며 하는 소리였다. 누나의 호통에 온 집 안에 웃음이 터졌다. 하지만 나는 엄청나게 심각했다. 다름 아닌 빨간 색깔만 봐도 귀신에 의해 강조된 피가 떠오르며 어김없이 귀신의 괴이한 울음이 들리고 얼굴이 떠오르는 것이었다. 흑백 화면으로 본 피가 상상력을 부추긴 것이라 더 생생했는지도 모를 일이다. 그날 아침 나는 엄마한테 키를 받아서 쓰고 이웃집에 소금을 얻으러 다니는 수모를 겪었다. 그리고 그날 저녁, 호박죽을 준비하던 엄마가 내 손에 20원을 쥐여 주며 사카린을 사 오라는 것이었다.

당시는 설탕이 귀해서 단맛을 내는 데 주로 사카린을 사용했다.

점방까지는 왕복 700여 미터 정도 되었다.

"숙제 땜시 바뿌당께!"

어둠이 무서워서 형한테 미루려던 나에게 형은 야속하리만치 단호하게 거절했다. 큰누나에게 말하려는데 큰누나는 호박을 다듬고 있고, 감히 아빠께는 말할 수가 없었다. 궁리 끝에 광에서 말린 생선 하나를 꺼내 와 아궁이 불로 구운 다음 옥순이[쥐 잡는 냥]를 꼬셨다. 옥순이는 첫 출산에 암컷 새끼 셋을 낳아 엄마의 귀염을 독차지하고 있는 성견이었다. 아무래도 혼자 가는 것보단 옥순이라도 옆에 있는 게 훨씬 낫다 싶은 것이었다. 옥순이는 내가 100 걸음마다 한 점씩 떼어 주는 생선을 먹으며 졸졸 따라왔고, 나는 옥순이 덕분에 무사히 사카린을 사는 데 성공했다.

그런데 집으로 오는 길에 일이 터지고 말았다. 옥순이가 마지막 생선 한 점을 받아먹었을 때, 어디 있다가 나왔는지 멀대 형네 바둑이가 기다렸다는 듯이 옥순이를 덮쳤고, 옥순이는 꽁지가 빠져라 도망치는 것이었다.

생각지도 않게 혼자가 되어 버린 나는 〈전설의 고향〉에 나오는 사람처럼, 칠흑 같은 어둠이 깔린 숲에 혼자 덩그러니 남은 듯 밀려오는 공포 속에 주위를 살피기 시작했다. 그때 내 눈에 빨간 부표가 들어왔다.

우리 동네는 산밭도 있었지만 어촌이었다. 논이나 밭 같은 땅은 두렁이나 담으로 경계를 표시하지만, 바다는 물에 뜨는 부표, 즉 공 모양으로 만든 스티로폼에 대나무를 꽂아 그 끝에 검고 희고 빨간 깃발 등을 묶어서 띄웠다.

그 부표를 집의 담에 기대 세워서 보관했었는데, 나는 그 순간 하필 빨간 부표를 보게 된 것이었다. 바람에 펄럭이는 빨간색 깃발은 어김없이 입에 피를 머금은 무시무시한 귀신으로 변해 담장 위에 서 있었다. 으스스한 흐느낌을 토하며 벌건 눈으로 나를 보고 서 있는 그 모습이 어찌나 무서운지 나는 비명을 지르며 뛰기 시작했다. 뒤쫓아 와서 목을 물려는 귀신의 입김이 느껴지며 머릿속에는 오로지 집으로 빨리 도망쳐야 된다는 생각만이 가득했다. 멀대 형네 바둑이는 나를 두 번이나 물었었다. 내가 어찌나 죽자 사자 뛰었던지, 옥순이를 쫓다가 되돌아오던 바둑이도 내 모습을 보고 깜짝 놀란 나머지 시궁창에 발을 헛디뎌 넘어질 정도였다. 어떻게 집에 왔는지는 중요하지 않았다.

"사 왔냐?"

부엌에 들어가 바라지—부엌문을 낮잡아 이르는 전라도 방언—를 닫아걸고 문틈으로 밖을 살피는 나에게, 죽을 젓고 있던 큰누나가 사카린을 내놓으라는 듯 물었다. 누나의 말에 찔끔 놀란 내가 귀신에게 들킬세라 나지막이 쏘아붙였다.

"쉿! 시끄랍당께(조용히 하라니까)!"

천만다행으로 귀신이 쫓아오지는 않는 것 같았다.

"잡놈아 뭣 허냐? 시방(지금) 넣야 된께 후딱(빨리) 주랑께!"

누나가 재차 다그쳤다. 하지만 내 몸에 사카린이 있을 리가 없었다. 그날 밤, 우리 가족은 단맛 없는 호박죽을 먹었다. 그리고 나는 이불에 또 한 번 실수를 했다.

엄마한테 또 키를 받아서 쓰고 이웃집에 소금을 얻으러 다니던 나는, 다시는 〈전설의 고향〉을 보지 않겠다고 다짐했다.

기원祈願

이 책은 내가 서해안 구석에 위치한 어느 마을에서 태어났을 때부터 열 살이 되던 해인 1979년까지의 얘기다.

예나 지금이나 그 시대의 형편에 맞춰 살아가는 것은 당연한 것이다. 시계 초침처럼 부지런하고 바쁘게 살아가는 요즘. 더러는 그 시절을 회상하며, 또 더러는 선친들에게 그런 때가 있었음을 깨달으며, 또 한편으로는 우리에게 그런 어려운 시절이 있었음을 생각하며, 지금 현실의 어려움과 고됨을 잠시 놓아두고 한시름 놓을 수 있는, 공원의 돗자리 같은 편안한 글이 되었으면 하는 바람이다.

아울러, 시대의 어려움 속에서도 있게 해 주시고 길러 주신 부모님들의 은덕에 앉은 먼지를 조금이나마 쓸어 줄 수 있는 의미 있는 글이 되기를 기도드려 본다.

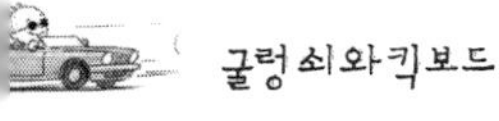

전설의 고향 ②

"월매나 무섭간디 오줌도 못 싸러 간다냐?"

"말도 말랑께! 얼굴에 치렁치렁 내려온 머리끄뎅이만 봐도 엉아는 오줌을 지릴 것이랑께!"

"오늘은 나랑 보러 가자."

"안 간당께! 절대 안 볼 것이여!"

전설의 고향에서 봤던 귀신 때문에 형과 침을 튀기며 한바탕 소름을 게워 낸 나는 방으로 들어가 이불 속에 몸을 넣었다. 얼마나 지났을까? 잠에서 깨어 문밖을 내다보았다. 뙤약볕이 한창인 집에는 아무도 없었다. 어장을 안 하는 철이라 엄마는 그릇을 팔러 갔고, 아빠는 그물 손질하러 갔고, 형과 큰누나는 친구 집에나 놀러 갔지 싶었다. 부스스한 눈을 부비며 방을 나온 나는 무화과나무 그늘 밑에 있는 평상에 앉아 무덤덤하게 강아지를 쓰다듬었다. 부덕이[부덕이 ①, ②]가 늦봄에 출산한 새끼인데 이제 보니 무릎에 앉히기에는 뒷다리가 흘러내릴 정도로 제법 커 있었다. 한 녀석을 쓰다듬으니 샘나는 듯 대여섯 녀석이 몰려와서 내 손 쟁탈전을 벌였다. 다른 때 같으면 녀석들에게 맞장구를 쳤을 텐데 낮잠 기운 때문인지 왠지 따분했다. 친구한테 놀러나 가야지 싶어 공터로 향하려는데, 마당의 빨랫줄에 걸린 큰누나의 울긋불긋한 빨간 원피스가 바람에 살랑거렸다. 한 주 시청을 안 해서 보름이 지났건만 또 〈전설의 고향〉 병이 도졌다. 텔레비전에서 보았듯 귀신—빨간 원피스—이 하늘을 날아 내게 덤벼드는 것이었다. 나는 순식간에 공포에 휩싸여 비명을 지르며 꽁지에 불이라도 붙은 것처럼 집 밖으로 뛰쳐나갔다.

"오줌 쌌담서? 얼레리꼴레리 해 불랑께."

"그까이 것이 뭐시 무섭다고 이불에 오줌을 지린다냐?"

"저번 주 것은 피도 한 되박이나 흘리고 겁나게 재밌었당께."

"느그들은 안 무서웠다고?"

대놓고 무시하고 놀리는 친구들에게 나는 다분히 대들듯 물었다. 아니, 귀신이 안 무서웠다는 친구들 말이 도저히 믿기지가 않았다. 사실은 그 녀석들도 무서워서 밤에 측간에 못 가고 오줌에 똥까지 지린 녀석들이었다. 그래서 자기들끼리 작당을 하고 자신들의 창피함을 나에게 덮어씌우는 중이었다.

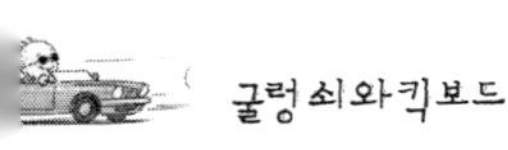

집이 멀어서 녀석들이 소금을 얻으러 다녔는지는 알 수 없는 일이고, 전설의 고향을 다 같이 한 주를 건너뛰었으니 녀석들이 보았는지 안 보았는지 내가 모르는 것은 당연했다.

집으로 돌아오는 기분은 처참했다. 녀석들에게 놀림당한 것이 어지간히 분했고, 이불에 오줌을 싼 내 자신이 수치스러워 혼자 걷는 길에도 얼굴이 붉어졌다. 집으로 돌아와 저녁을 먹는 내내 기분은 엉망이었다.

"엉아, 전설의 고향 보러 간당가?"

밥을 먹는 형의 모습이 여간 듬직하게 느껴진 게 아닌 내가, 친구 녀석들을 향한 오기가 솟자 조심스럽게 물었다. 큰누나도 당연히 보러 가겠지만 듬직한 형 옆에서 보면 더 든든할 것 같았다.

"이불에다가 또 오줌 쌀라고? 보지 마. 잡놈아."

나는 퉁을 놓으며 떼어 놓으려는 큰누나의 고집을 모른 체하며 기어이 형의 손을 잡고 따라 나섰다.

과연 거칠거칠하고 힘 있는 형의 손을 잡고 있으니 단단히 용기가 났다. 주위를 둘러보니 친구들은 한 녀석도 보이지 않았다. 내일은 내가 찾아가서 겁쟁이들이라고 놀려 줄 걸 생각하니 용기가 더 솟구쳤다.

아마도 내가 본 〈전설의 고향〉 중에서 그날이 가장 무서웠을 것이다. 커다랗게 벌리는 입술 속에서 기다랗고 뾰족한 송곳니가 드러나는데, 그 송곳니로 사람의 목을 물어 피를 빨아 먹으며 빨간 피를 뚝뚝 흘리는 모습이 너무 무서워서 형의 손을 잡지 않았으면 울음이라도 터트릴 지경이었다.

그날 밤 형도 어지간히 무서웠는지 측간에 가지 않으려 했다. 어쩔 수 없이 아빠가 측간에 가기를 기다려 찬스를 잡는 데 성공한 나는, 귀신 때문에 공포에 시달리긴 했지만 형의 손을 꼭 잡고 오줌 걱정 없이 잠이 들었다.

아침 일찍 큰누나가 내 이불을 검사하고는 의외라는 듯 피식 웃었다. 모든 것이 순조로운 느낌에 아침밥이 유난히 맛있었다. 빨간색 김치도 자신 있게 집어 먹었다. 이제 친구 녀석들을 찾아가서 놀려 줄 생각을 하니 피식 웃음도 나왔다. 아침 식사를 마치자 대변이 마려웠다.

측간의 구조는 아주 간단했다. 땅에 커다란 항아리 두 개를 묻고, 입구 위에 나무 발판을 나란히 놓아 앉아서 일을 볼 수 있게 만들었다. 말 그대로 하나는 똥통이요, 하나는 오줌통이었다. 다 찬 변기통은 일명 똥지게로 퍼서 거름으로 밭에 뿌렸다. 휴지는 오래된 책이나 안 쓰는 교과서를 손바닥 반절 크기 정도로 잘라서 비치했는데 그것도 아껴 써야 했다. 그마저도 없는 집은 지푸라기를 비치했다. 내가 딱지치기를 해서 딴 딱지는 주로 휴지로 활용했다. 우리 집 측간도 다를 바 없었는데, 발판이 어른에게 맞춰지다 보니 내가 앉기에는 간격이 너무 넓었다. 그래서 아빠가 말뚝을 박아 그걸 잡고 한쪽 발판에 앉아서 일을 볼 수 있게 해 주었다.

나는 측간에 앉아 아빠가 만들어 준 말뚝을 잡고 일을 보기 시작했다. 그런데 화장실 분위기는 좀 전에 아침밥을 먹던 방 안의 분위기와는 전혀 달랐다.

조용한 측간에 혼자 있으니 공포감이 조금씩 밀려오며 귀신 생각이 나기 시작했다. 다른 생각을 하려 하면 할수록 귀신 생각이 더 났다. 똥통에서 귀신의 흐느끼는 소리가 울리는 듯했고, 피 묻은 빨간 손이 뻗어 나와 고추와 엉덩이를 스륵 쓰다듬을 것만 같았다.

다급히 궁리한 끝에 똥통을 벗어나 측간 바닥에 일을 보기로 했다. 땅바닥에 일을 보고 삽으로 똥통에 퍼 넣으면 된다는 나름 영리한 생각이었다. 내가 말뚝을 잡은 손을 놓고 발판을 벗어나려 할 때였다.

하얀 소복에 치렁치렁 검은 머리카락을 늘어뜨리고 입에서 피를 줄줄 흘리는 귀신이 측간 입구에서 갑자기 나타났다. 상상이 아닌, 어제 저녁 텔레비전에서 봤던 진짜 그 귀신이었다. 귀신이 한 맺힌 울음소리를 내며 점점 나에게 다가오고 있었다. 나는 너무 놀란 나머지 뒤로 훌러덩 넘어지며 엉덩이가 발판 사이에 끼어 버렸다. 구더기가 우글대는, 퍼낼 때가 다 된 똥통에 엉덩이가 빠진 것은 아무것도 아니었다. 입에서 줄줄 흘리는 피를 혀로 핥아 먹으며 다가와서 내 어깨를 붙잡는 귀신에게 꼼짝없이 목을 내주어야 할 판이었다. 나는 너무 무서워 연신 비명을 질러 댈 뿐이었다.

큰누나가 항아리에서 물을 퍼 오고, 엄마가 알몸을 씻겨 주고 있을 때에도 새까맣게 놀란 내 혼魂은 울지도 못하고 중천을 떠돌고 있었다.

"뭣 허는 짓거리여 잡놈아! 호호!"

큰누나의 립스틱과 엄마가 장 보러 갈 때 쓰는 검은색과 흰색의 보자기로 귀신 분장을 하고 옆에 서서 웃고 있는 형을 큰누나가 나무랐다. 큰누나도 내 모습이 우스운 것이었다.

당시는 아이들이 똥통에 빠지는 것은 흔한 일이었다. 어떤 아이는 온몸을 거꾸로 입수해 목숨이 위태로운 상황까지 가기도 했다. 일종의 풍습인데, 부모는 그때마다 떡을 해 주었다.

나도 예외는 아니어서 엄마가 떡을 해 주었다. 그 떡은 오로지 나만 먹는 떡이었다. 그 떡이 어찌나 맛있었던지, 언제 귀신에게 놀란 가슴이었냐는 듯 온 가족이 배꼽을 잡는 말이 내 입에서 튀어나왔다.

"와! 또 빠지고 잡당께(싶다니까)!"

테레비 ①

〈마징가 Z〉—1972년 토에이동화 제작, 후지 TV 방영—가 방영되던 때였다. 만화영화 개봉작으로는 〈로보트 태권 V〉—1976년 유프로덕션 제작, 대한극장·세기극장 개봉—가 있었다. 〈마징가 Z〉는 토요일과 일요일 오후 5시에 방영하는 만화영화였는데, 아마 우리가 가장 좋아하던 프로그램이었다.

마을에 텔레비전이 몇 대 없었던 때였다. 〈마징가 Z〉를 보려면 텔레비전이 있는 집에 가야 했다. 하지만 막상 도착하면, 시청 중인 어른들에게 말은 못 하고 대여섯 녀석들이 전선 위의 참새처럼 밖에서 줄줄이 앉아 눈치만 살살 보고 있었다. 그러면 그것을 알아챈 어른들이 자리를 비켜 주었다.

〈마징가 Z〉 광팬이다 보니 평소에도 텔레비전이 있는 집 어른이나 형 누나들한테 잘 보이려고 일부러 멀리서 달려와 인사도 하고, 놀다 말고 일도 도왔다. 그런 노력에도 불구하고 불변의 법칙이 있었는데, 밖에서 볼 때는 상관이 없지만 방 안으로 들어갈 때는 손발을 깨끗이 씻고 와야 한다는 것이었다.

이른 봄 어느 토요일. 이른 봄은 집안에 일이 거의 없는 시기여서 토요일 오후는 그야말로 신나는 시간이었다. 꼬리잡기와 술래잡기를 신나게 하던 녀석들은 문득 모든 놀이를 멈추고 해를 보며 시간을 가늠했다. 곧 〈마징가 Z〉가 방영될 시간이었다. 누가 뭐라고 말할 것도 없이 동네 우물로 뛰어갔다. 손발을 씻어야 상영관에 입장할 수 있기 때문이었다.

우물에는 두레박과 일명 '작두 펌프'라고 하는 무쇠로 만든 수동 펌프가 설치되어 있었다. 우리 동네에는 원래 우물이 없었는데, 나라의 지원으로 동네 군데군데에 세 개의 우물이 생겼었다. 공동의 샘터에서 우물로 바뀐 것이었다. 그때부터 엄마와 누나들은 샘과 우물을 겸해서 사용했는데, 샘은 주로 빨래, 우물은 주로 식수나 세신洗身용으로 사용했다. 발을 씻을 때 가장 닦기가 힘든 곳이 발등을 따라 뒤꿈치까지 이어지는 검은 먼지의 띠였다. 고무신을 신고 뛰놀다 보면 고무신의 테두리에 찬 땀에 먼지가 앉아서 마르게 되는데, 쇠딱지처럼 두툼하고 딱딱하게 굳은 먼지는 잘 떨어지지도 않고 씻어 내기가 여간 성가신 게 아니었다.

녀석들은 두 패로 갈라져서 두레박과 펌프로 물을 퍼서 뿌려 가며 뙤약볕을 만난 파리처럼 손발을 열심히 비비며 서둘렀다.

상영관에 도착하니 방문이 닫혀 있었다. 초봄이니 아직은 날씨가 차서 방문을 닫아야 했던 것이다. 녀석들은 어른들을 부르지는 못하고 서로 눈치만 보았다. 그때 어떤 녀석이 인기척을 내려는 듯 평상을 손톱으로 긁었다. 그러자 나머지 녀석들도 마루를 긁고, 신발을 끌어 소리를 내며 인기척을 했다. 그 소리에 할머니가 방문을 열고 맞아 주었다. 방에 우르르 몰려든 녀석들은 윗목에 다소곳이 앉아 숨소리까지 죽이며 텔레비전 쪽을 바라보았다. 우리의 마음을 알고 있는 할머니가 채널 레버—장롱 텔레비전의 조작은 기계식이다—를 돌리자 〈마징가 Z〉가 한참 방영되고 있었다. 조금 늦긴 했지만, 안도의 한숨을 내쉬는 우리의 얼굴에 미소가 떠올랐다. 그때 할머니가 은근히 노여운 표정으로 우리를 쳐다보았다.

“개똥 묻은 놈이 누구여?”

우리는 어리둥절해서 서로를 보았다.

요즘은 휴지를 사용해 개똥을 수거하지만, 당시는 개들을 놓아서 키웠기 때문에 공터나 들판, 골목 등에 개똥이 널려 있었다. 또 사료를 먹이는 요즘과는 달리 먹을 수 있는 것은 뭐든지 먹여야 했기에 개똥 냄새가 굉장히 지독했다. 술래잡기, 꼬리잡기 등 스피드를 생명으로 하는 놀이를 하다가 개똥을 밟아 미끄러지는 일도 흔했고, 넘어지며 개똥에 얼굴을 처박는 일까지도 있었다.

누군지는 모르지만 옷에 개똥을 묻혀 온 것이었다. 함께 뛰놀고 방영 시간에 늦어 서두른 데다 계속 맡고 있던 냄새라 코에 익어서 우리는 몰랐던 것을, 할머니가 알아차린 것이었다.

손발은 깨끗이 씻었지만 옷에 묻은 것은 어쩔 수 없었다. 방안에 은은히 퍼지는 냄새를 좇아 다급히 검사를 해 봤지만 딱히 꼬집어 어떤 녀석인지도 모르겠고, 아마 각자 잡풀 속에서 조금씩 묻은 것들이 내는 냄새 같았다.

우리 표정은 일시에 굳어져 버렸다. 이윽고 할머니에게 쫓겨난 우리는 풀이 죽은 것도 잠시, 〈마징가 Z〉에 대한 집념이 이내 되살아나며, 끝에 흐르는 엔딩 장면이라도 보려고 다음 상영관으로 급히 뛰어갔지만, 그 집은 그리 친절한 집이 아니었다. 어른들이 모여 앉아 세상 재미없는 뉴스를 틀어 놓고 잡담을 하면서 우리는 거들떠보지도 않고 문을 닫아 버렸다. 〈마징가 Z〉를 포기해야 하는 안타까운 순간이었다. 녀석들도 나도 풀이 죽어 각자 집으로 흩어졌다.

"그깟 놈의 테레비가 뭣이라고!"

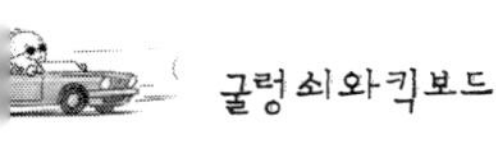

풀이 죽어 집에 돌아오는 아들 녀석을 보자 엄마가 울컥 치미는 분통에 중얼거렸다. 그 시간은 내가 〈마징가 Z〉를 보는 시간이고, 그걸 못 봐서 풀죽은 모습인 것을 엄마가 알고 있는 것이었다.

그 주週는 마귀魔가 끼었는지 끔찍이도 재수가 없었다. 어제 〈마징가 Z〉를 못 본 것은 못 본 것이고, 일요일인 오늘은 봐야지 하는 생각에 모두 모여 상영관으로 향했지만 모든 문이 잠겨 있었다. 어른들이 이웃 동네 초상집에 조문을 간 것이었다. 허전하고 재미없는 일요일이 지나고, 월요일 수업을 듣는 둥 마는 둥 하고 책가방을 끌며 집으로 돌아온 나는, 집 안에서 텅 빈 허전함을 느꼈다. 집에 도착하기도 전에 달려와 반기던 버꾸—개를 통칭하던 말로, '백구'의 변형인 듯하다—도 안 보이고, 꽥꽥대던 오리도, 측간 옆 우리에서 꿀꿀대며 구정물 통을 핥아대던 돼지도 보이지 않았다. 나는 동물을 무척 좋아했다. 그중 특히 개에게 많은 애정을 갖고 있는 아이였다. 〈마징가 Z〉를 못 본 허전함에 동물들이 안 보이자, 내 정서에 금세 붕괴가 일어났다. 일종의 정서 불안 같은 것이었다. 밥도 먹기 싫고, 가슴이 답답하고, 만사가 귀찮았다. 장독대 모서리에 우울히 앉아 있는데 형이 다가와 누나의 두꺼운 화장품 상자로 만든 딱지를 주었다. 그 딱지는 쉽게 뒤집어지지 않는 천하무적이었다. 그리고 형이 만든 딱지는 나에게는 최고 특제품에 속했다. 하지만 그 딱지도 소용없었다. 양지바른 장독대 모서리에 앉아 있으면 버꾸 녀석이 달려와서 얼굴을 마구 핥아 줄 것 같았고, 오리 녀석은 슬그머니 다가와 내 고무신의 코를 쪼고는 나름 날렵하게 도망치며 장난질을 할 것 같았다.

"도르레, 도르레."

돼지에게 밥 먹으라는 알림의 소리였다. 엄마가 돼지에게 저녁밥을 먹으라고 부르는 소리와, 밥을 먹으며 콧구멍에 물이 들어가지 않게 넓적한 코로 부르릑부르륵 불어 내는 녀석의 소리가 들리는 것 같았다.

다음 날 아침, 학교에 가기 싫어서 형보다 먼저 집을 나가 동구 밖 먼 곳에 있는 대나무 숲에 숨어 버렸다.

그런 상황을 일명 '모퉁이 학교'라고 했는데, 집에서는 학교 간다고 나갔는데 나중에 개근상은 없는, 도깨비 등교였다. 그때는 개근상이 우등상에 맞먹는 상이었는데, 가정방문 한 선생님에 의해 들통이 나는 날에는 부모님께 호된 벌을 받았었다.

국내에서 생산한 가정용 첫 트럭은 H사의 P2 기종으로 기억한다. P2 트럭은 P1 승용차의 뒷좌석과 트렁크 쪽을 개조해 짐칸으로 만든 것이었다.

형은 나를 찾다가 등교를 했고, 오전 나절을 멍하니 보내던 나는 집 쪽에서 들려오는 술렁이는 소리에 대나무 숲에서 나와 바라보았다.

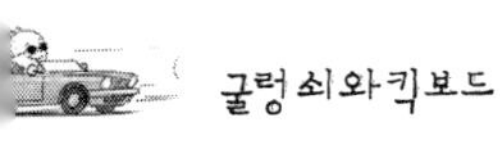

P2 트럭이 우리 집 대문 앞에 서 있고, 어른 두셋이 무언가를 들고 방으로 향하는 것이 보였다. 어렴풋한 짐작에 궁금증이 더해지자, 나는 모퉁이 학교를 간 것은 새까맣게 잊고 집으로 향했다. 내 짐작대로 틀림없는 텔레비전이었다.

기술자 아저씨들은 날렵하고 정교한 솜씨로 안테나를 세우고, 트랜스—변압기의 영어 표현으로, 전기를 사용하던 초창기 전압은 대체로 110볼트여서 간혹 220볼트를 사용하는 가전과 호환을 위해 변압기를 사용했다—와 부스터—전파 증폭기 또는 안정기—를 설치하고 텔레비전에 전원을 넣어 안테나를 돌려 가며 화면의 상태를 최상으로 조절해 놓고 갔다.

엄마는 개와 오리, 돼지를 전부 팔고 저축한 돈까지 합해서 텔레비전을 산 것이었다.

가족들은 두 다리를 쭉 펴고 텔레비전을 시청하고 있었고, 내 컨디션은 최상으로 바뀌어 있었다. 그러나 저녁을 실컷 먹은 나에게 남은 것은 모퉁이 학교에 간 것에 대한 아빠의 벌이었다. 나는 아빠의 회초리를 맞으며 울면서도 텔레비전을 보고 있었다.

테레비 ②

네 발로 떡하니 서서 방 안을 훤히 바라보고 있는 텔레비전을 보니 나는 세상에 둘도 없는 부자가 된 것처럼 느껴졌다. 엄마가 새로 강아지와 새끼 오리도 사 왔다. 돼지는 돈이 부족해서 다음 달 장날에 사자고 했다.

공교롭게도 오늘부터 농번기가 시작됐다. 농번기는 요즘의 봄방학인데, 봄방학이라는 말 대신에 농촌에서 일컫는 대로 그냥 '농번기'라고 불렀었다. 우리 동네는 논이 없어서 농촌 동네에 비해 봄 농번기에는 할 일이 별로 없었다. 나는 농번기가 집 안에 텔레비전을 들여놓은 것을 축하하는 특별 휴가처럼 느껴졌다. 이제 두 다리 쭉 펴고 일주일간 텔레비전을 실컷 볼 수 있고,

〈마징가 Z〉를 보러 남의 집에 기웃거리지 않아도 되고, 〈전설의 고향〉도 아빠와 형의 손을 잡고 당당히 볼 수 있을 것 같았다. 〈전설의 고향〉은 여름에 방영되는 프로그램이라 몇 달을 더 기다려야 되지만, 친구 녀석들과 모여 앉아 〈마징가 Z〉를 볼 생각을 하니 나흘 후 토요일을 기다리는 것이 힘들 지경이었다.

텔레비전의 영향이랄까. 시키는 청소도 뭉그적거리다가 아빠에게 혼이 날 정도로 평소 청소를 끔찍이도 싫어하던 녀석이, 한 이틀 새 방바닥을 깨끗하게 닦는 버릇이 생겼다. 걸레를 빨아 와 방바닥을 닦고 색종이로 종이배를 접어서 장식용으로 텔레비전 위에 올려놓고 나니 왠지 설움이 밀려왔다. 눈치를 보고, 손발을 씻고, 쫓겨나고, 무시를 당하던…. 나는 친구들에게 그런 설움은 절대 주지 않겠다고 다짐했다.

드디어 학수고대하던 토요일이 왔다. 형은 만화영화보다는 코미디 프로그램이나 드라마를 더 좋아했다. 그런데 그날은 〈마징가 Z〉가 보고 싶었는지, 아니면 토요일은 코미디 프로를 하는 날이라 해 지기 전에 텔레비전의 상태를 점검하려는 것인지, 오후 나절이 되자 열쇠를 가져다가 텔레비전의 문—장롱 텔레비전은 말 그대로 브라운관을 잠그는 문과 열쇠 장치가 되어 있었다—을 열어 방송 상태를 보았다. 화면이 지지직 끓고 있었다. 곧 있으면 〈마징가 Z〉를 방영할 시간인데 큰일이었다. 나는 형이 시키는 대로 집 모퉁이에 세워진 안테나로 급히 달려갔다. 안테나는 집 뒤쪽 담벼락에 고정되어 세워져 있었다.

요즘은 유선 네트워크와 위성 네트워크가 첨단화되고 전파의 송수신 장치의 성능이 고도화되어서 날씨에 관계없이 선명한 화면을 감상할 수 있고, A/S 시스템이 잘되어 있어서 불편할 땐 전화 한 통으로 금방 해결된다. 하지만 그때는 텔레비전에 연결된 안테나만으로 전파를 수신하는 구조였다. 날씨가 흐리다든지 비 혹은 눈이 와서 전파를 방해하거나, 바람이 불어서 안테나가 돌아가거나 흔들려서 방향이 안 맞을 때에는 텔레비전 화면에 노이즈 현상이 심했다. 그렇다고 A/S를 신청할 전화도 없었을 뿐더러 전화를 한다고 해도 기술자가 오는 데 시간이 많이 걸리니, 급한 김에 집안사람들이 직접 안테나를 돌려 가며 화면 상태를 맞췄다. 더군다나 우리 동네는 내륙 쪽으로 앞산이 있어서 다른 동네에 비해 전파 수신이 더 잘 안됐던 걸로 기억한다.

“엉아. 잘 나온가?”

“반대로 돌려 보랑께! 아까는 잘 나왔는디.”

우리 형제는 한 시간여를 고함으로 서로에게 신호를 보내며 최상의 화면 상태를 맞추려 노력하고 있었다. 왕대나무 장대 길이만큼이나 긴 안테나 폴을 붙잡고 씨름하다가 힘이 든 나는 담 위로 올라갔다. 담 위에서 대가 드러난 폴을 잡고 돌리니 한결 힘이 덜 들었다. 형의 신호를 듣고 좌우로 정밀하게 몇 번 돌려 주니 드디어 형의 마지막 신호가 들려 왔다.

“되았다! 잘 나온당께!”

그 소리가 얼마나 반갑던지, 담에서 뛰어내리면서 넘어져 담에 기대놓은 절굿공이에 머리를 부딪히고 말았다. 머리에 잘 익은 살구만 한 혹이 생길 정도로 통증이 전해져 왔지만 괜찮았다. 부리나케 방으로 달려가서 보니 화면에 나오는 사물이 잡티 하나 없이 검은색과 흰색으로 선명한 게 상태가 최상이었다. 이제 즐겁게 〈마징가 Z〉를 감상하는 일만 남았다. 조금 있으려니 친구들과 손아래 몇까지 예닐곱 녀석들이 몰려왔다. 모두 〈마징가 Z〉 광팬이었다.

"워째 남봉 났다냐?"

한 친구 녀석이 내 머리를 보고 친근함을 한껏 실어서 묻는 말이었다.

다쳐서 머리에 난 혹을 남봉南峰, 즉 '남쪽에 솟은 봉우리'로 불렀었다. 샴푸는 여성들이나 사용하는 다소 귀한 물건이었고, 남성들은 대충 빨래 비누나 세숫비누로 머리를 감았다. 요즘은 샴푸와 세제가 좋아져서 볼 수 없지만, 그때는 흡혈 곤충인 이나 빈대, 벼룩 등과 피부 질환인 버짐이 있는 시절이었다. 두발 관리에 드는 비용이나 머리 청결을 위해 우리 또래의 남자아이들은 거의 말 그대로 빡빡머리를 하고 다녔다. 빡빡머리에 솟은 불그스름한 남봉은 얼른 알아볼 수 있었다.

"응. 안떼나 맞치다가 거시기 해 부렀당께(안테나 맞추다가 넘어져서 다쳤어). 얼렁 들오랑께(어서들 들어 와)."

나는 욱신거리는 남봉을 살살 만지며 친구들을 반겼다. 녀석들 모두 잘 보이려는 듯 여느 때와 다르게 형에게 깍듯이 인사를 하고 방으로 들어와 앉았다. 사실 평소에는 형에게 인사를 안 하던 녀석도 몇 있었다.

"발도 씻고 옷도 새 놈으로 갈아입었당께."

한 친구 녀석이 검사라도 하라는 듯 자신 있게 말했다.

"괜찮허당께."

나는 모든 게 흐뭇했다. 그런데 녀석들이 모두 들어와서 방문을 닫았을 때 문제가 터졌다. 바로 개똥 냄새가 나는 것이었다. 내 코에는 아주 진동을 했다. 물론 기분 때문에 매우 과장된 냄새였다. 나는 범인을 찾으려 예리한 눈을 재빠르게 움직이며 한마디 뱉었다.

"개똥 냄새 누구여?"

내가 당할 땐 서러웠지만, 막상 입장이 바뀌고 나니 엊그제 했던 다짐이고 뭐고 내가 그 할머니처럼 되어 버린 것이었다.

〈마징가 Z〉의 타이틀이 흐르고 있는 시간, 녀석들은 각자 다급히 자신의 결백을 말하며 웅성거렸다. 형이 냄새가 별로 안 난다며 괜찮다고 했지만 소용이 없었다. 그때 한 녀석의 바지에 묻은 조그마한 개똥이 내 눈에 들어 왔다. 그 녀석을 가리키며 나도 모르게 매몰찬 한마디를 내뱉고 말았다.

"야! 너, 바지 갈아입고 오랑께!"

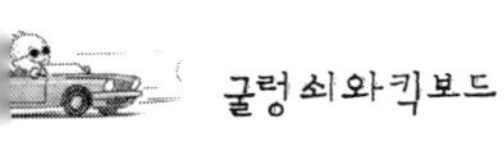

끝내 버티던 녀석은 개똥을 들키자 얼굴이 흙빛이 된 채 방을 뛰쳐나갔다가 바지를 갈아입고 〈마징가 Z〉가 중반쯤 방영되고 있을 때 방에 들어왔다. 어찌나 서둘렀는지 숨이 턱밑까지 차 있었다. 그래도 다행이라는 듯 녀석은 자리에 앉아 배시시 웃었다. 그때 녀석을 딱하게 보고 있던 형이 한마디 했다.

"아야. 너, 내복 안 입었냐?"

아직은 날씨가 쌀쌀해서 누구나 내복을 입는 시기였다. 형 말은, 남자들끼리니까 마루에다가 바지만 벗어 놓고 내복 바람으로 텔레비전을 봐도 되는데, 집에까지 갔다 왔냐는 얘기였다. 형의 말에 일제히 웃음보가 터졌다.

아이스께끼 ①

아이스크림, 아이스콘, 아이스 주스 등등 요즘은 상점에 가서 냉동고 판매대 문만 열면 각양각색의 다양한 맛을 뽐내는 아이스 푸드가 가득하다.

오래 전, 그때도 시원하고 달콤한 얼음과자가 있었다.

"아이스께—끼!"

무더운 여름날 드라이아이스 통을 밀고 가며 아저씨는 그렇게 외쳤었다.

'께끼'는 영어인 'cake'나 'cream'의 발음이 우리말식으로 바뀐 것이라고 한다. 아이스께끼는 틀에 설탕과 색소를 녹인 물을 넣고 나무젓가락 손잡이를 꽂아서 얼린 단순한 얼음과자였다.

빨강, 노랑, 파랑, 하얀색의 아이스께끼. 한 개에 50원 하던 그것이 먹고 싶어서 졸망졸망한 녀석들이 뜨거운 햇볕 아래 모여 앉아 구경했던 기억이 난다.

아이스께끼는 최초의 얼음과자로 기억하는데, 그 이후에 요즘의 아이스크림의 모양과 맛을 제법 갖춘 '하드바' 또는 '하드'라고 불렀던 제품이 나왔다.

여름 어느 날, 나는 안간힘을 써서 저금통을 열고 50원을 꺼내 들었다.

형이 해변에 떠밀려 온 사각 영양제 깡통을 주워 와 못으로 뚜껑에 기다랗게 구멍을 뚫어서 만든 저금통으로, 뚜껑을 단단히 닫으면 한번 여는 데 여간 힘이 드는 게 아니었다.

엄마가 용돈을 정기적으로 주지 않기 때문에 형과 나는 필요할 때 말을 해서 타다 썼었고, 가끔 선행善行으로 받는 돈은 주로 저금을 했다. 그 저금통은 형과 내가 선행해서 받은 보너스로 채우는 공동 저금통이었다.

어느 날인가 장에 가려던 엄마가 돈이 부족했는데, 형과 내가 의논해서 엄마를 도울 수 있게 해 준 효자 저금통이기도 했다.

선행이란. 스스로 집안일을 한다거나, 아빠 엄마의 털신을 깨끗하게 닦아 놓는다거나, 학교에서 상장을 받아 온다거나, 100점 시험지를 받아 온다거나, 동네 할머니를 도와드렸는데 할머니가 우리 집에 놀러 와서 엄마에게 칭찬—아마 그 말을 하러 일부러 놀러 왔을 것이다—을 해서 엄마가 알게 된다거나 하는 일들이었다. 또한, 형의 얘기지만, 형은 약한 친구를 괴롭히는 친구들을 혼내 주다가 얼굴에 멍이 들어서 집에 돌아오는 일도 가끔 있었다. 아빠는 의리에 특히 점수를 많이 주는 만큼 그에 비례해서 보너스도 많이 주었다. 의리를 덩치로만 지키는 것은 아니지만, 덩치가 작은 나는 그런 형이 마냥 부럽기만 했다.

아빠 엄마의 생신이 며칠 앞으로 다가오면, 나는 보너스를 받아 선물을 준비할 요량으로 집중적으로 선행을 했었다. 그리고 명절 전에는 선행을 거의 하지 않았는데, 그때는 엄마도 목돈이 필요한 시기라서 보너스가 없기 때문이었다.

나는 아이스께끼가 먹고 싶어서 형 몰래 대담한 행동을 했던 것이다.

손에 50원이 쥐어지자 차부車部—종점 정거장—로 달려갔다. 사람이 많이 다니는 곳이라 여름이면 아이스께끼 아저씨가 항상 죽치고 있는 곳이었다.

내가 50원을 건네자 아저씨가 뚜껑을 열더니 파란색 아이스께끼—그 당시 아이스께끼는 포장지가 없었던 걸로 기억한다—를 꺼내 주었다. 한입 가득 빨아 먹으니 시원하게 전해져 오는 달콤한 맛에 세상없이 행복했다.

"부하 헐랑께. 나 한 입만."

"나도."

"나는 내일까지…."

친구 녀석들이 구경을 왔다가 나를 발견한 것이었다. 한 녀석이 나서자 다른 녀석들도 줄줄이 나서며 부하를 자처하는 것이었다.

일주일 전에 나도 아이스께끼 한입에 친구 녀석한테 몸을 팔았었다.

"줄 스랑께(서라니까). 찌끔씩만 빨아."

나는 줄을 서서 차례로 다가오는 녀석들에게 한 입씩 빨게 해주었다. 이제 나는 대장이 되었다. 녀석들은 내가 아이스께끼를 빨며 걸어가면 부하처럼 뒤에 졸졸 따라오며 한 입 더 먹고 싶어서 침을 삼켰다. 나는 기가 충천한 진짜 대장의 모습이었다. 하지만 더운 여름 볕은 오래 기다려 주지 않았다. 대장이 된 기분에 나도 모르게 손을 흔드는데, 어느새 녹은 아이스께끼가 나무젓가락 심지에서 쏙 빠지며 땅바닥에 떨어져 나뒹굴었다.

흙투성이가 된 아이스께끼를 본 나는 엄청난 충격에 휩싸이며 울기 시작했다. 친구 녀석들도 충격을 받은 듯 한동안 멍하니 바라보았다. 그러다가 울고 있는 나를 보더니 하나둘 집으로 가 버렸다. 미련이 사라진 때문도 있지만, 대장은 부하들 앞에서 울면 안 되는 인물인 것이었다.

땅바닥에서 녹아 가는 아이스께끼를 안타깝게 보며 울고 있는데, 어느 집 개 한 마리가 와서 잔뜩 목이 마른 듯 모두 핥더니 가 버렸다.

아이스께끼의 흔적이 사라지자 마침내 울음을 그친 나는 한참을 서서 아쉬운 눈으로 아이스께끼 통을 바라보고 있었다. 아저씨는 내 마음을 아는지 모르는지 계속 외쳐 댔다.

"아이스께—끼!"

그때 형이 달려와서 아이스께끼 한 개를 사서 흐뭇하게 한 입 핥더니 나를 발견하고 다가왔다.

"아빠한테 받았당께."

나를 안쓰럽게 보던 형이 빙긋 웃으며 말했다. 자세히 보니 형의 볼에 희미하게 멍이 앉아 있었다. 형은 방학 임시 등교를 했다가 우연히 아빠가 좋아하는 의리 선행을 해서 최고 금액인 50원을 보너스로 받은 것이었다. 아마도 아이스께끼가 먹고 싶어서 형이 50원을 말했거나, 형의 마음을 헤아린 아빠가 그만한 보너스를 줬을 것이다.

형이 내 입에 노란색 아이스께끼를 넣어 주었다. 달고 시원하게 한입 녹아드는 게 아까 것보다 훨씬 맛있게 느껴졌다. 우리 형제는 행복하게 집으로 향했다.

형 한 입, 나 한 입.

차부에서 멀어져 가는 형제의 뒷모습을 바라보던 아저씨가 또 외쳤다.

"아이스께—끼!"

아이스께끼 ②

아저씨가 외치던 "아이스께—끼!"가 우리들 사이에서는 또 하나의 전혀 다른 의미를 갖고 있었는데, 그것은 여자애의 치마를 들치고 달아나며 놀리는 놀이였다. 무엇 때문에 그런 놀이의 이름이 '아이스께끼'가 되었는지는 모르지만, 여자애들은 남자애들에게 팬티를 보이는 것을 무척 수치스럽고 창피한 것으로 생각해 아이스께끼를 당하면 큰일이 난 것처럼 울었었다.

선선했던 봄 어느 날. 나와 친구들이 자치기에 한참 열중하고 있던 공터 한쪽에 여자아이 넷이 들어와서 고무줄놀이를 하려는 듯 편평한 자리를 고른 뒤, 가위바위보로 편을 갈랐다.

여자애들을 보자 장난기가 발동한 우리 네 녀석은 공터 옆 외진 모퉁이로 슬그머니 몸을 숨기고 여자애들을 보며 각자 장난질을 할 대상을 골랐다.

여자애들은 아무것도 모른 채 노랫소리에 맞춰 경쾌하게 몸을 놀리며 고무줄을 타고 있었다.

고무줄놀이는 여자애들만 하는 놀이로, 줄잡이가 양쪽에 서서 고무줄을 팽팽하게 당겨 주면 놀이꾼이 노래의 박자에 맞춰 발로 고무줄을 넘으며 하는 놀이다. 고무줄에 발이 엉키거나 박자당 한 번씩 발이 고무줄을 넘지 않아 미션에 실패하면 줄잡이와 놀이꾼을 바꿔 미션을 실행했었는데, 노래가 끝날 때까지 잘 넘어 미션에 성공하면 다음 난이도의 단계로 넘어갔다. 난이도는 줄잡이의 발목부터 무릎, 엉덩이, 허리 순으로 고무줄의 높이를 올리는 것이었다. 누나들이 친구들과 마당에서 하는 것을 자주 보았었는데, 리듬 감각과 유연성과 집중력과 체력을 기를 수 있는 아주 좋은 유산소운동 놀이였다. 자치기 또한 움직임도 많고 방향감각과 거리감, 정확도, 민첩성을 요하는 전통 놀이로 아이들의 성장에 도움이 되는 좋은 놀이였다.

우리 네 녀석이 동시에 달려 나가 치마를 들치며 "아이스 께끼!"를 외치자, 여자애들은 그 급습에 깜짝 놀라 난리가 났다. 급히 놀이를 멈추고 치맛자락을 잡으며 봉변을 피해 몸을 빼

쳤다.

아이스께끼의 시도는 성공하든 실패하든 단 한 번뿐이었다. 줄잡이를 선택했던 두 녀석은 성공했는데, 놀이꾼을 선택한 나와 한 녀석은 실패했다. 어쨌든 네 녀석은 즐거워하며 꽁지가 빠져라 외진 모퉁이로 달아났다.

아이스께끼 후 정신을 차린 여자애들에게 붙잡혀서 둘러싸이기라도 하는 날에는 엄청난 고문을 당했다. 여자애들은 한 녀석만 붙잡고 도망가지 못하게 둘러싼 다음 집중 공격을 했는데, 융단폭격처럼 사방에서 날아드는 꿀밤은 정신이 없을 정도였고, 등짝을 사정없이 철썩철썩 붙여 대는 손바닥은 어찌나 강력한지 그 위력이 체벌로 볼기짝을 때리는 엄마의 손과 맞먹을 정도였고, 제일 고통스런 고문은 일명 '찝어까기'라는 고문으로, 팔뚝의 겨드랑이 쪽 연한 살을 꼬집어서 꼬아 비트는 것이었다. 또 고문을 못 이겨서 달아나려다가 여자애가 붙잡는 힘에 옷이 찢기는 일도 있었다. 그런 참변을 당하기 때문에 아이스께끼를 하고 난 다음에는 신속하게 대피를 하는 것이 최선의 방법이었고, 그 후 며칠간은 얼굴을 보이지 않는 게 상책이었다.

나는 모퉁이에 숨어서 여자애들을 살폈다. 줄잡이 여자애 둘은 앉아서 손으로 얼굴을 가린 채 울고 있었고, 그 옆에서 놀이꾼 중 한 여자애가 달래 주고 있는 게 보였다.

그때 내 눈에서 소나기 번개가 친 듯 번쩍하며 정신이 아뜩해졌다. 깜짝 놀란 내가 정신을 차리고 뒤를 보니 내가 아이스께끼를 했던 여자애가 머리끝까지 화가 나서 나를 쏘아보고 있는 것이었다. 언제 쫓아왔는지 모르지만 그 애가 뒤에서 꿀밤을 놓은 것이었다. 주위를 돌아보니 친구 녀석들은 뿔뿔이 달아나고 없었다. 여자애가 또 나에게 꿀밤을 놓았다.

어안이 벙벙한 것도 잠시, 여자애에게 두 번이나 꿀밤을 맞고 나니 자존심도 상하고 화가 치밀었다. 화가 나며 겁 없는 용기가 생기자 혼자인 그 애를 이길 수 있을 것 같아 반격하려 하는데, 그 애가 더 빨랐다. 내가 움직이자마자 머릿속까지 뒤흔드는 꿀밤이 또 내 머리를 강타하는 것이었다. 또 반격하려 하자 이번에도 이미 강력한 꿀밤이 지나간 뒤였다.

여자애 손매가 어찌나 매운지 내 빡빡머리에 남봉[테레비 ②]이 금세 네 개나 생겼다. 어처구니가 없어서 우두커니 여자애를 바라보던 나는 그때서야 정신이 번쩍 들었다.

그 여자애는 동네 골목대장도 꼼짝 못 하는 두 살 위의 누나였다. 그 누나는 운동회 때마다 달리기 경기의 1등을 맡아 놓은 누나로, 달리기가 어찌나 빠른지 '콩쇠'라는 별명으로 불렸다.

요즘은 보기가 힘든 새로 알고 있는데, 우리 동네에는 콩새가 많았다. 콩새는 말리기 위해 마당에 널어놓은 곡식을 잽싸게 쪼아 가는 그 속도가 어찌나 빠른지, 참새는 콩새에 비하면 한참 느린 편이었다.

재미있는 것은 우리말의 특징이다. 마당쇠, 돌쇠, 쇤네 등 '쇠'

자는 '사람'을 의미하는 듯하다. 그래서 누나의 별명은 콩새 같은 사람, 즉 콩쇠였다.

친구 녀석들은 나보다 먼저 콩쇠 누나를 알아보고 도망친 것이었다.

아이스께끼도 실패하고, 요행으로 어찌 달아난다고 해도 몇 달을 못 가서 붙잡힐 테고, 힘으로도 안 되고, 도와주는 사람도 없었다.

작전 실패에, 진퇴양난에, 속수무책에, 사면초가라는 말은 바로 이럴 때 쓰는 말이었다.

무서운 누나를 알아본 나는 덤비거나 달아날 뜻을 완전히 상실한 채 절망의 울음을 시작했다.

남자애들끼리는 울음이 패배나 항복을 나타내는 것으로 울면 더 이상 공격을 하지 않는데, 여자애들에게는 소용이 없었다. 자신의 분이 풀려야만 공격을 그쳤다.

설상가상으로 나를 발견한 세 여자애들까지 원한을 잔뜩 품은 채 다가오고 있었다.

더욱더 겁이 난 나는 목청을 높여 더 크게 울었다. 크게 울다 보면 지나가는 어른이 와서 말려 주기도 했었는데, 나는 마지막 수단으로 그걸 바라고 있는 것이었다.

여자애 셋이 다가와서 나를 둘러싸려 할 때 형이 달려와서 말려 주었다. 도망치던 친구 녀석들이 형한테 말해 준 것이었다.

여자애들의 표정으로 보아, 때마침 형이 오지 않았으면 아마도 등과 팔뚝에 온통 시퍼런 멍은 물론 내 빡빡머리에 남봉이 열 개는 더 솟았을 것이다.

냉고구마

요즘은 고구마의 수확량도 많고, 저장 시설과 유통망의 발달로 사시사철 먹을 수가 있지만, '정부 양곡'이 나오기 전 당시에는 곡식의 수확량이 그리 많지 않았다. 때문에 가구의 거지반이 고구마를 식량 대용으로 활용했는데, 고구마를 저장할 방법이라고는 '뒤지'라고 불렀던 수숫대로 엮은 저장고나, 마대에 담는 것이 거의 전부였다. 그러다 보니 이듬해 고구마를 수확하기 전에 썩어 나가는 것도 많았고, 그러저러한 이유로 고구마는 요즘처럼 사시사철 먹는 야채가 아니었다.

또, 요즘에는 건강에 대한 관심이 높아져서 커피에 넣을 정도로 고구마를 다양하게 즐기고 있지만, 당시에 고구마를 즐기는 방법에는 찐 고구마, 군고구마, 냉고구마, 고구마 밥, 고구마 죽, 고구마 떡, 말린 고구마, 부침개 등이 있었다. 냉고구마는 겨울에 눈 속에 넣어 두었다가 깎아 먹으면 달고 시원한 맛이 일품이었고, 잘게 썰어서 밥할 때 넣으면 변비에 좋은 건강 밥, 삶은 고구마를 으깨어 누룽지나 쌀죽에 넣어 먹으면 부드러운 식감은 물론 소화도 잘되었고, 호박떡처럼 쌀에 버무려 쪄서 떡으로도 먹었다. 또, 저장법의 일종으로, 씻은 통고구마를 부침개 두께만큼으로 토막 내어 말려서 저장하기도 했었는데, 통고구마로 저장하면 썩는 경우가 있기 때문이었다. 그 말린 것을 그냥 씹어 먹으면 약간 억세기는 해도 담백한 맛을 즐길 수 있는 간식거리가 되었고, 그것을 석쇠에 구워서 먹을 때는 통고구마보다 굽기도 편하고, 빠르고, 먹기도 편했다. 어떤 집에서는 토막 낸 고구마를 쪄서 말리기도 했었다. 시중에서 식용유가 판매되지 않았기 때문에 방앗간에서 직접 짠 유채기름이나 콩기름으로 부침개를 했었다.

초겨울 어느 날, 아빠 엄마가 외할머니 댁에 간 지 며칠째 되는 날이었다. 아침 일찍 잠에서 깨어 보니 밖에 첫눈이 내리고 있었다. 내 손바닥만 한 함박눈이 펑펑 쏟아지고 있는 것이었다. 작년, 재작년 첫눈은 자고 일어나면 아침에 소복이 쌓여 있고 날씨가 맑았었는데, 그날은 아침까지 계속 내리고 있는 것이었다. 어쨌든 나에게는 별천지 마을이 펼쳐져 있었다. 서둘러 옷을 입고 마당으로 달려 나가니 복석이[개 파는 날] 녀석이 기다렸다는 듯이 반기며 올라타고, 마당을 뛰어다니며 한바탕 법석을 떨었다. 어찌나 많이 내렸는지 녀석의 다리가 푹푹 빠지며 쌓인 눈이 배에 닿을 정도였고, 아침을 먹고 형과 함께 측간까지 길을 내는 데 오전 나절이 다 갈 지경이었다. 눈은 우리가 만들어 놓은 길에 또다시 내 발목이 빠질 정도로 더 내린 후 오후 나절에 그쳤다.

"감재(고구마) 갖고 와라이."

우리는 감자는 '하지감재'라 불렀었고, 고구마를 '감재'라고 불렀다.

측간 길에 덧쌓인 눈을 치우고 나서 눈싸움을 하고 있는 형과 나에게 큰누나가 말했다. 누나의 말에 우리는 광으로 달려갔다.

"니 것은 니가 고르랑께."

옥수수 대로 엮은 고구마 저장고가 높아서 고를 수가 없자 부탁을 하는데, 형은 눈싸움의 적대감 때문인지, 무엇 때문에 토라졌는지 모르지만 퀭한 한마디를 던지고는 굵직한 고구마 네 개를 골라 바구니에 담더니 나가 버렸다.

형이 나가자 썰렁한 기분으로 저장고를 다시 바라보았다. 잘하면 고구마를 집을 수 있을 것 같았다. 깨금발로 발가락까지 곧추세우며 팔을 뻗으니 한 녀석이 손에 잡혔다. 회심의 미소를 지으며 보니 내 주먹만 한 작은 녀석이었다. 실망감에 한 팔을 뻗어 다시 시도를 하는데 작은 내 한 손에는 구광 녀석이 도무지 쥐어지질 않는 것이었다.

고구마는, 씨고구마를 심어 순을 얻은 뒤, 그 순을 옮겨 심어서 길러 새 고구마를 수확한다. 그때 씨고구마가 흙 속에서 크게 자라는데, 그 고구마를 '구광'이라고 불렀다. 그 말이 와전되어 큰 고구마 중에서도 큰 고구마를 구광이라고 통칭해서 불렀다.

구광舊壙은 본래 무덤구덩이를 말하는데, 아마도 큰 구덩이를 빗대어 말한 듯하다. 즉, 그 캐낸 자리가 무덤구덩이처럼 크고 깊을 정도로 알이 큰 고구마를 비유적으로 한 말이 아니었는지. 아무튼 해학과 위트가 넘치는 우리 선조들의 재미있는 말이었다.

그냥 작은누나한테 달려가서 부탁하면 될 것을, 다급한 마음에 추운 창고에서 그 생고생을 하고 있는 것이었다.

하나 더 집어내고 보니 처음 녀석만 한 작은 것이었다.

"멀었냐? 후딱(빨리) 갖고 오랑께!"

나는 그냥 됐다 싶어서 두 개를 들고 큰누나에게 달려갔다. 큰누나는 고구마를 씻어서 장독대 옆에 쌓인 눈에 구덩이를 만들고, 고구마를 각각의 눈구덩이에 넣고 덮었다.

그날 밤, 큰누나는 눈 속에 묻어둔 고구마를 꺼내 와 깎기 시작했다. 이를테면 밤에 먹는 간식이었다. 이것도 엄마가 없을 때나 간식이지, 있을 때는 눈치 보여서 평소에는 먹지도 못하거나 우리끼리 작당해서 몰래 훔쳐 먹는 것이었다. 촛불 밑에서 하얀 속살을 드러내는 고구마가 벌써부터 시원하고 맛있게 보였다. 그런데 누나들과 형 것은 큼지막한데, 내 것은 손가락만 한 게 쪼갤 필요도 없이 그냥 한입에 뚝뚝 베어 먹을 수 있을 정도로 작고 초라한 것이었다. 굵직한 누나와 형 것을 쪼개는데 누런 속살이 드러나며 더욱 탐스럽고 맛있게 느껴지는 것이었다. 거기다가 나 보라는 듯 얄궂게 먹는 형을 보니 까닭 없이 은근히 주눅까지 들어 한 조각 달라는 말도 못 하고 훌꿋거리고 있었다.

"작은놈아 뭣 허냐?"

그때 눈치를 챈 듯 작은누나가 빙긋 웃으며 누런 속살이 가득한 조각 하나를 주었다. 그 누런 속살을 씹는데 정말이지 내 것은 비교도 안 되게 입 안 가득 달고 시원한 맛이 전해져 오는 게 너무 행복했다.

"눈도 잘 못 뭉치고 헌께. 짜증 났당께."

형은 나한테 삐진 이유를 말했다. 말하자면 동물적 본능인지는 모르지만, 형은 약한 동생이 싫었던 것이다.

큰누나가 윗집 할머니한테 들은 으스스한 도깨비 이야기를 들려주었다. 그 실감 나는 얘기에 우리는 두터운 솜이불을 끌어안았다.

밖에는 또다시 함박눈이 펑펑 내리고, 방 안에서 희미한 촛불이 한지韓紙 문에 가물가물 새어 나오고 있었다.

군고구마

아빠는 먹을 것 간섭을 안 하니 상관없지만, 엄마가 없는 집안은 우리들 세상이었다.

"언니야 수수밥 해 먹잔께?"

"쌀밥에다가 조도 찌끔 넣으믄 더 맛난디…."

작은누나의 말에 형도 먹고 싶은지 말을 해 놓고 슬그머니 뒤를 흐렸다. 우리가 엄마가 없는 김에 조, 수수를 넣은 쌀밥을 해 먹자고 큰누나를 조르는 것이었다.

"안 돼야. 엄마 알믄 큰일 난당께. 글고 애껴 놨다가 대보름날 써야 되는디 먹어 불면 쓰겄냐?"

토속신앙을 중요시하는 엄마의 성격을 잘 알고 있는 큰누나

가 의젓하게 말했다. 그리고 엄마가 없는 집 안에서 할 것과 안 할 것을 말해 주며 우리를 달랬다.

그날 오후, 부엌에 저장 땔감이 없자 형이 나를 불러 함께 텃밭 옆에 쌓아 놓은 땔감을 옮기자고 했다. 나는 갑자기 배가 아프다고 아랫목에 배를 깔고 엎드려 생신음 소리를 냈다. 추운 밖에 나가기 싫은 것이었다.

"추운께 배 아프다고 지랄이여 지랄이!"

달래도 내가 신음을 하며 끝내 뻗대자 형 혼자 옮기며 잔소리를 하는데, 한 마디 한 마디가 내 속을 훤히 들여다본 듯 콕콕 쑤셔 왔다.

어쨌거나 형이 부엌에 땔감을 가득 채우자 내 병은 씻은 듯이 나았고, 큰누나는 보리를 씻어 가마솥에 안치고는 커다란 고구마 몇 개를 씻어서 반으로 쪼개 보리 위에 놓았다. 작은누나가 지피는 불에 보리와 고구마가 익자 큰누나는 가마솥에 익은 보리를 바구니에 담아 시렁에 박힌 못에 걸었다.

초벌 삶은 보리는 씹기에 조금 억세어서 끼니때 한 번 더 삶아 밥으로 먹는 것이었고, 고구마는 우리의 저녁밥이었다.

"먹고 잡으먼(싶으면) 잘 골라 갖고 와라이."

형은 그렇게 화를 내고는 중간 크기의 고구마 예닐곱 개를 골라 바구니에 담더니 광을 나가 버렸다. 낮의 땔감 때문에 아직까지 화가 나 있는 게 분명했다.

나는 엊그제와는 달리 수숫대에 지게를 기대 놓고 올라섰다.

지게에 올라서니 고구마 녀석들이 훤히 보이는 게 진즉에 이 방법을 쓸걸 하는 생각이 들었다.

크고 작은 녀석들을 보고 있자니 어떤 걸 골라야 할지 고민이 되었다.

사실 나는 누나들이 주는 군고구마만 먹어 봐서 군고구마에 대해서는 잘 모르는 때였다.

한참을 살피던 나는 구광 하나와 작은 것 하나를 골라서 달려갔다. 아마도 어린 생각에 큰 것 작은 것 하나씩 가져가는 게 무난하다는 판단을 한 것이었다.

내가 부엌에 도착하니 형은 고구마를 아궁이의 불씨에 덮고 있었다.

"너는 한뽀짝(한쪽 구석)에다가 허랑께!"

낮의 꾀병 때문에 아직도 형의 말이 가슴을 움찔거리게 했다. 나는 형이 했던 대로 부지깽이를 들어 아궁이 한쪽에 남은 불씨를 걷어 고구마를 묻었다.

밖에 눈보라가 일기 시작했다. 큰누나는 눈보라를 걱정스런 표정으로 보았다.

요즘 부엌은 입식入式으로 안방이나 다를 바가 없지만, 구식舊式 전통 한옥의 부엌은 방에 구들장으로 연결되어 있는 외식外式 부엌이어서 겨울에는 추웠다.

큰누나는 장녀로서 의젓한 면도 있었지만 아직은 열다섯 어린 티가 있어서 추운 겨울 날 아침밥을 차리는 것이 귀찮을 때도 종종 있었다. 그럴 때마다 자주 애용하는 방법 중의 하나가 아랫목에 앉아 김치나 동치미에 군고구마나 삶은 고구마를 아침 대용으로 먹는 것이었다. 아빠 엄마가 있을 때는 어쩔 수 없이 아침밥을 차려야 했지만, 우리끼리 있으니 내일 아침에 편해보려고 요령을 피우는 것이었다.

형이 고구마를 굽는 걸로 보아 방금 막 불씨로 덮은 고구마는 내일 아침밥이었다.

밖에는 눈보라가 더욱 거세지고 있었다.

그날 밤, 잠결에 측간에 가려던 나는 바라지 사이로 새어들어오는 눈보라를 보며 망설이다가 문득 아궁이를 바라보았다.

내 고구마를 덮어 놓은 불씨가 하나도 보이지 않았다. 이러다가는 내일 아침에 안 익은 고구마를 먹게 되려나 하는 불안감에, 가까이 다가가서 부지깽이로 뒤적여 보니 부스러기가 된 불씨 말고는 정말로 없는 것이었다.

양심이고 뭐고 없었다. 누나 것이든 형 것이든 불씨를 옮겨 와 내 고구마를 두툼하게 덮고 급히 측간으로 향했다. 아침에 작은누나가 아궁이에서 고구마를 모두 꺼내 바구니에 담아 오자, 모두 모여 앉아 입맛을 다셨다.

"작은놈은 구광이었냐?"

큰누나가 바구니를 보더니 나를 살피며 물었다. 누나의 말에 형이 크게 웃었다. 나는 내가 큰 고구마를 가져와서 큰누나가 나무라는 줄 알고 변명 섞어 말했다.

"째깐놈(작은 것)도 있당께."

누나를 살피며 말하자 형이 더 크게 웃었다.

바구니에서 내 고구마를 집어서 먹으려던 나는 형이 그렇게 웃는 이유를 알았다. 작은 것은 까맣게 숯덩이가 되어 있었고, 구광은 겉만 까맣게 타고 속은 설익은 고구마가 되어 있었다. 처음 고구마를 구워 보는 내가 아무 영문을 모르고 구광을 구웠으니 그럴 만도 했다.

"너는 작은놈 것 챙개 주제. 뭣 했냐 잡놈아."

나를 안쓰럽게 보던 작은누나가 형을 나무랐다.

"이놈(군고구마) 나놔 먹고 낮밥(점심밥)을 쪼까(조금) 빨리 먹자."

아침을 챙기지 않아 미안했는지 큰누나가 상황 정리를 했다. 군고구마에 김치를 얹어서 먹는 맛은 역시 질리지가 않았다.

나는 굶을 뻔한 아침을 얻어 먹으며, 미안한 마음에 형을 살폈다. 형이 내 마음을 알았는지 꿀밤을 놓았다.

"후참에는 니가 해. 내가 배 아플랑께."

아침을 사이좋게 먹고, 나는 설익은 구광을 한 입 베어 보았다. 이빨에 니글거리는 식감이 전해져 오며 소름이 돋았다. 차라리 냉고구마가 더 낫다는 생각이 들었다.

돈키호테

이웃집에 사는 나이 많은 남자를 삼촌이라고 불렀다. 족보에 없는 이웃사촌을, 더욱 친밀감을 주기 위해 그렇게 불렀던 듯싶다. 서른 중반인 삼촌은 우리 형보다도 더 신神의 손을 가진 사람이었다. 삼촌의 손에 낫과 칼이 쥐어지면 뭐든지 멋진 장난감이나 동물 인형 등으로 뚝딱 만들어졌다. 나에게 만들어 준 장검도 그랬다.

어느 날 해변에 떠밀려 온, 배를 만드는 튼튼한 나무판자를 운 좋게 주운 나는, 엄마가 가마솥에 삶아 놓은 고구마 두 개를 꺼내 삼촌을 찾아가서 바쳤다.

삼촌은 고구마를 먹는 모양부터 특이했다. 위아래 꼭지를 먼저 입으로 베어 내 뱉고는 대나무를 반으로 갈라서 만든 접시에 올려놓고 입술에 고구마 살이 묻지 않게 대나무 젓가락으로 먹는 모습이, 역시 오랜 경험으로 터득한 것 같았다. 삼촌이 다 먹은 것을 확인한 나는 주워 온 나무를 바쳤다. 칼을 만들어 달라는 것이었다.

고구마를 다 먹은 삼촌은 장인의 도구인 듯 보이는 날카로운 칼과 낫을 꺼내 들고 나무를 깎기 시작했고, 그의 손에서 신들린 듯 움직이는 낫과 칼은 휘황한 빛을 뿜으며 내 눈을 꼼짝 못하게 붙들었다.

음력 2월 초봄, 양지바른 곳에서 나의 애검愛劍은 그렇게 탄생했다.

칼을 허리에 찬 나는 두려울 게 없었다. 엄마가 장 보러 갈 때 쓰는 붉은 색 보자기를 찾아 망토로 목에 걸치고 집을 나섰다. 그 모습이 얼마나 당당하고 멋있었는지 지나가는 아저씨와 아줌마가 나를 향해 엄지를 세워 주었고, 손아래 동생뻘 되는 아이들은 부하라도 되는 양 뒤를 졸졸 따랐다.

친구들과 뛰놀던 공터 입구에 항상 으르렁대던 멀대 형네 바둑이도 꼬리를 사리고 집에 기어들어 갔고, 그 집 옆을 지나가면 갑자기 나타나 기습 공격으로 쪼아 대던 털보 아저씨네 칠면조도 대문간에 꼬리만 내놓고 벌벌 떨고 있었다. 기울어 가는 해도 점점 더 붉게 나를 비췄고, 초봄의 쌀쌀한 바람도 더욱 멋지게 내 망토와 옷깃을 휘날려 주었다.

친구를 찾아가 나의 애검을 뽐내자 친구도 보라는 듯 집으로 들어가더니 장검을 가지고 나왔다. 그 장검은 친구를 골목대장으로 만들어 준 명검이었다. 이윽고 두 전사 사이에는 한 치의 양보도 없는 팽팽한 긴장이 흘렀다.

'휘잉….'

바람에 메마른 플라타너스 잎이 흩날리자 친구가 옛날 장군처럼 말했다.

"어떠냐? 나의 장검이 더 멋있지 않느냐? 하하하!"

"이것은 나의 신이 만들어 주신 것이다. 뽐내지 마라!"

나도 칼을 뽑아 들고 맞섰다. 이윽고 두 용맹한 전사는 전투를 시작했다. 나는 용감했다. 그 근처 골목대장 자리를 2년 동안 휘어잡고 있을 만큼 내로라는 덩치인 한 살 위의 친구와 싸우면서도 맹위를 떨쳤다. 넘쳐나는 자신감에 지치지도 않았다. 나의 용맹에 위압된 듯 나뭇잎들이 부들부들 떨며 흩날리고, 나뭇가지에 앉은 새들도 얼어붙은 듯 날지 못했다. 나를 따라왔던 부하들은 나의 용맹함에 넋을 잃고 바라보았다.

어느덧 두 전사의 발등에는 검정 고무신의 테두리에 앉은 먼지가 말라 굳어 가며 검은 띠가 생기고, 그렇게 수십 합을 나누던 나는 문득 내 칼이 허공을 베는 느낌을 받았다. 보니 친구의 칼 중간 부분에 작은 옹이가 있었는데, 그 부분이 약해서 부러져 버려 짧아진 만큼 칼끼리 부딪지 못하고 내 칼이 허공을 벤 것이었다.

친구는 충격을 받은 듯 부러진 검을 멍하니 바라보고 있었다. 패배를 인정하는 말은커녕 나의 조롱하는 말도, 공터를 쩡쩡 울리는 부하들의 함성과 내 승리의 웃음도 들리지 않는 것 같았다.

집으로 돌아오는 나의 모습은 개선장군은 비교도 되지 않는 영웅의 모습이었다. 갈 때는 서넛이었던 부하들이 곱절로 늘어나 나를 찬양하는 노래를 불러 주었고, 서쪽 바다로 기울어 가던 태양도 영웅 같은 내 모습을 보려 멈춰 섰다. 또 지나가는 형들이며 아줌마 아저씨 할아버지 할머니들까지 박수를 치며 수건을 흔들어 주었다.

"장군은 칼을 보듬고 자는 것이 아니여. 알았제?"

집에 도착하자 아빠의 말씀이 생각났다. 나는 칼을 놔둘 만한 적당한 곳을 찾다가 부엌에 있는 시렁에 단정히 눕혀 놓고 잠을 청했다. 생각할수록 뿌듯하고 설레었다.

'태산처럼 믿음직한 나의 애검….'

그렇게 주문을 외며 잠이 들었다.

다음 날 아침, 일어나자마자 칼을 보러 갔다. 그런데 분명 시렁에 얹어 놓았던 칼이 없어졌다. 깜짝 놀랐지만 나는 이미 영웅이 되어 있었다. 여느 때 같으면 벌써 눈물이 앞섰을 터인데 놀란 중에도 이내 냉정을 되찾고 차분히 주변을 살피기 시작했다. 그때 큰누나의 말이 들려왔다.

"이것 비땅으로 좋다야!"

비땅이나 비지땅은 부지깽이의 전라도 사투리다.

나무 땔감에는 두 가지 종류가 있다. 하나는 나무의 줄기나 가지로 된 장작형 땔감과, 하나는 나뭇잎으로 된 낙엽형 땔감으로, 낙엽형 땔감은 부지깽이로 불길을 순간순간 뒤집고 다듬어 주어야 연기도 많이 안 나고 화력이 더 좋아진다.

누나는 지금 내 애검으로 낙엽형 땔감의 불을 다듬고 있는 것이었다.

나의 애검은 그렇게 아궁이의 불을 더욱 활활 타오르게 한 몸을 희생하고 있었고, 가마솥에는 구수한 밥 김이 무성하게 피어오르고 있었다.

꼬습다!

네 살 때쯤이었을 것이다.

아빠는 내가 박치기 놀이하는 것을 좋아했다. 아마도 내가 당신과 박치기 하는 모습이 씩씩하게 보였던 모양이다.

아빠는 둘도 없는 '깨복쟁이 친구'가 있었다.

'깨복쟁이'는 '아무것도 걸치지 않은 나체의 아이'를 사투리로 일컫는 말인데, 깨복쟁이 때부터 함께 자란 친구, 즉 소위 말하는 '불알친구'를 '깨복쟁이 친구'라고 했다. 재미있는 우리말 뜻으로 본다면 죽마고우보다 더 친한 친구다.

한번은 아저씨 내외가 놀러 온 적이 있었는데, 막걸리를 마시던 아저씨가 두 내외가 함께 있는 자리에서 아빠에게 이런 농담을 했다.

"우리 집사람이 이뿌기는 헌디, 말을 겁나게(엄청) 안 들은당께. 마누라 바까 불자(바꿔 버리자)."

그러자 아줌마가 더 세게 나왔다.

"까짓것 별것 있당가? 우리도 서방 바까 불세."

"그러세!"

부창부수夫唱婦隨라고 남편들이 친하니 아내들도 친한 것이었다. 아줌마의 농담에 곧바로 기가 죽은 두 남편은 막걸리를 들이켰다. 그 정도로 친했다.

아빠는 아저씨 집에 놀러 갈 때면 자주 나를 데리고 갔었다. 그러다 보니 그 집의 개도 나를 알아볼 정도였고 아저씨와도 매우 친했었는데, 아빠의 무릎 못지않게 아저씨의 무릎도 많이 애용할 정도로 나와 아저씨는 친한 사이였다.

그 시절에는 아이가 서너 살이 되어 스스로 걸음마를 시작하면 기저귀는 밤에 잠을 잘 때만 해 주었고, 춥거나 쌀쌀한 계절의 낮에는 '고재이 내복'이라는 것을 입혔다. 우리 사투리로 '고재이'는 어른들 팬티인 '고쟁이'라는 말 같은데, 어째서 그런 이름이 붙은 것인지는 의문이다. 고재이 내복은 일반 내복에 가랑이를 동그랗게 뚫어 놓아 아이들이 어른의 도움 없이 언제 어디서든 대소변을 볼 수 있게 만들어진 것으로, 일회용 기저귀가 없던 시절이라 다회용 천 기저귀를 관리하기가 힘든 점을 이용한 아이디어 상품인 것이었다.

어쨌든 통기성이 뛰어나 매우 위생적이었고, 일명 똥개라는 잡종견이 대변 후 엉덩이를 핥는 경우가 자주 있어서 휴지와 씻는 물을 절약하는 효과도 있었다.

어느 날, 아저씨 내외가 놀러 왔다.

"내 궁뎅이 어딨냐?"

아저씨가 집에 들어서며 나부터 찾는 것이었다.

내가 형이 입었던 고재이 내복을 물려받아 입고 다닐 때 아저씨가 옷 밖으로 드러난 내 엉덩이를 자주 두드려 주었었는데 그게 아저씨가 부르는 내 별명이 되어 있었다.

아저씨가 찾는 소리에 방을 뛰쳐나가 반겼다. 아직은 쌀쌀한 계절이라 고재이 내복을 입은 채 툇마루 끝에 서서 반기는 나에게 다가온 아저씨가 내복 밖으로 드러난 내 고추를 따 먹는 시늉을 하며 말했다.

"아따! 꼬숩다(고소하다)!"

꼬숩다는 아저씨가 매번 하는 행동이라 인사치레가 되어 있었다. 아저씨의 인사가 끝나자 품에 안긴 내가 아저씨의 귀를 잡고 박치기로 인사를 건넸다. 인사가 끝나자 아저씨가 껄껄 웃더니 나를 안고 방에 들어왔다.

나는 아저씨가 온 것이 좋아서 방 안을 마구 뛰어다녔고, 아빠와 아저씨는 마주 앉아 주안상을 기다리고 있었다. 그때 아저씨가 나를 부르더니 번개 같은 손놀림으로 내 고추를 따 먹었다.

"아따! 꼬숩다!"

나는 깜짝 속은 느낌에 박치기로 공격을 하고 아빠 무릎에 앉았다. 이윽고 엄마와 아줌마가 정성껏 차린 주안상이 들어왔다. 두 내외는 얼마간의 반가움으로 회포를 풀며 웃음이 끊이질 않았다.

한바탕 웃고 난 아저씨가 나를 불러 무릎에 앉히더니 고추를 힐끗 보았다.

"아따! 꼬숩다!"

또 재빠르게 따 먹은 아저씨가 껄껄 웃었다. 평소에는 이처럼 자주 안 했는데, 하는 이상한 느낌이 들자 나는 피하기 시작했다. 다소 먼 엄마의 무릎에 앉아 있는데 아저씨가 또 불렀다. 안 가려고 엄마 품에 안기는데 엄마가 말했다.

"꼬추를 꽉 잡고 가."

그게 아주 좋은 방법이라는 생각이 들었는지 나는 두 손으로 고추를 꽉 잡고 아저씨에게 갔다. 무릎에 앉아서도 고추를 놓지 않고 있는 나를 보던 아저씨가 방법을 달리했다.

"오매! 쩌 갱아지(저 강아지)가 이뿌네!"

아저씨가 마당에서 뛰노는 강아지를 가리키며 말했다. 내가 손가락을 따라 강아지를 보며 고추를 잡은 손을 깜빡 놓았을 때 아저씨가 또 따 먹으며 말했다.

"오매! 꼬순 거!"

나는 뭣 때문인지 아저씨 어깨를 때리며 마구 울어 댔다. 아마 거칠거칠한 손가락으로 고추를 자꾸 잡으니 아픈 것도 있고, 다른 날은 두 번 밖에 안 따 먹었는데 그날따라 너무 많이 따 먹으니 손해 본 느낌에 억울한 마음도 들었던 것이다.

우리가 '떡쪼리', '쫀디기'라고 불렀던 고무 과자가 있었다. 무지개 색을 한 30센티미터 자 모양에 0부터 9까지 숫자가 찍힌 떡쪼리는 20원이었고, 쫀득쫀득한 그것을 찢어 먹거나 구워 먹던 쫀디기는 넓적한 한 봉에 50원이었다. 가끔 형이 사 온 그것을 아까워서 한입에 못 씹어 삼키고 종일 빨아 먹던 기억이 난다.

한참을 껄껄거리던 아저씨가 주머니에서 쫀디기를 꺼내 울고 있는 내 손에 쥐여 주었다. 그걸 받아 들자 모든 것이 새로워진 기분이 들었는지 나는 금세 울음을 그치고 웃기 시작했다. 온 방 안이 웃음바다가 되었다. 그때 아저씨가 또 따 먹으며 말했다.

"겁—나게 꼬숩네! 하하!"

기저귀

'가제 베'라고 불리던 면사綿絲로 된 천이 있었는데, 요즘도 가제 손수건 등으로 사용하는 그 천이다. 당시 기저귀용으로 사용하던 가제 베는 가제 손수건이나 병원에서 사용하는 면 붕대와 비슷하지만 그보다 올이 더 촘촘했다.

일회용 기저귀가 없던 당시는 기저귀용으로 만들어 판매를 했었는데, 내 키를 훌쩍 넘는 길이에 어깨 폭만 한 너비였다. 그것을 접어서 벨트처럼 아이의 허리에 걸린 노란 고무줄에 앞뒤로 끼워 가랑이를 감쌌는데, 그래서 대소변을 아직 못 가리는 아기나 아이들의 허리에는 노란 고무줄이 항상 동여져 있었다.

집안에 아기가 생기면 마당의 빨랫줄에 하얀 기저귀가 여러 장씩 걸려 있었는데, 이색적이고 진귀한 풍경으로 보이기는 했지만, 여성들에게는 그것들이 또 하나의 일거리였다.

물에 적셔 빨랫비누로 비눗물을 먹이고, 덕솥—외부 아궁이, 덕용 솥—이나 곤로에 삶고, 방망이로 두드려 가며 다시 빨아서 헹구고, 빨랫줄에 널어서 말리고, 걷어서 접고.

말이 쉽지 집안일이 하나 더 늘어난 것이나 다름없었다. 또 아이를 데리고 외출할 일이 생기면 그 시간에 맞게 여러 장의 기저귀를 챙겨야 했고, 사용한 기저귀는 다시 가져왔다.

엄마와 이웃집 할머니와 이모할머니가 마루에 앉아 기저귀를 접으며 도란도란 정겨웠던 모습이 아직도 눈에 선하다.

성인이 되어 누나한테 들은 얘기로, 생리대도 가제 베를 사용했었는데 관리 방법은 기저귀와 같았다고 한다.

따뜻한 봄날, 엄마는 나를 데리고 윗동네에 있는 이모할머니 댁에 갔다.

그 할머니는 외할머니의 6촌 동생의 이복동생이었는데 엄마를 친딸처럼 대했고, 엄마도 어떤 친척보다도 그 이모할머니와 친했다.

말이 윗동네 아랫동네지, 앞산 쪽 지대가 높고 해변 쪽 지대가 낮다고 해서 붙여진 이름으로, 엎어지면 코 닿을, 한동네였다. 거리가 가깝다 보니 윗집과 뒷집의 할머니만큼 우리 집에 자주 오는 사람이 이모할머니였다.

당시는 교통이 불편했기 때문에 친척 간에도 거리가 멀면 왕래가 그리 자주 이루어지지 않았다. 그래서 먼 친척일지라도 가까운 곳에 살면 귀하게 여겨 친하게 지냈고, 이웃사촌이라는 말이 있듯, 이웃에 사는 사람들을 삼촌, 이모, 아짐, 어매, 엄니 등의 호칭으로 더 가깝게 불렀다. '아짐'은 아줌마를, '어매'나 '엄니'는 엄마나 어머니를 일컫는 말인데, 지역 사투리로는 정이 많이 담긴 호칭이다. 유사어로 성님(형님), 아우(동생), 아재(아저씨), 할매(할머니), 할아씨 또는 할배(할아버지), 아줌씨(아줌마) 등이 있다.

할머니 댁에 도착하자 할머니와 아줌마가 마당 앞 텃밭을 일구고 있다가 반겼다.

아줌마는 1년여 전에 삼촌과의 '과속 스캔들'로 임신을 하는 바람에 부모님의 반대에도 불구하고 어쩔 수 없이 시집을 오게 된 새색시였다.

할머니는 며느리를 매우 아꼈는데 삼촌이 외아들인 것도 있고, 할머니의 타고난 성품도 성품이지만, 그 주된 이유는 서른 살 난봉꾼이었던 아들이 며느리가 오자 성실한 청년이자 애처가로 변모한 것이었다.

거친 뱃사람의 성격이었던 아빠한테 비슷한 선례先例를 겪어서 그랬던지 엄마는 항상 아줌마를 흐뭇하고 대견하게 생각했다.

"이모, 유채씨 한 주먹만 꾸어 주시오."

마루에 할머니와 나란히 앉은 엄마가 말했다.

"시방(지금) 삐리고(뿌리고) 있는디 남는 놈이 있는가 모르겄다. 아가, 월매나 남었냐?"

"여그는(여기는) 쪼까보께(조금밖에) 없는디, 헛간에 월매나 남었는가 모르겄어요."

할머니의 물음에 아줌마가 씨를 뿌리다가 바가지를 보더니 대답했다. 아줌마의 말에 할머니가 엄마를 데리고 헛간으로 향했다.

할머니와 엄마가 가고 우두커니 앉아 있는데 마루 한쪽에 말끔하게 개서 단정히 쌓아 놓은 10여 장의 기저귀가 눈에 들어왔다. 이제 막 기저귀 신세를 면한 나는 기저귀를 보자 반가웠는지 가까이 다가가서 보았다. 그때 방 안에서 아기의 웃음소리가 들려왔다.

아까는 잠들었는지 조용해서 못 봤었는데, 활짝 열린 방문으로 보니 방 한가운데 누워서 천장을 보며 혼자 놀고 있는 아기가 보였다. 아기는 이제 두 달쯤 된 아기였다. 가까이서 보고 싶어진 내가 방으로 들어가려 할 때 헛간에서 나온 할머니와 엄마가 텃밭으로 향했다. 엄마는 기왕 온 김에 일손을 잠시나마 덜어 주고 싶은 것이었다.

"그러코(그렇게) 허는 것이 아니여. 이리 줘 보소이."

스물둘의 새색시가 밭 일구는 솜씨가 서툴렀는지 엄마가 쇠스랑을 뺏어 한 수 가르치는 것이었다.

나는 방에 들어가 아기를 보고 있었다. 천장을 보며 재미있게 놀고 있는 아기가 예뻐도 너무 예쁘게 보였는지 마루에 쌓아 놓은 기저귀를 가져온 나는 바르게 펴서 아기를 덮어 주었다. 나름 포근하게 덮어 준다고 덮어 준 것이었다.

아줌마가 방문을 활짝 열어 놓은 것은 일을 하면서 아기를 살피기 위한 것이었는데, 엄마에게 일을 배우느라 깜빡 방심하고 있었다.

기저귀를 곱게 펴서 덮자 아기가 웃는 것이 더 재밌어진 내가 얼굴까지 단정하게 덮어 주자 아기가 더 기분 좋은 듯 웃었다.

그때 방 안을 본 엄마가 깜짝 놀라서 달려와 흙도 안 털어 낸 손으로 나를 밖으로 잡아 내더니 볼기짝을 정신없이 때렸다.

방 안을 본 할머니는 놀란 입을 다물지 못했고, 아줌마는 부리나케 달려와서 기저귀를 걷어 내고 아기를 안고 울었다.

아무리 철없는 아이가 한 놀이라지만 그 모양새가 너무나도 끔찍해 보인 것이었다.

"작은놈이 뭣을 알고 했겠냐? 고마해라(그만해라)."

"성님, 괜찮헌께 고만허시오."

가까스로 마음을 진정시킨 할머니와 아줌마가 엄마를 말렸다.

체벌은 그쳤지만, 엄마는 불같이 화가 난 중에도 난처한 듯 할머니와 아줌마의 눈치를 보며 어찌할 바를 모르고 있었다.

그때 엄마가 얼마나 세게 때렸던지 머리까지 울리며 세상이 뒤흔들리는 것 같았던 그 충격이 지금도 머리를 얼얼하게 한다.

첫사랑

1976년, 국민학교에 입학했다. 요즘은 초등학교다. 형이 쓰던 책가방이며 문방구들을 물려받아 등에 지고, 새 검정 고무신에 엄마가 나름 단정하게 입혀 준 새 옷을 입고 책상에 앉았다.

수아는 미리 와서 앉아 있었다. 수아와 나는 키가 작아서 맨 앞 1번과 2번 짝꿍이 됐다. 수아는 원래 서울 태생인데 아빠의 사업 때문에 이사를 왔고 우리 학교에 입학했다는 것이다.

우리 동네 냉동공장 사장의 딸인 수아는 세련된 도시형 옷차림에다 등하교를 검은 세단으로 하는—촌구석에서는 함부로 범접하기 힘든—귀하고 이지적인 친구였다. 하지만 수아는 당차고 사교적인 성격이었다.

그때는 2인 1책상이었는데, 남녀 사이가 유별하다는 뜻인지, 동물적 영역 표시였는지, 어떤 다른 뜻이 있었는지 모르지만, 책상을 반으로 나누는 지점에 연필이나 나뭇가지 등을 놓아 짝꿍—특히 이성異性 짝꿍—끼리 서로 침범하지 못하게 하는 입학 초기 아이들만의 유행 같은 관습이 있었다. 어떤 녀석들은 선생님께 혼날 것을 알면서도 크레파스로 그리고 칼로 책상을 파기까지 했다.

나도 그랬다. 수아에게서 나는 향기, 꾸깃꾸깃하고 칙칙한 우리네 옷하고는 다른 깨끗하고 선명한 색상에 단정한 옷, 햇볕에 검게 탄 시골 계집애와는 확연히 다른 하얀 얼굴에 또렷한 이목구비와 맑은 눈동자, 그리고 어깨 아래까지 늘어진 윤기 나는 머리카락, 그런 이질감에다가 이성에 대한 쑥스러움까지 겹쳐서 나도 모르게 의자를 멀리 해서 앉기도 했다.

내가 영역 표시를 한 물건은 형에게 물려받은 볼펜 대에 몽당연필을 끼운 것이었다. 수아의 눈치를 보며 영역 표시를 하자 적이 마음이 놓였다.

그런데 수아가 피식 웃더니 가로놓인 연필을 대뜸 집어 마치 자기 것처럼 전혀 아무렇지 않게 공책에 글씨를 썼다. 그걸 본 내 가슴은 무슨 큰일이라도 난 것처럼 쿵쾅거렸고, 뭐라고 따져 보려 하면 그 하얀 얼굴이 내 입을 얼려 버렸다. 수아가 기다란 자기의 새 연필을 주며 말했다.

"이거 편하다. 바꿀까?"

"안헌당께(싫다니까)!"

나는 용감한 척 쏘아붙였지만 이미 무너져 버린 자존심을 다시 세우기는커녕 검붉게 화끈거리는 얼굴과 떨리는 가슴이 더 이상 말할 힘을 빼앗아 가 버렸다. 그리고 수아는 매우 친절했다. 점심을 먹을 땐 내 꽁보리밥 도시락에 계란 반찬과 햄—사실 내가 엄청 먹고 싶어서 흘끗대던 반찬이었다—을 얹어 주고는 대신 내 김치와 말린 생선 반찬을 뺏어 먹기도 했고, 손으로 돌리는 자동 연필깎이로 연필도 깎아 주고, 공부하며 틀린 글씨를 고쳐 주기도 했고, 난생 처음 번쩍번쩍 빛나는 세단을 타고 하교하게 해 주기도 했다. 수아의 그런 친절 덕분에, 남들이야 어떻든 우리는 일주일도 안 돼 영역 표시를 없애 버렸다.

쾌청한 봄 어느 일요일, 수아가 하얀 스웨터를 입고 우리 집에 놀러 왔다. 나는 기뻐서 어쩔 줄 몰랐다.

사실 나는 수아의 집에 가끔 놀러 갔었는데, 쑥스러워서 부르지도 못하고 대문 앞을 서성이다가 돌아오곤 했었다. 그런데 그때껏 집 밖 나들이를 안 하던 수아가 우리 집에 온 것이었다.

나는 수아를 즐겁게 해 주기 위해 궁리 끝에 우리 집안의 첫 번째 보물인 리어카를 끌고 해변으로 향했다. 리어카는 우리 가족에게 많은 일을 해 주었다. 사시사철 부두와 밭과 산을 오가며 집 안의 온갖 무거운 짐들을 한 몸에 감당해 주었던 것이 리어카였다. 그걸 함부로 손댔다가는 부모님과 형에게 벌을 받는 것은

불을 보듯 뻔했지만, 그런 건 수아를 보자마자 잊어버렸다.

아직은 차가운 바닷바람이 가슴을 알싸하게 채워 왔다. 수아를 리어카에 태우고 조그마한 해변 모래사장을 뛰기 시작했다. 아직은 내 힘에 버거운 리어카였지만 턱까지 올라오는 손잡이를 힘껏 끌며 신이 났다. 수아는 리어카에 누워서 파란 하늘에 연신 함박웃음을 보내며 즐거워했고, 하늘을 안으려는 듯 팔을 뻗기도 했다.

"내가 쪼끔 아파서 항상 집에 있다가 차 타고 학교하고 병원만 다녔어. 밖에 나와서 이렇게 재밌게 놀아 본 건 처음이야. 고마워."

집에 도착하자 대문 앞에서 수아가 말했다. 쑥스러워서 수아의 얼굴도 못 쳐다보고 멋쩍게 웃기만 했다. 수아의 머리카락이 하얀 어깨 위에서 봄바람에 가녀리게 쓸렸다.

수아는 다음 날부터 학교에 나오지 않았다. 몇 날이고 수아의 집 앞에서 기다렸지만 수아를 태운 차는 나타나지 않았다.

그렇게 달포가 지나고 수아를 태운 검은 세단이 우리 집에 왔다.

수아는 휠체어에 앉아 있었다. 밀어 주려는 엄마를 말리며 자신이 바퀴를 굴려서 오는 수아는 여전히 당찬 모습이었다.

"나 서울 가…. 이제 여기 안 올 거야…. 고마웠어."

수아는 내게 다가와 문방구가 든 상자를 건네고 미안한 듯 눈치를 보다가 해맑게 웃어 주며 돌아섰다.

내가 난생 처음 느껴 보는 먹먹하고 아픈 가슴을 느릿느릿 받아들이고 있을 때 수아가 탄 차는 멀리 떠나가고 있었다.

내가 수아와 함께했던 추억을 곱씹으며 다른 친구를 받아들이지 못하는 사이 그 봄과 여름이 가고, 귀뚜라미가 울기 시작하던 초가을 어느 날 밤, 나는 마당에 펴 놓은 평상에 누워 우두커니 별을 보고 있었다.

귀뚜라미의 맑은 울음에 답하듯 별이 더 초롱초롱하게 빛나는 것 같았다. 그때 방에서 큰누나가 엄마랑 이불을 손질하며 대화하는 소리가 들려 왔다.

"엄마 냉동공장 딸 알제? 낳음서 원래 아픈 애기였드만, 그런디 저번 봄에 또 아파 갖고 서울로 실려 갔는디, 서울 병원에서 이번에는 못 고친닥 해서 미국으로 갔닥 허네."

"미국 갔으면 금방 낫을 것이여."

"그러것제(그러겠지)…. 그런디 미국으로 가기 전날 애기가 헛것을 본 듯이 병원 천장을 쳐다봄서 허는 말이, 하늘이 보고 싶어요, 하늘이 보고 싶어요, 그랬다네? 애기는 시상 야무지고 이뿌드만…. 쯧쯧."

"그렁께(그러게) 말이다. 돈 많다고 다 좋은 것은 아닌갑서(아닌가 봐)."

엄마가 한숨을 내쉬며 말했다. 엄마의 말이 끝나자 방 안에 잠시 침묵이 흘렀다.

다음 날 나는 온종일 해변에 앉아 있었다. 하지만 수아와 함께 맞았던 바람은 한 줌도 불어오지 않았다.

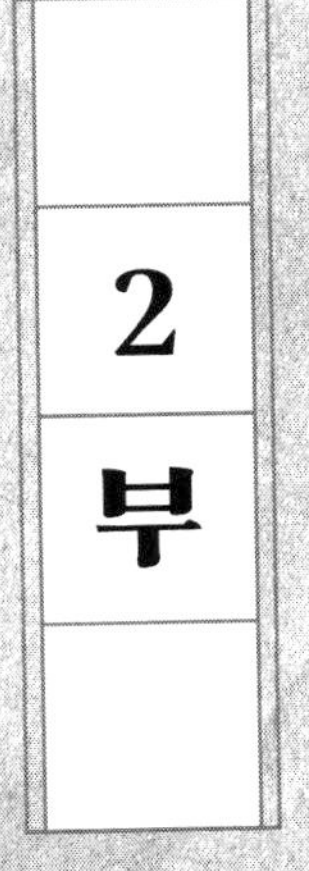
2
부

STORY

매 맞자 ①

우리가 도시에 살면서 대수롭지 않게 지나치지만 아주 특별한 봄날이 있다. 경칩이 지나고 겨우내 얼었던 날씨가 풀리면서 땅에서는 단물이 촉촉이 올라오고 하늘에서는 따스한 햇볕이 쏟아져 내려오며 천지조화가 최고로 잘 맞는 봄날 중의 봄날이 음력 3, 4, 5월 중 사나흘씩 꼭 있다.

티끌 하나 없이 파란 하늘에 따스한 봄볕이 충만한 날이었다. 맑디맑은 봄바람도 살랑살랑 멀리 들판을 쓰다듬고 있었고, 나뭇잎도 기분 좋게 나풀거렸다. 몇십 년의 역사를 뽐내듯 교정과 운동장의 가장자리에는 크고 작은 고목들이 봄날을 즐기고 있었고, 운동장에는 몽롱한 아지랑이가 모락모락 피어오르고 있었다.

일곱 살, 입학한 지 한두 달쯤 되는 어느 날, 교실에서 수업을 받고 있던 나는 교실 창문에 걸린 봄 풍경 때문에 제정신이 아니었다. 겨우내 답답하게 닫아 두기만 했던 교실 창문을 활짝 열어 놓으니 봄바람 녀석이 밀려 들어왔다. 녀석은 교실 밖 세상의 소식을 전해 주러 온 듯 내 귓가에 살랑거렸다.

'땡땡! 땡땡!'

수업이 끝나는 종소리가 들렸다. 수업이 끝나는 종소리는 두 번, 수업을 시작하는 종소리는 세 번이었다. 두 번의 종소리는 10분 동안 놀다가 오라는 자유의 울림이었다. 종소리에 문득 환상에서 깬 나는 교정에 나가 다시 봄의 환상을 즐기기 시작했다.

"뒷산에 가 보까?"

친구가 와서 물었다. 녀석도 오늘 같은 봄날에 어지간히 홀린 모양이었다. 나는 친구를 따라 학교 뒷동산으로 향했다.

학교에는 직함이 '소사 아저씨'라고 해서 학교의 시설물이나 건물을 관리하는 아저씨가 있었는데, 뒷동산도 소사 아저씨가 관리를 했다. 학교 뒷동산은 학생들은 들어가면 안 되는 곳이었다. 형과 누나한테 들은 얘기로는 선생님들이 우리 학교에 처음 오면 기념식수로 유실수有實樹를 뒷동산에 심었는데, 아이들이 들어가서 그 나무를 훼손하는 경우가 종종 있었다고 한다. 나중에 알게 된 사실이지만 당시는 선생님의 권위를 무겁게 여겼기 때문에 선생님의 물건 등을 훼손하는 것은 큰 잘못이었다. 그런저런 이유로 만약 뒷동산에 들어가서 들키면 소사 아저씨와 선생님께 엄벌을 받는다는 것이었다.

뒷동산에 도착하니 선생님들의 이름표를 걸어 놓은 크고 작은 배, 사과, 감, 대추 등 기념식수들이 가지런히 심어져 꽃망울을 달고 있었고, 아직까지는 군데군데 하얀 꽃잎이 덜 떨어진 벚나무 가지에는 여기저기 새록새록 새잎이 피어오르고, 진달래와 찔레도 분홍빛과 하얀빛의 활짝 핀 꽃을 자랑하고 있었다. 우리의 가슴은 풍경과 꽃향기에 취해 무릉도원이라도 온 듯 하얗게 들떠 있었다. 우리는 식수 밭 가장자리에 익어 있는 산딸기와 새록새록 뻗어 나온 칡의 새순을 따 먹기 시작했다. 형과 누나에게 들은 얘기는 아무런 효과가 없었다.

산딸기, 칡 새순, 찔레 새순, 버찌(벚나무 열매), 오디(뽕나무 열매) 등 야생에서 자란 것들은 우리가 주인이나 어른들의 눈치를 보지 않고 자유로이 먹을 수 있는 봄의 간식이었다.

산딸기는 아직 덜 익었지만 군데군데 시큼 달달한 맛을 내고 있었고, 얇은 껍질을 벗겨 내면 연한 속살의 아삭한 식감과 고유의 향이 입 안 가득 시원하게 차오르는 칡의 새순은 따 먹기 적당한 크기로 자라 있었다.

'땡땡땡! 땡땡땡!'

수업을 시작하는 종소리가 들려왔다. 흠뻑 취해 있던 우리는 꿈에서 깬 듯 서로의 눈치를 보았다. 수업을 빼먹자는 눈치였다. 우리는 다시 봄의 환상에 빠져들었다. 아직 학교라는 환경에 완전히 적응이 안 된 행동이었다.

점심시간이 되어 모두들 점심을 먹고 있는데, 교실로 들어오는 우리를 선생님은 그때까지 교단에 앉아서 기다리고 있었다. 선생님은 불같이 화가 나 있었다.

"이놈들아. 뱀이라도 물리면 어쩌려고 거길 가?"

어디에 갔었냐는 선생님의 물음에 그때서야 심상찮은 분위기를 느끼며 머뭇거리다가 사실대로 얘기를 하자, 선생님이 그렇게 화를 내며 우리의 종아리에 회초리를 대고 있었다.

사실 봄 뱀은 아직 독이 오르지 않아 가을 뱀에 비해 그리 치명적이지는 않았지만 선생님의 걱정은 그게 아닌 것이었다.

선생님께 처음 맞아 보는 나는 순간의 억울함과 설움이 앞서 마구 울어 댔다.

"작은놈, 다리가 워째 그러냐?"

저녁에 옷을 갈아입는데 내 종아리를 본 아빠가 물었다. 나는 옷을 마저 갈아 입고 아빠 앞에 앉았다. 이윽고 세세하게 캐묻는 아빠에게 억울함 섞어서 그날 학교에서 있었던 일을 모두 일러바쳤다. 내가 말하는 내내 화난 표정이 역력한 것이 아빠는 역시 내 편이었다.

다음 날, 아빠는 내 손을 잡고 학교에 갔다. 나는 됐다 싶었다. 나를 때린 것을 아빠가 선생님께 따지면 앞으로 선생님이 체벌하지 않을 것이고, 그러면 수업 시간을 빼먹고 학교 정문 옆 외양간에 가서 놀 수도 있고, 다 익은 보리를 따서 구워 먹을 수도 있다는 생각이 들었다. 그런데 나를 데리고 교무실로 들어간 아빠의 행동은 전혀 뜻밖이었다. 선생님을 보자마자 90도로 깍듯이 인사를 하는 것이었다.

"이놈이 덜렁대고 철이 없어서 그러제, 정도 많고 똘똘헌께 잘 헐 것이요. 선생님 잘 부탁드립니다요!"

그러고는 또 깍듯이 인사를 하는 것이었다. 아빠는 내 편으로서 항상 최고였는데, 선생님께 허리를 굽혀 인사를 하는 것이었다. 내심 깜짝 놀란 나는 아마도 그 순간부터 선생님이라는 존재에 존경심을 갖게 되었을 것이다.

수업이 끝나고 정문을 나서는데 아빠가 기다리고 있었다. 아마 학교 근처의 이웃 동네에 사는 친구를 만나고 있다가 내가 집에 돌아갈 시간이 되자 정문에서 기다린 것이었다. 아빠는 목마를 태우고 가며 버찌를 따서 먹여 주었다. 나는 아빠의 귀도 잡고 이마도 쓰다듬고 눈을 가리기도 하며 장난을 쳤다. 나는 너무 즐거웠다. 아빠와 박치기는 자주 해 봤지만 이렇게 놀아 보기는 처음이었다.

서쪽 바다로 아직 넘어가지 않은 봄 해가 우리 부자를 따뜻하게 비춰 주었다.

집에 돌아와 저녁을 먹은 나는 아빠 앞에 섰다. 아빠는 낮에 목마를 태워 주던 친근함은 온데간데없고 엄한 눈길로 나를 바라보았다. 종아리를 내놓고 서 있는 나에게 아빠가 물었다.

"후참에는(나중에는) 선생님한테 맞을 짓거리 허지 마라고 때리는 것이여. 알았제?"

나는 회초리가 무서워서 아무 말도 못했다. 이윽고 내 종아리에 또 하나의 빨간 사랑의 악보가 그려지기 시작했다.

꿈이라도 좋으니 그 매를 한 번만 더 맞아 봤으면….

대변검사 ①

대부분의 농가에선, 잡초의 뿌리까지 없애는 독한 농약을 써야 하는 특수한 경우를 제외하곤 거의 농약을 쓰지 않았다. 쓴다 하더라도 독성이 아주 약해서 인체에 거의 무해한 농약이었다. 농약값에 드는 돈도 돈이지만 산과 들에 자연적으로 천적끼리의 먹이사슬이 형성되었기 때문에 굳이 돈을 들여 농약을 안 써도 평년이나 풍년을 기대할 수 있었던 시절이었다. 그래서 산과 들에서 나는 모든 게 거의 다가 말 그대로 유기농이었고, 세척제가 있었지만 식기류 등에나 조금씩 사용하는 정도로 맑고 깨끗한 시절이었다. 그래서 벌레가 먹어서 잎에 구멍이 송송 뚫린 야채를 물에 씻어서 그냥 먹거나, 벌레 먹은 과일과 채소류 등은 물에 씻어서 그 부분만 오려 내고 껍질째 먹는 것이 일상이었다. 그러다 보니 제거되지 않은 갖가지 벌레의 알을 먹게 되고, 그 알들이 체내에서 부화해서 기생하는 경우가 많았다. 몸에 기생했던 벌레로는 회충과 편충을 기억한다. 요즘에는 약국에서 구충제를 쉽게 구입할 수 있지만, 그때는 정부에서 국민건강 증진의 일환으로 매년 봄이면 학생들에게 구충제를 주었는데, 모두 다 주는 게 아니라 대변검사를 통해 기생충이 있는 학생에 한해서 나눠 주었다. 대변 채취는 요즘처럼 조그마한 스틱 케이스가 아니라, 겉봉과 안 봉으로 나눠진 비닐 팩에 이름을 써서 나눠 주고 각자 대변을 담아 오는 것이었다. 요즘은 자연 치료로 구더기나 기생충을 이용해 만성질환을 치료하기도 한다.

입학한 첫해 봄 토요일, 내 이름이 써진 비닐 팩을 받고 하교하던 나는 친구들과 쫓고 쫓기는 장난질을 하며 황금 요일의 오후를 즐길 궁리를 열심히 하고 있었다. 지능이라고 해 봤자 그저 그만한 네 녀석들의 머리에서 짜낸 계획이 고작 밭일을 피해 논다는 정도였다.

이번 주 우리 집 밭일은 콩을 심는 것이었다. 집에 일부러 늦게 들어가서 가족이 밭에 가고 없는 사이에 잽싸게 밥을 먹고 나와 친구들과 어울려 신나게 놀았다. 그렇게 날이 지고 집에 도착해서 엄마와 형에게 호된 벌을 받은 나는 서러운 눈물을 삼키며 잠이 들었다.

다음 날, 아침부터 밭일을 서두르는 가족들을 따라 밭으로 향했다.

잡초를 모두 뽑고 벌써 밭고랑 몇 줄을 만들어 놓은 것으로 보아 어제 가족들이 고생을 많이 한 것이 느껴졌다. 미안한 마음에 정말 열심히 거들었다.

엄마와 형은 괭이와 쇠스랑으로 돌을 골라 가며 고랑을 만들어 가고, 큰누나와 나는 호미로 고랑을 다듬으며 콩알을 넣고 흙을 덮고 물을 뿌렸다. 가족들이 합심해서 일을 하니 점심시간이 조금 지난 시간인데 일이 조금밖에 남지 않았다. 점심을 준비해 왔지만, 일거리가 얼마 남지 않았으니 마저 하고 집에 가서 편히 먹자는 엄마의 의견에 형과 누나가 찬성했다. 나에게는 불만의 권한이 없었다.

"작은놈 많이 먹어라이."

내가 세상에서 가장 좋아하는 라면이 점심상에 올라왔다. 엄마는 내가 오늘 열심히 일하는 것을 보고 어제 벌받은 아들이 짠해 보였던 것이다.

두어 달 만에 최고로 만족스런 점심을 먹고 강아지들과 놀고 있는데 형이 다가와서 내 물건을 건넸다. 어제 압수했던 딱지와 목자—사방치기, 비석치기 할 때 쓰는 납작한 돌멩이—였다. 이제 놀러 가도 된다는 허락이었다. 형에게 물건을 받아 들고 한달음에 공터로 향한 나는 친구들과 마음껏 놀다가 집에 돌아왔다.

나는 그날 저녁 대변을 보았지만 너무도 행복하고 노곤한 하루여서 대변 채취는 새까맣게 잊고 잠이 들었다.

월요일 아침, 늦잠을 잔 나는 문득 대변 채취 생각이 났다. 급한 마음에 부랴부랴 측간으로 달려갔지만 어제 밤에 일을 봤으니 아무리 힘을 주어도 급히 나올 리가 없었다. 하는 수 없이 밥을 먹는데, 메뉴가 된장국이었다. 나는 됐다 싶었다. 밥을 먹는 둥 마는 둥 수저를 들고 장독대로 달려가서 누런 된장 한 수저를 퍼서 비닐 팩에 넣고 나니 적이 안심이 되었다.

"이놈들이 선생님을 속여?"

그날 오후, 수업이 끝나고 나를 포함한 대여섯 녀석들이 각자 대변을 채취한 비닐 팩을 들고 한 줄로 서서 선생님의 벌을 기다리고 있었다.

녀석들의 팩에 든 내용물을 본 나는 어린 마음에도 피식 웃음이 나왔다. 그래도 대변에 가장 가까운 된장을 담아 왔으니 선생님이 나는 벌을 조금이라도 적게 줄 것 같다는 생각이 들 정도였다.

한 녀석은 나와 같은 된장인데 항아리 상부 가장자리에서 떠왔는지 새까맣게 말라붙은 된장에 하얗게 곰팡이가 보였고, 어떤 녀석은 찰흙을 넣어 오고, 다른 녀석은 그냥 흙을 물에 이겨서 넣었고, 황토를 물에 이겨서 넣으면 그럭저럭 봐줄 만할 텐데 황토가 굳어서 생긴 돌멩이를 그냥 넣어서 온 녀석도 있었다. 회초리를 들고 벌을 주려던 선생님도 우스운지 엄한 표정이 아니었다. 그때 첫 번째로 벌을 받으려 섰던 녀석이 우리의 구세주가 되었다.

"오늘 아적(아침)에 나온 것이 맞당께요. 선생님!"

녀석은 시래기가 든 팩을 들고 선생님께 박박 우겨 대고 있었다. 녀석의 말은 시래기를 씹지 않고 삼켰는데 소화가 안 되고 대변으로 나왔다는 것이었다.

내 생각에는 사실 종종 있는 일이어서 일리가 있는 말이었다. 그런데 자세히 보니 시래기가 좀 이상했다. 시래기는 삶았는지 안 삶았는지 눈으로도 금방 알 수 있다. 녀석은 안 삶은 시래기를 씹지 않고 먹어서 소화되지 않은 채 대변으로 나왔다고 우기는데, 대변으로 나온 시래기라고 하기에는 씻어 낸 듯 너무 깨끗했다. 너무도 진지한 녀석을 한참 동안 바라보던 선생님이 마침내 웃음을 터트렸고, 교실은 온통 웃음바다가 되었다.

"이놈들! 거짓말하지 말라고 때리는 것이야!"

엄한 목소리로 벌을 주는 이유를 말했지만, 선생님은 못내 웃음을 머금은 채 모두에게 회초리 두 차례의 벌을 내렸다. 최소한 회초리 다섯 차례는 각오했던 나는 시래기 친구가 너무 고마웠다.

대변검사 ②

당시 학생들 사이에서는 몸 안에 기생충이 있다는 게 엄청 창피한 일이었다. 그래서 혹시나 자신의 대변에서 기생충이 나올까 봐 대변 채취 봉지에 된장이나 흙 같은 이물질을 담아 오는 일이 허다했다. 꼭 대변검사 시즌이 아니더라도 선생님들이 양호실, 즉 의무실에 부탁해서 개인적으로 대변검사를 하는 경우가 있었는데, 갑자기 눈에 띄게 살이 빠지는 친구가 있으면 특별히 하는 조치였다.

다음 날 나는 대변을 담아 오는 데 성공했다. 한 녀석이 또 흙을 담아 와서 선생님께 호되게 혼이 났다. 선생님은 대변에 묻어 나온 기생충의 알을 보고 구충제를 먹을 사람을 선별한다고 설명해 주었다.

일주일 후, 대변 검사의 결과가 나왔다. 구충제를 먹어야 할 사람은 나를 포함해서 20여 명이었다. 선생님의 책상에는 구충제 상자와 20여 잔의 물이 준비되어 있었다. 나도 그랬지만 불려나온 녀석들은 모두 멋쩍거나 창피해서 얼굴이 붉어져 있었고, 자리에 앉아 있는 녀석들은 무슨 사건이라도 벌어진 양 웅성거렸다.

선생님이 차례대로 호명하고 반장과 부반장이 선생님을 도와 구충제와 물을 나눠 주었다. 나눠 준 구충제는 선생님이 보는 자리에서 먹어야 했다. 상급 학년 형들이 안 먹고 버린 일이 많아서 그냥 나눠 주면 우리도 그런 일이 있을 것을 선생님이 알고 있기 때문이었다.

내 차례, 선생님의 눈치를 보며 알약을 입에 넣고 물을 마셨다. 그런데 도무지 이 알약 녀석이 삼켜지질 않는 것이었다. 눈치를 챈 선생님이 입 안 검사를 하고는 한 알을 더 주었다. 벌이었다. 죽을힘을 다해 두 알을 삼키고 자리에 와 보니 짝꿍 녀석이 내 의자를 멀리 해 놓고 있었다. 저번 달에 수아[첫사랑]가 서울로 간 뒤에 뒤쪽 번호에서 이사 온 짝꿍 녀석인데 몹시 개구쟁이에 선생님한테도 여기저기 미운털이 박힌 녀석이었다.

“뭐시여?”

“뭐시 좋다고 두 알이나 먹는다냐?”

이상한 듯 내가 묻자 녀석은 자신도 한 알 먹었으면서 징그럽다는 듯 자신의 의자를 끌어 더 멀리 앉았다.

나는 그날 수업받는 내내 제정신이 아니었다. 수십 마리의 기생충이 배 속에서 꾸물대고 있는 것이었다. 약을 먹으니 이 녀석들이 고통스러워서 마구 비틀고 기어 다니며 난리를 치는 것이라는 생각이 들자 역겹고 비위가 뒤틀렸다. 물론 기분에 따른 상상이었다.

그날 저녁, 나는 거의 한 시간여를 측간에 앉아 기생충 녀석들을 배출하려 안간힘을 쓰고 있었다.

"똥 나와라 와라 뚜욱딱! 똥 나와라 와라 뚜욱딱!"

도깨비 노래를 연신 크게 부르며 주문을 외워 봐도 똥은 전혀 나올 기미를 보이지 않았다. 기생충 녀석들이 배 속에서 죽기 살기로 똥을 붙잡고 있다는 생각이 들었다.

"멀었냐? 달 떴당께. 후딱 나와 잡놈아!"

측간을 기다리는 큰누나의 소리였다. 누나의 소리도 소리지만 다리가 저려서 더 이상은 앉아 있을 수가 없자 그냥 포기하고 측간을 나왔다.

다음 날 아침을 먹는 둥 마는 둥 등교한 나는 온통 기생충 생각에 배에서 소식이 오기만을 기다렸다. 그런데 하필 선생님의 수업이 한창인 때 소식이 왔다. 그것도 숙제를 안 해 와서 몇몇 녀석들과 함께 혼이 난 뒤끝이라 화가 난 선생님께 수업 도중에 화장실을 간다는 말을 할 수도 없었다. 다급히 밀려오는 소식에 진땀이 흐를 정도였지만 참는 수밖에 도리가 없었다. 드디어 해방의 종소리가 들려오자 급히 화장실로 달려가 소원을 풀고 나니 정말 날아갈 것 같았다.

당시는 학교 화장실도 측간 형식[전설의 고향 ②]이어서 일을 본 뒤 내용물을 볼 수 있었다.

"다섯 마리다!"

내가 일을 보고 나오자 짝꿍 녀석이 숨어 있다가 내 대변을 확인하고 소리치는 것이었다. 회충이 다섯 마리가 나왔다는 말이었다.

"세 마리다!"

"네 마리다!"

다른 녀석들도 소리쳤다. 다섯 마리라고 하면 내가 신기록인 셈이었다. 그 신기록의 효과는 삽시간에 퍼져서 벌써 예닐곱 녀석들이 나를 놀려 대는데 숨이 멎는 것 같았다. 나는 남은 쉬는 시간 3분여가 며칠로 느껴졌고 가뜩이나 싫었던 수업 시작 종소리가 해방의 종소리로 들렸다.

수업 시간 내내 이 녀석 저 녀석들이 나를 보며 서로 소곤소곤 웃어 가며 놀려 대고 있었다. 나는 너무 창피해서 수업은커녕 고개도 못 들 지경이었다.

그러잖아도 미운 짝꿍 녀석이 더 미운 짓을 했다. 공책에 회충

다섯 마리가 삐져나온 똥을 커다랗게 그려서 넌지시 보여 주며 능글맞게 웃는 것이었다. 덩치만 작았으면 정말이지 얼굴을 꼬집어 주고 싶었다.

마지막 수업이 끝나고 처참한 기분으로 소변을 보고 나오다가 대변을 보고 나가는 짝꿍 녀석을 발견한 나는 슬그머니 가서 녀석의 대변을 확인하고 호외를 만난 신문팔이처럼 화장실을 뛰쳐나가며 마구 소리쳤다.

"일곱 마리다!"

매 맞자 ②

아마 3학년 때였을 것이다. 드디어 여름방학이 내일로 다가왔다. 선생님은 하루 계획표, 방학 계획표, 물놀이할 때 조심할 것, 음식물의 안전한 섭취 등이 프린트된 종이와 함께 방학 숙제가 빽빽이 채워진 종이를 나눠 주며 방학 생활 동안 건강한 실천과 충실한 자율 학습을 강조했다.

당시의 프린트는 종이를 틀에 넣고 일일이 찍었다. 내 기억에 학교에서 사용하는 종이는 일명 '백로지'라고 불리던 질이 다소 떨어지는 갱지更紙로, 표준 크기는 지금과 같았다. 하루 계획표는 시계 모양의 동그라미만 찍혀 있어서 스스로 하루 시간표를 짜라는 것이었고, 방학 계획표는 중간 등교일, 중간 과제 등 방학 동안 학교에서 학생에게 요구하는 사항이 날짜별로 기재된 것으로, 일자별로 빈 칸에 각자의 계획을 적어 넣었다. 나머지는 안전 장구가 일반화되지 않은 시절이어서 다치거나, 특히 물놀이 같은 경우 익사하는 경우가 지금보다는 흔했기 때문에 학교에서 문서로 안전을 각자에게 숙지시키는 것이었다. 집집마다 냉장고가 있는 때가 아니어서 음식물 또한 경계의 대상으로 숙지를 시켰다.

선생님의 말씀이 끝나고 방학 대청소를 마치자 나는 곧바로 집으로 향했다. 입항한 아빠가 집에 오는 날이었다. 아빠가 입항해서 집에 온다는 것은 곧 내가 제일 좋아하는 라면을 먹는 날이라는 뜻이다. 집에 도착하니 아빠는 이미 와 있었다. 늦은 점심으로 라면 만찬을 즐기자, 아빠는 내 방학 숙제거리를 검사했다. 아빠는 출항하지 않는 때에는 평소에도 아들들과의 친목도모 겸 숙제 검사를 했다. 내 숙제 목록을 훑어 내려가며 고개를 끄덕이던 아빠가 형에게 문득 물었다.

"큰놈아, 발명품이 뭐다냐?"

형은 아빠에게 발명과 방학 동안 학생들이 만든 발명품으로 개학 후 학교에서 발명 대회를 한다는 것까지 설명해 주었다. 나는 방학에 들떠서 숙제 같은 것은 거들떠보지도 않았는데, 형의 말을 듣고 보니 발명이라는 숙제가 궁금해졌다.

그 발명이라는 것을 해 보고 싶은 나는 다음 날부터 시간만 나면 형을 졸졸 따라다니기 시작했다.

"맹글어 줄 텐께 생각해 갖고 오랑께!"

어찌나 집요하게 따라다녔던지 마침내 형이 짜증을 내는 것이었다. 형도 그럴 것이, 자신도 숙제로 발명품을 만들어야 하는데, 발명이란 것이 원래 없는 것을 창안해 내는 작업이다 보니 자신도 아이디어가 없는 판국에 나까지 졸졸 따라다니니 짜증이 날 만도 했다. 나는 형의 짜증에 시큰둥하니 집 밖으로 나가 버렸다. 삐진 나는 그 뒤로 형을 따라다니지 않았다.

방학 시간은 어찌나 빠른지 개학이 며칠 앞으로 다가왔다. 아빠가 숙제 검사를 하니 어쩔 수 없이 할 수 있는 다른 숙제는 모두 했는데, 발명품 숙제만 남아 있었다.

"한 개 남었응께 마저 끝내 부러야제?"

숙제 해결 99퍼센트. 중간 숙제 검사를 마친 아빠가 내가 숙제를 잘한 것을 칭찬에 덧붙여 말했다. 얼핏 들으면 내 의향을 묻는 것 같지만 실은 강력한 명령이었다. 나는 난감했다. 방학 마지막 날 밤에 아빠가 숙제를 다 했는지 분명히 검사를 할 것이고, 하나라도 빠져 있으면 체벌을 할 것이기 때문인데, 발명이란 것 자체를 모르니 막막하기만 했다. 그때 형이 나를 불러 자신의 발명품을 보여 주며 자랑을 했다.

"봐, 인자 안 가랑제(안 가라앉지)?"

형이 아침나절에 띄어 놓은 종이배를 보여 주며 말했다. 나는 너무 신기했다. 누나가 채워 놓은 물 항아리에 종이배를 띄워 놓고 자주 놀았었는데, 조금 놀다 보면 종이가 물에 젖어 밑바닥이 찢어지고 가라앉았다. 그런데 형이 지금 보여 주는 종이배는 아침나절부터 띄워 놨는데도 찢어지기는커녕 가라앉지도 않고 멀쩡한 게, 바람을 불면 예전 것보다 더 잘 나갔다. 탄성을 지르는 나에게 형이 설명해 주었다.

형은 일단 배를 접은 다음에 펴서 배의 밑 부분이 되는 곳에 양초를 문지르고, 다시 접어서 배의 밑 부분이 물에 직접 닿지 않게 한 것이었다.

나는 형에게 종이배를 달라고 버둥버둥 매달리며 떼를 쓰다가 잠이 들었다. 다음 날 삐진 마음에 벽을 보고 누워 있는 나를 형이 다정하게 불렀다. 밤새 짜증을 내던 형이 갑자기 다정하게 부르니 혹시나 종이배를 주려는 것이 아닐까 해서 벌떡 일어나서 따라갔다.

형은 평상에 나를 위한 발명품을 만들어 놓고 있었다. 보니 + 자 모양의 받침 가운데에 바늘처럼 위쪽에 구멍이 뚫린 기둥을 세운 것이었다. 등잔 받침대처럼 보이기도 하고 촛대처럼 보이기도 했는데, 그런 건 아닌 것 같고, 각목으로 만든 물건이 여간 튼튼하게 보였다.

"뭐시당가?"

모양을 보고는 무엇인지 도무지 알 수가 없어서 물었다. 형은 대답 대신 물건을 들고 안방으로 갔다. 아빠 엄마 누나가 텔레비전을 보고 있다가 우리가 무언가를 들고 들어오자 하는 냥을 지켜보았다.

형은 물건을 아빠 앞에 놓은 다음 문간에 걸린 회초리를 내려 기둥에 뚫린 구멍에 꽂고는 나더러 그 앞에 서라는 것이었다. 발명품이 생긴 것이 기꺼워 일단 서기는 섰지만, 아무래도 내 모양새가 꼭 아빠한테 회초리를 맞는 모양새 같았다. 다른 점이 있다면 내가 아빠의 우측이나 좌측 쪽을 보고 선 게 아니라 등지고 있다는 점이었다. 그때 무언가가 철썩! 내 종아리를 후렸다. 엉겁결이라 통증도 못 느끼고 돌아봤더니 아빠가 또 튕기려고 나긋나긋한 회초리를 당기고 있는 것이었다.

간단히 말하자면, 서 있는 기둥 위쪽에 종아리 높이로 뚫린 구멍에 회초리를 꽂고, 회초리를 당겼다가 놓으며 그 탄성을 이용해서 종아리를 때리는 기구였다.

화들짝 놀란 나는 얼른 엄마 뒤로 숨었고, 가족들은 박장대소를 금치 못했다. 아빠는 선생님 숭배자여서 그 물건에 최고의 평점을 주는 한편, 은사기恩師機 즉, '선생님이 체벌을 할 때 어깨가 안 아프게 하는 기구'라는 뜻의 이름까지 지어 주었다. 이름의 설명이 끝난 아빠가 아들들의 100퍼센트 숙제 해결을 기뻐하며 누나에게 라면을 끓이게 했다.

발명왕

나는 형이 만들어 준 발명품을 들고 등교를 했다. 지긋지긋한 회초리를 사용하는 것이어서 솔직히 마음에는 안 들지만 숙제 때문에 어쩔 수 없이 들고 간 것이었다.

같은 반 녀석들은 하루 종일 발명품에 대해서 웅성거렸다. 어떤 녀석은 다른 반까지 기웃거리며 떠들어 댔다. 녀석들이 그만큼 지대한 관심을 보이는 것은 교감, 교장 선생님의 상賞을 받는 대회이기도 하고, 뛰어난 작품이면 교장 선생님 추천으로 전국 대회에 나가서 교육감 상까지도 받을 수 있기 때문이었다. 내가 보기에 반 친구 녀석들은 각자 기발한 물건들을 가지고 웅성거렸다. 좀 빠지는 작품을 가진 녀석은 부러워하고, 보다 나은 작품을 가진 녀석은 상에 대한 기대에 흐뭇한 웃음을 지었다.

“너는 맨날 맞음서 회초리가 좋냐? 고런 것은 갖다 내뿌러(내다 버려)!”

짝꿍 녀석이 자기 작품을 뽐내며 말했다. 내 눈에 나무젓가락과 대나무로 촘촘히 엮어 만든 녀석의 비행기 작품은 가히 명품이었다. 아마 그 녀석 솜씨가 아니라 누군가 만들어 준 것이었다. 나보다 선생님께 회초리를 더 많이 맞으면서 그런 식으로 말하는 녀석이 밉살스러웠지만, 내 작품을 보며 나도 모르게 녀석의 말에 공감하고 있었다.

수업 내내 다른 녀석들의 작품을 부러운 눈으로 보다가 내 작품이 상은커녕 선생님의 벌이나 비켜 가면 다행이라고 생각했다.

개학한 날은 2교시나 3교시 수업을 마치고 대청소를 했다. 오전 수업과 대청소를 마치고 과제물을 내는 시간. 모두들 일단 학과에 관련된 과제물을 제출하고, 각자 작품에 본인의 번호와 이름, 발명품 이름이 적힌 설명서를 건 뒤 번호순으로 교단에 갖다 놓았다.

선생님은 오랜만에 만난 제자들이 반가워서인지 하교 시간인데 한 사람씩 나와서 자신의 작품에 대해 설명을 해 보라고 했다. 말하자면 발표회 시간이었다.

1번이니 제일 먼저 내가 발표할 차례였다. 나는 1번이 싫었다. 무슨 일이 있을 때마다 맨 처음으로 나가는데, 처음 해 보는 것이 태반이었다. 지금 하는 발표회도 마찬가지로 빗자루를 들고 청소를 하는 등 몸으로 때우는 종류도 아니고, 가뜩이나 말주변이 변변찮은 내가 발표회라는 것을 처음 해 보는데 제대로 될 리가 없었다. 더군다나 작품에 대한 강력한 믿음이나 자부심은커녕 마음속에 은근히 거부감과 불신이 있다 보니 더욱 말문이 안 열리는 것이었다. 아빠가 설명해 준 말을 떠올리며 그냥 어물어물 몇 마디 하고 자리로 들어가는데, 어떻게 말을 했는지 교실이 온통 웃음바다가 되어 버렸다.

"말도 못 허냐? 나를 보랑께."

짝꿍 녀석이 나를 짤막하게 긁고 나서 교단에 있는 자기 작품을 들고 자신 있게 웃었다. 예상치 않게 녀석은 대단했다. 물론 기본적으로 작품에 대한 자부심도 자부심이라지만, 어찌나 말을 잘하는지 자리에 앉아서 웅성거리던 녀석들도 하나둘 사그라지며 녀석에게 집중했고, 선생님도 고개를 끄덕였다. 말썽꾸러기에 개구쟁이인 녀석이 교단에 서서 당당히 설명을 하는 모습이 반짝반짝 빛나 보였다.

모두들 각자의 작품을 잘 뽐내기도 하고, 나처럼 어물대는 녀석들도 적잖이 있었다. 그렇게 발표회 시간이 지나자 얼굴에 한껏 웃음을 머금은 선생님이 나를 불렀다.

"요것 어떻게 쓴다고?"

선생님이 손수 내 작품을 가져다가 당신의 책상 옆에 놓고 묻는 것이었다. 선생님의 눈치를 보니 혼내려는 것은 아닌 것 같았다. 아까 발표할 때 나처럼 어물대던 녀석들이 생각나며 약간의 자신감이 생기자 이번에는 아빠가 한 말을 또박또박 했다.

"잘 모르겠는데, 한번 해 봐."

내 설명이 끝나자 선생님이 직접 보여 달라는 것이었다.

선생님의 말에 자신감이 더 생기자 신이 난 나는 아빠와 형이 집에서 했던 것처럼 지금 선생님이 똑같이 한다는 것을 깜빡 잊고 종아리까지 걷어 올리며 은사기 앞에 서고 말았다. 이윽고 '철썩!' 깜짝 놀란 나는 통증은커녕 아빠와 형에게 속아 놓고 선생님께 또 속은 내가 어찌나 창피하고 어처구니가 없던지 얼굴이 새빨개지며 도망치듯 자리로 달려 들어갔다. 그 모습에 선생님이 박장대소하고, 교실은 나로 인해 또 한 번 웃음바다가 되었다.

한 달 뒤 월요일, 전교 조회 시간. 전교생이 운동장에 모인 가운데 국민의례와 체조에 이어 몇 가지 의식이 끝나자 상장 수여식 시간이 되었다. 바로 발명 대회 입상작 수여식이었다. 사회자 선생님이 개회사를 끝내고 호명을 시작하자, 학생들은 궁금증과 기대와 포기의 목소리로 웅성거렸지만, 나는 내 작품에 관심이 없다 보니 그런저런 생각도 없고, 조회 시간 자체가 따분해서 평소에도 먼 산만 바라봤었다.

"뭣 허냐? 얼렁(얼른) 나가랑께."

누군가 내 등을 찌르며 부러운 듯 말했다. 사회자 선생님이 나를 호명했는데 내가 못 들은 것을 뒤에 줄을 선 녀석이 듣고 알려 준 것이었다. 나는 한동안 멍하니 서 있다가 달려 나갔다.

상이라고는 아빠가 주는 라면과 1학년 때 받은 정근상精勤賞—

개근상皆勤賞 다음으로 주는 상—뿐, 학교에서 뭔가를 잘했다고 주는 상이라고는 형이 받아 온 우등상을 구경한 것이 전부였는데, 지금 내가 뭘 잘했다는 상을 받으러 구령대 앞에 선 것이었다. 꿈인지 생시인지도 분간이 안 갔다. 상을 받는 사람은 총 여덟 명, 최우수상, 우수상, 장려상이었다. 내가 받은 상은 장려상이었다. 나중에 선생님이 "마음이 너무 고마운 최고의 발명품이다."라고 말해 주었다.

장려상 다섯 명에 이어 교감상인 우수상 두 명의 시상이 끝나자 전교생이 술렁거리기 시작했다. 교장상인 최우수상 한 명이 남았는데, 구령대 앞에 나온 여덟 명 중 아직 상을 받지 않은 그 한 명이 전혀 뜻밖의 인물이기 때문이었다.

나는 최우수상 수상자가 누구건, 형 덕분에 상을 받았건 어쨌건, 기분만은 최고였다. 상장을 들고 집에 오자 온 가족이 잔치를 벌여 떠들썩한 저녁을 먹었다. 주인공은 당연히 나였다. 아빠는 문간 벽에 붙은 형의 우등상장 옆에 내 상장을 붙이고 흐뭇하게 웃으며 형에게 말했다.

"큰놈아. 고것 한 개 더 맹글어라이."

형에게 은사기를 하나 더 만들라는 말이었다. 아빠에게는 상장의 원동력이 회초리였던 것이다.

발명왕 똥보

그 녀석은 성적이 꼴찌인 친구였다. 같은 학년이면서도 두 살 위여서 키도 어른만 한데, 수업 시간에 측간에 가고 싶어도 선생님께 말을 못하고 걸상에 앉은 채 대소변을 보고는 냄새 때문에 선생님께 들키면 앉아서 마냥 우는 바보였다. 또 하는 행동이나 말투도 거의 여자애에 가까웠고, 움직임도 느려서 전교생에게 '똥보', '늘보', '가랭이'라는 별명으로 불렸고, 나같이 조그마한 녀석들에게도 놀림의 대상이었다.

지금 그 녀석이 최고의 상인 교장상校長賞을 받고 있는 것이었다. 전교생 모두 그 녀석의 발명품이 궁금해서 웅성거렸다. 녀석은 금테를 두른 상장과, 내 몸이 거뜬히 들어가고도 남을 만한 커다란 상품 상자를 받았다.

한 달 전, 내가 은사기로 선생님께 놀림을 당했던 그날의 일이다.

녀석이 발명품을 제출하러 나가는데 그 짝꿍 녀석이 먼저 웃어 대고, 녀석이 지나가면 뭔가를 본 듯 분단에 앉은 녀석들이 차례로 웃는 것이었다. 나는 무슨 일인가 싶어서 바라봤지만 이상한 것은 없는 듯싶었다. 이윽고 발명품을 발표하러 교단에 선 녀석을 보고 웃음을 참지 못했다.

녀석이 제출한 발명품은 자신이 신고 다니던 검정 고무신 한 짝이었는데, 그러잖아도 구부정하고 엉거주춤한 자세에 한쪽은 맨발인 채로 서 있었다.

웃음이 가라앉자 녀석의 발표가 궁금한 듯 교실 안에 정적이 흘렀다. 녀석의 발표는 아주 간단했다. 녀석이 고무신에 난 구멍을 가리키며 말했다.

"바람구녕(바람구멍)…."

녀석의 모습이 그러하니 발표를 어떻게 할까 모두들 은근히 기대하고 있던 참인데 너무도 간단한 녀석의 발표에 잠시 멍한 정적이 흐르다가 한 녀석이 도화선처럼 폭소를 터트리자 온 교실에 웃음이 폭발했고, 선생님도 웃음으로 얼굴이 벌겋게 달아올랐다.

웃음이 가라앉자 선생님이 녀석에게 물었다.

"한쪽은 맨발로 집에 갈 것이냐?"

그 말에 녀석이 갑자기 울먹였다. 선생님은 걱정해서 한 말이었는데, 녀석은 꾸중하는 줄 알았던 것이다. 우리는 다시 폭소를 터트렸고, 녀석을 짠하게 보던 선생님은 발표회가 끝나자 녀석을 불러 당신이 신던 여분의 흰 고무신을 주었다.

요즘 신발은 첨단 소재를 이용한 고기능의 신발로, 땀이 찬다는 것은 있을 수 없는 일이다.

당시 아이들은 날씨가 풀리면 대부분 양말을 신지 않고 신발을 신었다. 양말 없이 고무신을 신으면 땀이 찼는데, 땀에 의해 냄새도 나고, 물이 들어가거나 땀이 많이 차면 발가락에 탈지脫脂 현상이 일어났다. 탈지 현상이란 물에 피부를 오랫동안 담그고 있으면 피부에 있는 지방질이 수분에 녹으며 피부가 하얗고 쭈글쭈글해지는 현상이다. 나도 형과 함께 못으로 구멍을 뚫어서 신고 다녔는데, 땀을 배출하는 데는 어느 정도 효과가 있었다.

녀석은 발가락을 감싸는 고무신의 앞쪽 위에 말하자면 통기구通氣口 하나를 뚫어 탈지 현상과 발 냄새를 최소화하자는 아이디어를 낸 것이었다.

녀석이 교장 선생님께 상을 받자 그 아이디어는 유행처럼 삽시간에 번져서 전교생의 반절은 통기구를 뚫고 다녔다. 구멍 두 개를 뚫고 다니는 학생도 있었다.

어느 날, 똥보 녀석이 다가오더니 10원을 내라는 것이었다. 녀석에게 돈을 빌린 적도 없는데 돈을 내놓으라는데, 알고 봤더니 구멍 사용료를 달라는 것이었다. 요즘으로 말하면 일종의 '특허료'를 받는 셈이었다. 나는 어처구니가 없어서 대들었지만 악착같이 들러붙는 녀석에게 끝내 10원을 주고 말았다.

녀석은 재빨랐다. 평소에는 여자애처럼 걸음걸이도 다소곳하던 녀석이, 독수리처럼 멀리서도 고무신에 난 구멍을 알아차리고 나는 듯 달려가서 특허료를 받아 내는 것이었다. 교장 선생님께 상을 받아 공증公證이 된 아이디어라서 반박을 못 하고 사용료를 지불하는 사람도 있었고, 상급 학년 형들은 화를 내는 사람도 있었다. 선생님들도 예외는 아니어서 녀석이 선생님께 돈을 받아 낼 때는 선생님은 너털웃음을 웃으며 10원을 건넸다.

돈의 힘이랄까. 녀석에게 평소에 못 보던 얍삽한 면까지 보였다. 나처럼 작은 사람들에게는 완강하게 받아 내고, 덩치 큰 사람이나 상급 학년 형들에게는 살살거리며 돈을 받아 내기도 했다.

그게 마을까지 소문이 퍼지자 몇몇 어른들도 구멍을 내서 신고 다녔는데, 녀석은 어른들도 예외는 없었다. 발견한 즉시 달려가서 특허료를 받아 내려다가 화가 난 어른에게 얻어맞기도 했다.

똥보 친구의 발명품은 돈벌이가 되는 기발한 아이디어였지만 전국 대회는 못 나갔고, 애석하게도 요즘은 상품으로 나오지 않는다.

딱지

며칠 동안 불볕더위가 이어지던 어느 날, 나는 해변 쪽에 있는 솔밭 그늘에서 친구들과 딱지치기를 하고 있었다.

그날의 딱지치기는 특별한 의미가 있었는데, 다름 아닌 이웃 동네 친구 녀석 둘이 와서 딱지를 치는 것이었다. 두 녀석은 자기 동네에서는 같은 나이대 최고 선수로 우리 동네에 일종의 원정 경기를 온 것이었다.

2 대 2로 대결을 하는데 팽팽한 접전이 이어지고 있었다. 구경하는 우리 동네 친구 녀석들의 응원 소리에 솔밭 그늘을 즐기던 어른들까지 모여들어 구경하며 나름의 훈수訓手를 했다.

내 컨디션은 최상이었다. 힘, 정확도, 판단력이 십분 발휘되고 있었고, 거기다가 관중들의 응원까지.

옆에서 경기를 하던 우리 팀의 한 녀석도 처음에는 밀리다가 관중의 응원에 힘입어 역전을 하고 있었다. 상대팀 녀석들은 우리 관중의 모습이 의외였는지 주눅이 든 표정이 역력했다.

"뽀삐를 안 갖고 왔당께."

'뽀삐'는 우리 나이 대 아이들이 사용하는 언어로, '히든카드, 비장의 무기, 가장 사랑하는, 가장 아끼는' 등의 의미였다.

경기에 패배한 상대팀 녀석이 잘 뒤집어지지 않는 자신의 필살 딱지를 안 가져와서 졌다고 에둘러서 말했다. 그렇게 말하고 관중을 보는 녀석의 표정에는 원망이 다분히 들어 있었다. 승부욕이 대단한 녀석이었다.

"내일 우리 동네로 오랑께."

녀석이 미련이 가득한 표정으로 나에게 말했다.

나는 그날 저녁 큰누나에게 떼를 써서 개봉도 안 한 화장품 상자를 얻어 낸 뒤 형에게 달려갔다. 두껍고 딱딱한 화장품 상자는 딱지의 재료로 최고였고, 형이 화장품 상자로 만들어 준 딱지는 나에게는 최고 특제품으로 뽀삐 중의 뽀삐였다.

내가 형에게 사정 얘기를 하고 뽀삐를 부탁하자, 형이 흔쾌히 천하무적 뽀삐 네 개를 접어 주며 승부욕에 불타는 표정으로 말했다.

"지먼(경기에서 패배하면) 집에 들오지 마."

우리 형제는 비장한 눈빛을 나눴다. 나는 뽀삐의 질감을 손에 익히려 만지작거리며 잠이 들었다.

다음 날, 일부러 경기장을 그쪽으로 잡았는지 광고를 따로 했는지 모르지만, 당산나무 밑에는 어제 우리 동네 경기보다 더 많은 어른관중이 몰려와 있었고, 같은 반 남녀 녀석들도 여럿이 와서 보고 있었다. 녀석들은 응원 준비를 단단히 한 것이 틀림없었다.

우리는 오전부터 원정 경기에 열을 올리고 있었다.

형이 만들어 준 뽀삐의 위력은 과연 대단했다. 내 실력도 실력이지만, 첫 경기에 30합도 안되어 상대의 딱지를 모두 따 버렸고, 우리 팀 녀석을 이기고 결승에 올라온 녀석 또한 35합 만에 딱지를 모두 따며 관중의 응원 소리를 잠재워 버렸다. 관중들은 너무도 싱겁게 끝나 버린 경기에 실망하는 빛이 역력했다. 어른들은 주책없이 아이들의 놀이에 휩쓸린 것이 민망했던지 서둘러 흩어져 버렸다.

내가 상대팀 녀석의 뽀삐를 돌려주며 겸손을 떨었다.

"내가 찌끔(조금) 헌당께."

"잘 치능구만…."

녀석이 패배를 인정하는 듯 뽀삐를 받으며 말했다. 녀석과 더욱 가까워지는 것을 느끼며 마음이 훈훈해져 왔다. 우리는 화기애애한 기분으로 녀석의 집에서 늦은 점심을 얻어먹고, 어머니가 깎아 준 참외까지 몇 쪽 먹고 나니 세상 부러울 게 없었다. 그때 친구 녀석이 결의에 찬 표정으로 말했다.

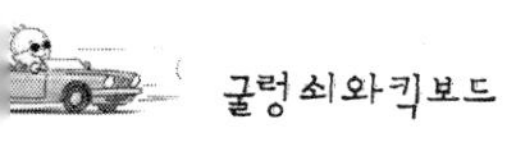

"낼모레 한 판 더 하잔께?"

나한테는 거부할 이유가 전혀 없었다. 승리한 동생을 축하해 주는 형의 기쁜 얼굴을 떠올리니 오히려 반가운 소리였다.

며칠 뒤, 결전의 날이 왔다. 나는 뽀삐를 단단히 점검한 뒤 동네 친구 녀석과 이웃 동네로 향했다. 녀석들은 저번에 했던 경기장에 와 있었다. 그런데 녀석들의 뽀삐가 이상했다. 녀석들은 뽀삐를 각각 한 장씩만 들고 있었는데 엄청 커 보였다.

당시는 각종 물건을 담아 유통하는 종이 박스가 다소 귀했다. 엄마는 소중한 분들에게 정성껏 물건을 선사할 일이 생기면 며칠 전에 점방에 부탁해서 박스를 사용했다.

녀석들의 뽀삐는 누런 종이 박스로 만든 것이었는데 크기와 두께가 우리 것의 대여섯 배는 족히 되고도 남았다. 경기의 규칙이 딱히 정해진 것이 아니라서 그 딱지가 반칙은 아니었다.

기세등등한 녀석들은 나름 연구를 많이 한 듯 강력한 태풍권법을 유감없이 사용했다. 우리 편의 뽀삐는 녀석들의 태풍권법에 몇 합 버티지 못하고 맥없이 뒤집어졌다.

딱지치기의 기술 중 일명 태풍권법이라고 불렀던 기술은, 딱지를 직접 타격하지 않고 그 옆 바닥을 강력하게 타격해서 그때 일어나는 바람의 힘으로 딱지를 뒤집는 고급 기술로, 주로 얇은 딱지나 상대적으로 작은 딱지를 뒤집을 때 사용했다.

온힘을 다해 타격을 하고 온갖 기술을 써 봐도 녀석들의 딱지는 꿈쩍도 않는 난공불락 그 자체였다.

"운이 쬐끔 좋았구만."

마침내 패배한 우리 팀에게 뽀삐를 돌려주며 녀석이 저번 나처럼 겸손을 떨었다. 그런데 나에게는 왠지 도발적으로 들렸다.

집에 돌아온 나는 형에게 패배하게 된 경위를 얘기하며 반칙이라고 박박 우겨 댔다. 나름 일종의 변명을 하는 것이었다. 한참을 생각하던 형이 말했다.

"반칙 아니여."

그러더니 광으로 달려가서 라면 박스를 가져왔다. 그 라면 박스는 아빠가 입항할 때 작업복을 담아 온 것인데 엄마가 요긴하게 쓰는 물건이라 광에 잘 보관해 놓은 것이었다.

형은 가위로 박스를 자르더니 라면 박스 뽀삐를 만들었다. 그 뽀삐를 보자 나는 떡 벌어진 입을 다물지 못했다. 화장품 상자로 만든 뽀삐보다 열 배는 더 큰 것이었다. 비교하자면 녀석들의 딱지가 가로세로 20센티미터 정도 된다면 지금 내 앞에 떡하니 누워 있는 뽀삐는 가로세로 30센티미터 정도로 거의 두 배가 큰 것이었다.

놀란 정신을 가다듬은 내가 우리 팀 녀석 것도 한 개 더 부탁하자 형이 흔쾌히 만들어 주며 저번과 똑같은 말을 했다.

"이참에도 지면 집에 들올 생각 말어."

벌써부터 자신감이 얼마나 차오르는지 형의 말이 농담처럼 들

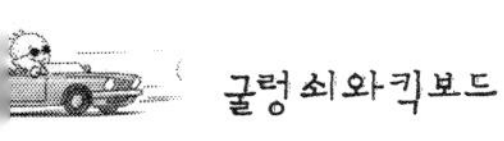

렸다.

다음 날 경기장에 도착하자 녀석들도 강력 태풍딱지를 가지고 나왔다. 드디어 경기가 시작되고, 네 녀석은 강력한 투지를 불사르며 혼신을 다해 경기를 이어 갔다.

딱지치기도 물리적인 과학이 들어 있는데, 기본적으로 타격하는 사람의 힘이 딱지의 무게와 잘 어우러지는 만큼에 비례해 타격력이 나온다. 예를 들어 타격하는 사람의 힘에 비해 딱지의 무게가 가볍거나 무거우면 그만큼 타격력이 떨어진다.

녀석들은 벌써 두 시간째 사투를 벌이고 있었다. 녀석들은 힘에 비해 너무 크고 무거운 딱지를 사용하기 때문에 서로의 딱지를 뒤집지 못하는 것이었다. 녀석들이 그런 물리적 법칙을 알리가 없었다. 그렇지만 녀석들의 투지는 시간이 지날수록 더 끓어올랐다.

그때 어떤 할머니가 콩이 든 자루와 돗자리를 가져오며 말했다.

"문지(먼지) 난께 쩌쪽으로 가서 놀아 이놈들아."

녀석들을 쫓아낸 할머니가 돗자리를 펴고 콩을 널었다.

할머니에게 쫓겨났건 말았건 마을 입구 쪽에서 다시 맞붙는 녀석들의 투지는 여전했다. 모두 자신이 가진 모든 기술을 총동원해 승부욕을 불태우는데, 아저씨와 아줌마들이 놀라는 눈으로 보며 지나갔고, 같은 반 녀석들도 놀러가다가 다가와서 응원을 해 주었다. 응원의 힘은 어느 때보다도 컸다. 그런데 무슨 일인지 녀석들이 잠깐 응원을 해 주는 듯 하더니 고개를 절레절레

흔들며 하나둘 가 버렸다. 가망 없는 경기에 기대를 할 필요가 없는 것이었다.

네 녀석 모두 지친 듯 땀을 뻘뻘 흘리고 있었다.

그때 콩을 걷어서 집으로 향하던 할머니가 녀석들에게 시큰둥하게 말했다.

“느그는(너희는) 때도(밥도) 안 찾아 먹냐?”

지칠 대로 지친 녀석들은 그제야 주위를 둘러보았다. 서산으로 해가 기울고 있었다.

둥글둥글 구르는 세상

봄 농번기 시즌이 끝난 어느 일요일, 나는 이웃 동네의 굴렁쇠 시합에 처음으로 참가했다. 나는 형과 함께 굴렁쇠를 자주 굴렸었는데 딱지치기 다음으로 자신 있는 종목이었다.

저수지 바람이 시원하게 불어오는 경기장에 몇몇 할아버지와 어른들도 구경을 와 있었고, 응원을 하러온 중학생 형들과 여자 애들도 여럿이 와서 북적댔다. 선수는 나까지 포함해서 열대여섯 명. 형 때부터 시작된 이 시합은 중학생은 참가하지 못했다.

각자 공책, 지우개, 연필 등 학용품을 걸고 자신의 실력을 보여 주는 시합으로, 상품은 1, 2, 3등을 한 사람이 배분에 맞게 가져갔다.

규칙은 그 동네의 저수지를 막고 있는 뚝방, 즉 제방을 한 사람씩 끝에서 끝까지 왕복하는 것으로, 굴렁쇠를 넘어뜨리지 않고 가장 빨리 다녀오는 사람이 승리하는 것이었다. 만약 똑같은 시간에 도착했더라도 굴렁쇠가 넘어지지 않은 사람이 승점을 가져가는 것이고, 굴렁쇠가 넘어지는 수만큼 점수에서 차감되었다. 또 굴렁쇠를 들고 달리거나 구르는 굴렁쇠에 손을 댄다거나 경로를 이탈하면 실격이었다.

선수로 참가한 짝꿍[대변검사 ②] 녀석이 나를 보자마자 벌써부터 깔보는 눈으로 이죽거렸다.

굴렁쇠놀이는 남자아이들이 주로 하는 놀이로, 굴렁쇠는 얇은 철판을 바퀴처럼 동그랗게 구부려 끝을 이은 것이고, 굴렁대는 철사를 굴렁쇠의 폭을 넉넉히 감싸 안는 모양으로 꺾어서 굴렁쇠를 밀며 굴릴 수 있게 만든 것이다. 우리 때는 덕솥의 둥근 모양을 고정해 주는 테를 떼어 낸 것이나 그런 모양의 것이 가장 일반적인 굴렁쇠였고, 굵은 철사를 링 모양으로 만든 것이 그 상품上品이었고, 최고급품으로는 살과 타이어를 떼어 낸 자전거 바퀴의 프레임이었다. 여자아이들의 고무줄놀이처럼 굴렁쇠놀이는 남자아이들에게 당시의 놀이 중 체력과 지구력과 균형감각을 기를 수 있는 최고의 놀이였다.

부심副審은 뚝방 끝으로 가서 커다란 돌멩이를 놓아 반환점을 만들고, 주심主審은 시작점에 금을 그은 다음 참가 선수들을 한 줄로 세우고 각자의 이름과 순번을 정해 공책에 적는 한편, 가져온 참가 물품을 점검해 한쪽에 가지런히 놓았다. 이윽고 첫 선수가 출발선에 섰다. 심판은 아빠의 것을 가져온 듯 누런 금시계를 들고 초침을 확인한 후 우렁찬 목소리와 함께 다른 팔을 크고 힘차게 휘둘러 출발 신호를 했다.

각자 동네에서 피나는 연습을 한 듯 쟁쟁한 실력을 보여 주었다. 심판은 선수들의 기록을 노트에 적었다.

대여섯 명의 선수가 실력을 뽐내자 내 차례가 되었다. 200여 미터쯤 되는 뚝방이 내 앞에 길게 누워 나의 자신감을 북돋고, 저수지에서 부는 바람이 시원하게 나를 응원하는 것 같았다. 거기다가 지난달에 형이 만들어 준 뽀삐로 이 동네에서 딱지치기 승리를 한 기억이 나자 불같은 투지가 솟아올랐다.

짝꿍 녀석은 최고급품인 자전거 바퀴 굴렁쇠를 들고 굴렁대로 두드리며 나를 조롱하고 있었다. 하지만 그 정도로는 내 투지에 흠집 하나 내지 못했다.

심판은 시끄럽게 하는 짝꿍 녀석에게 경고와 함께 벌점을 준 다음 나의 출발 준비를 했다.

나의 출발은 그야말로 100분의 1초도 놓치지 않을 만큼 정확했다. 초를 다투는 경기에서 출발은 매우 중요한 것인데, 심판의 팔이 떨어짐과 거의 동시에 반환점을 향해 뛰쳐나가는데 그 정확한 출발에 내 자신도 놀라 온몸에 찌릿한 느낌이 들 정도였다. 나는 오로지 반환점만을 보며 힘껏 질주했다.

밭에 거름을 했는지 뚝방에 인분 냄새가 스쳐 갔다.

굴렁쇠 시합의 기술은 고르지 않은 땅바닥에 굴렁쇠의 균형을 맞추며 빠르게 밀고 달리는 것만 있는 게 아니다. 반환점에 접근하면 속도를 줄여 폭이 3미터 정도 되는 반환점 회전 구간에서 굴렁쇠를 넘어뜨리지 않고 반환점을 도는 것도 감점을 예방하고 기록을 단축시키는 중요한 기술이다.

나는 반환점에 빠른 속도로 최대한 가까이 접근해 굴렁대로 굴렁쇠의 윗부분을 누르며 속도를 줄이고 넘어지지 않게 굴렁쇠를 정밀하게 운전해 최대한 신속하게 반환점을 돌았다. 이 정도의 속도라면 분명히 입상권이었다. 이젠 결승점을 향해 힘차게 질주하는 일만 남았다. 반환점을 돌고 나서 힐끗 살피니 결승점에서 나를 바라보는 모든 사람들의 놀라는 분위기가 느껴졌다. 그만큼 반환점을 돌기까지의 속도가 중요한 것이었다. 짝꿍 녀석도 놀란 듯 나에게 집중하는 것 같았다. 더욱 힘내라는 듯 저수지에서 부는 바람도 등을 시원하게 어루만져 주었고, 결승점에서 나를 바라보는 사람들의 응원 소리도 들려왔다.

이 시합에 참가하려고 형에게 새 공책 한 권과 연필 두 자루를 빌려서 왔는데, 상품으로 받은 것을 형에게 돌려주며 우쭐댈 것을 생각하니 벌써부터 뿌듯했다. 더군다나 형은 시합에 출전하라고 오늘 밭일도 빼 주지 않았던가. 우승한 동생을 보며 기뻐할 형의 얼굴이 떠오르자 가슴이 더 뿌듯해 오며 마치 구름위를 내닫는 것처럼 다리가 가벼웠다.

힘차게 달리며 뚝방을 중간 쯤 지날 때였다. 갑자기 고무신이 미끄러지며 물컹한 뭔가에 철퍽! 넘어지고 말았다. 쇠똥이었다.

바람 좋고 물 좋은 뚝방에는 소가 뜯기 좋은 풀이 많았었는데, 그 날은 시합 때문에 소는 없었고, 심판이 전날 치운다고 치웠지만 재수 없게도 두어 덩이 남은 똥을 밟아 미끄러지며 넘어진 것이었다.

생각지도 못한 소똥 때문에 당황했지만 나는 포기하지 않았다. 이내 벌떡 일어나 굴러가다가 넘어지려는 굴렁쇠를 굴렁대로 바로 세워 다시 굴리며 뛰기 시작했다.

완주를 하기는 했지만 기분은 참담했다. 옷에 묻은 소똥을 닦을 생각도 않고 바람이 시원하게 불어오는 저수지 물가로 가서 앉았다. 다른 선수들의 경기도 관심이 없었다.

선수들의 응원 소리가 몇 번 울려 퍼지더니 굴렁쇠 두드리는 소리가 들렸다. 짝꿍 녀석이 자기 차례가 되자 출발선에 서서 나를 보며 잘 보라는 듯 조롱하는 행동이었다. 내가 모든 것을 포기한 듯 녀석에게 차분한 미소를 보내고 다시 물을 보려는데 갑자기 응원 소리가 크게 울렸다.

그 소리에 나도 모르게 고개를 들어 짝꿍 녀석을 보는데, 녀석은 키도 어른만 한 데다가 번쩍이는 자전거 바퀴 굴렁쇠를 다루며 쏜살같이 질주하는 그 솜씨가 어찌나 좋은지 마치 운동회 때 100미터 달리기에서 단독 선두로 달리는 선수가 반듯한 트랙을 질주하는 것 같았다. 나는 정말 멋진 녀석에게서 눈을 뗄 수가 없었다. 녀석은 반환점을 도는 것도 정확한 지점에서 속도를 줄여 너무도 부드럽게 회전하는 것이었다.

반환점을 돌아서 다가오는 속도를 보니 내가 생각해도 녀석의 우승은 확실했다. 나를 조롱할 만한 녀석의 실력을 인정하며 더욱 기가 죽은 내가 고개를 떨구는데 사람들의 비명이 들려왔다.

무슨 이유인지 뚝방의 반절쯤 질주하던 녀석이 나처럼 넘어지며 뚝방의 가파른 언덕으로 굴러 떨어지자 깜짝 놀란 사람들이 비명을 지른 것이었다.

나도 놀라서 달려갔다. 보니 녀석은 멍청하게도 내가 밟은 소똥을 밟아서 미끄러지며 몸의 중심이 언덕 쪽으로 기운 것이었다.

녀석은 까마득한 언덕 밑에 있는 밭두렁에 앉아서 울고 있었다. 녀석이 많이 다친 것 같아 모두들 서둘러 언덕을 내려가서 살펴보더니 웬일인지 눈살을 찌푸리며 물러섰다. 다행히 크게 다친 곳은 없는 것 같은데 녀석의 몰골이 말이 아닌 탓이었다.

요즘도 시골에서 봄에 호박씨를 심을 때 민가에서 멀리 떨어진 두렁에다가 만든 구덩이에는 간혹 인분人糞을 넣고 심는다. 당시에는 매우 흔한 일중에 하나로 호박 구덩이에는 거의 대부분 인분이 들어 있었다.

어린 나이에도 많이 보아 온 것이라 알고 있었는데, 내가 보니 그 호박 구덩이는 어제 낮에 만든 것이 틀림없었다. 녀석은 언덕을 굴러 내려와 호박 구덩이에 얼굴을 곤두박질 친 것이었다. 녀석의 얼굴을 본 나는 너무 끔찍해서 몸을 떨었다. 덩치도 어른만 한 녀석이 쇠똥이 묻은 운동화에 얼굴에는 흙과 똥이 범벅이 된 채 퍼질러 앉아서 울고 있는 모습이 유난히 꼴사납게 보였다.

남은 선수들이 경기를 마치자 그럭저럭 시상식 시간이 되었다.

끔찍한 짝꿍 녀석을 보고나자 그때서야 저수지에서 소똥을 대충 씻어 낸 내가 축 처진 어깨에 굴렁쇠를 메고 집으로 향하려는데 심판이 나를 호명하는 것이었다. 2등이었다. 나와 같은 기록의 선수가 있었는데 반환점에서 굴렁쇠를 한번 넘어뜨리는 실수를 하는 바람에 승점이 나에게 돌아온 것이었다.

입상한 선수들에게 관중들이 박수를 치며 축하해 주었다. 내가 무엇 보다 기분 좋은 것은 같은 반 여자애들이 다시 봤다는 표정으로 나에게 박수를 쳐 주는 것이었다. 나는 포기하지 않고 벌떡 일어나 뛰었던 내 자신이 자랑스럽게 느껴졌다. 상품은 지우개와 연필, 공책이 각각 네 개로 구성된 세트였다.

벅찬 기분으로 집으로 향하려던 나는 짝꿍 녀석을 보았다. 녀석은 반환점 부근 물가에서 얼굴을 씻고 있었다. 녀석을 보자 묘한 감정이 들며 속으로 말했다.

'뭣이 문젠디(뭐가 문제인데)?'

집에 도착한 나는 낮에 굴렁쇠를 굴리며 뿌듯했던 마음을 되살리며 가족들에게 무용담을 늘어놓고 있었다.

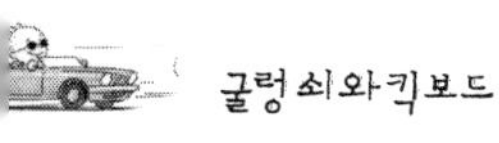

훨훨 날아라!

늦가을 어느 날, 우리 형제는 해변에 놀러 갔다가 파도에 떠밀려 온 조그마한 대나무 토막을 주워 왔다. 형은 무슨 생각을 했는지 집에 도착하자마자 광에서 낫과 칼과 망치를 찾아 들고 오더니 바로 작업에 들어갔다.

망치로 낫등을 두드려 가며 대를 여러 쪽으로 나누고 칼로 대나무 마디를 고르게 깎아 낸 뒤 낫을 무릎에 놓고 대나무를 훑어 가며 얇고 가늘게 다듬었다.

무얼 만들려고 그러는지는 모르지만 굵직했던 대나무를 회초리보다 훨씬 늘씬하고 곧게 척척 만들어 내는 솜씨가 역시 신의 손이었다.

형은 벌써 예닐곱 개가 만들어진 것들을 하나하나 들어서 둥그렇게 휘어 보며 검사를 했다. 나는 정말 신기했다. 회초리는 저렇게 하면 분명 부러지는데, 회초리보다 더 가느다란 것이 굴렁쇠처럼 둥그렇게 만들어도 부러지지 않는 것이었다. 검사가 끝난 형이 옷을 털더니 빙긋 웃으며 나를 데리고 방으로 갔다.

형은 만든 것을 방에 놓고 안방과 부엌을 다녀오더니 가위와 창호지와 풀 한 그릇을 가져왔다.

한지韓紙 문이 대부분이었던 당시는 집집마다 문풍지용으로 여분의 창호지가 항상 있었다. 나도 그랬지만 아이들이 놀다가 문에 구멍을 내는 일이 자주 있었기 때문인데, 특히 서너 살 아이들이 있는 집은 가정 필수품 중의 하나였다.

엄마의 월동 준비 중의 하나가 새로 문을 바르는 것이었는데, 문에 물을 먹인 다음 눅눅해진 예전의 창호지를 긁어 내고 햇볕에 말렸다. 그다음 풀을 쑤어 문살에 먹이고 새 창호지를 붙였다.

어제 새로 문을 발랐었는데, 형이 가져온 것은 문을 바르고 남은 것들이었다. 바람이 심하게 불어 파도가 높을 때는 해변에 대나무가 자주 떠밀려 왔었는데, 어제 문을 바르고 남은 재료를 본 형이 무슨 생각이 있어서 일부러 해변에 놀러 갔다가 마침 떠밀려 온 대나무를 주운 것이었다. 지금 사용하는 창호지가 문풍지용으로 남겨둔 재료라 엄마의 입장에서 보면 형이 훔친 것이었다.

"엉아. 뭣 맹근당가(만들어)?"

"쉿! 우게집(윗집) 삼촌이 갈쳐 줬당께."

궁금증이 한계에 다다른 내가 묻자, 형이 조용히 대답하고 나서 자신감에 찬 표정으로 말했다.

"가오리연 맹글 것이여. 잘 보랑께."

"와!"

나도 모르게 탄성을 내질렀다. 이렇게 설레기는 또 처음이었다.

우리 동네는 늦가을부터 북풍이 일기 시작하면 이른 봄까지 그치는 날이 없었다. 농촌에서는 설날에서 대보름 사이에 여러 의미로 연날리기를 즐긴다는데, 우리 동네는 그런 지리적 여건 때문에 늦가을 바람이 일기 시작하면 연날리기를 종종 했었다. 어른들이 능수능란하게 얼레를 놀릴 때마다 땅에 떨어질 듯 다시 날아올라 하늘을 요리조리 누비며 춤을 추는 연이 마냥 신기하고 아름답게만 보였다. 그때는 해 보고 싶은 마음뿐 옆에서 멀거니 구경만 했었는데, 지금 형이 그 소원을 풀어 주는 것이었다.

형은 꼼꼼한 솜씨로 머리가 둥그렇고 꼬리가 달린 가오리연을 만들었다. 나는 뛸 듯이 기뻐하며 이번엔 내 것을 만들어 주겠거니 눈치를 살피는데 형이 애석한 듯 나를 보더니 말했다.

"너 한 번, 나 한 번 날리면 된당께."

엄마가 문풍지감으로 남겨둔 창호지가 연을 두 개 만들기에는 부족했던 것이다. 어쨌든 나는 좋기만 했다. 형은 완성된 연을 책상에 반듯하게 뉘어 놓고 누나 방에 가서 바늘 쌈지를 가져와 실패를 꺼내더니 실을 풀어 가오리연의 중심을 일자一字로 가로지른 대나무살을 위 아래로 묶었다.

"아빠 오먼 얼레 맹글어 주락 헐 것이여."

형이 빙긋 웃었다.

이제 풀을 먹인 연이 마르기만 하면 바람이 많이 부는 방파제에 가서 날릴 것을 생각하니 벌써부터 가슴이 두근거렸다. 그런데 실이 문제였다. 엄마와 누나가 사용하다가 짧아진 실을 네 개의 실패에 각각 감아 두었는데, 실패 하나에서 풀어 낸 실로는 연을 멀리 날릴 수가 없는 것이었다. 한참을 고민하던 형이 결단을 내린 듯 실패 하나를 집더니 실마리를 서로 묶어 가며 다른 실패들을 옮겨 감았다. 나중에 엄마와 누나한테 어떤 야단을 맞을지는 모르지만, 나는 그런 형이 멋있기만 했다.

기록에 보면 연이 우리 민족과 인연을 맺은 것은 삼국시대까지 거슬러 올라간다. 소망, 연락, 소식 등을 의미하는 연날리기는 음력 정월, 설날에서 대보름 사이 농가의 일이 별로 없는 시기에 주로 즐겼던 놀이로, 평소에는 한 해의 재앙을 날려 보내며 소망을 비는 의미로 연을 하늘 높이 날려 보냈고, 전쟁 등 국난의 시기에는 연락을 하거나 소식을 주고받는 도구로도 사용을 했다고 한다. 놀이기구는 당시의 생활상과 풍습을 보여 주는 재료가 되기도 한다. 연은 아시아가 시초라고 하는데, 다른 나라에 비해 우리의 연이 당시의 우리 민족의 생활상과 풍습에 가장 잘 어우러지는 것이 아무래도 우리나라가 연의 시초가 아닌가 싶다. 연날리기는 현재 세계 각국에서 화려한 스포츠 형태로 각광을 받는다고 한다.

아직은 그리 차갑지 않은 바람에 밀려온 파도가 방파제에 철썩이고 있었다.

이제 연을 바다 저 멀리 하늘 높이 훨훨 날리는 일만 남았다.

형은 나에게 연을 주더니 실을 길게 풀며 멀리 걸어가서 섰다. 나한테 연을 띄우라는 것이었다. 잠시 잠잠했던 가슴이 다시 두근거리기 시작했다.

"하늘로 던져 보랑께."

처음 해 보는 것에 약간의 겁이 난 내가 마냥 서 있자 형이 말했다. 나는 하늘 높이 훨훨 날아 보라는 듯 껑충 뛰며 하늘 높이 힘껏 띄우고 바라보았다. 하늘 높이 힘차게 날아오르는 녀석을 보면 나도 하늘을 날 것 같았다. 그런데 어찌 된 일인지 하늘로 날아오르던 녀석이 자꾸 뱅글뱅글 돌다가 땅에 고꾸라졌다. 다시 날려 보아도 또 땅바닥에 고꾸라졌다. 양쪽의 균형이 안 맞는 것이었다. 이러다가는 내가 해 보기도 전에 망가지지나 않을까 하는 불안감에 형을 보는데, 형도 당황한 기색이 역력했다. 연날리기를 멈추고 한참을 고심하던 형이 실패를 내게 건네고 선창으로 달려가더니 그물 쪼가리를 주워 와 꼬리 끝에 매달았다.

말하자면 아래쪽에 무게를 주어 한쪽으로 쏠린 균형을 안정시키는 방법이었다.

다시 날려 보자 신기하게도 녀석이 기우뚱거리지 않고 하늘 높이 날아오르는 것이었다. 내 얼굴에서 근심이 금세 사라지며 웃음이 환하게 피어올랐다.

실을 당겼다 놓으며 이리저리 녀석을 놀려 보던 형이 나에게 실패를 건넸다. 내 차례가 된 것이었다. 나는 두근거리는 가슴으로 실패를 받아 들고 형이 하던 대로 실을 풀고 당기며 요리조리 자리를 바꿔 가며 녀석과 놀았다. 너무 행복했다. 더 높이 날아오르는 녀석이 보고 싶어진 나는 점점 실을 더 풀기 시작했다. 군데군데 매듭진 실에 씩씩하게 매달려 하늘 높이 작아지는 녀석이 마치 나에게 오라고 부르는 것 같았다. 끝없는 행복감에 젖어 흐뭇하게 녀석을 바라보던 나는 녀석이 갑자기 내 조종을 따르지 않고 마냥 멀어지는 것을 느꼈다. 깜짝 놀라 실패를 보니 실이 모두 풀리고 없는 것이었다.

실 끝을 실패에 묶어 두어야 전부 다 풀리는 일이 없는데, 묶어 두지 않은 탓에 실까지 날아가 버린 것이었다. 엄마와 큰누나는 굳이 실패에 실을 묶을 필요가 없었던 것이다.

모든 것이 한순간에 날아가 버린 듯 순식간에 가슴이 텅 비어 버렸다. 날아가는 녀석을 망연히 바라보고 있을 때 형이 말했다.

"아빠한테 날아가는 것인께 울지 마랑께."

나는 형을 바라보았다. 형이 남쪽 바다를 가리키며 또 말했다.

"잘 봐봐. 쩌쪽으로 가먼 아빠가 있당께."

어린 나이에도 추운 계절이 다가오면 아빠가 따뜻한 남쪽 바다로 출항한다는 것과 이번에 입항하면 겨울 동안 나랑 놀아 준다는 것쯤은 알고 있었다.

나는 기다란 실을 끌며 멀리 날아가는 녀석을 따라 방파제 끝으로 달려갔다. 녀석은 회색빛 구름을 가득 품은 북풍을 타고 따뜻한 남쪽 바다 저 멀리 날아가며 꼬리를 흔들고 있었다. 마치 한 밤만 자고 나면 아빠의 소식을 전해 줄 테니 기다리라는 듯.

한참 동안 녀석을 바라보던 나는 손을 흔들며 소매로 눈물을 닦아 냈다.

그날 저녁, 아빠가 집에 돌아왔다. 어제 목포항에 입항해서 오늘 집에 온 것이었다. 형과 나는 아빠가 사 온 라면 맛에 푹 빠져 연은 까마득히 잊고 있었다. 그때 큰누나의 말이 들려왔다.

"엄마, 아빠 작업복 꼬매야 쓰는디(꿰매야 되는데) 실이 다 어디로 갔당가?"

서리

옛날 우리 풍습에 '서리'라는 것이 있었다.

서리는 소위 '도둑질'을 말하는데, 없고 가난했던 시절 배고픔을 달래기 위해 산과 들에 익어 가는 곡식과 과일 야채 등을 주인 몰래 훔쳐 먹었었다.

봄이면 딸기, 오디, 버찌, 오이 등과, 여름이면 보리, 수박, 참외, 자두 등, 가을이면 감, 호두, 밤, 벼 등 수확을 앞둔 수많은 곡식과 과일과 야채를 서리해 먹었다. 물론 서리해서 먹은 것들이 너무 많아서 수확에 치명적인 해를 끼치지는 경우는 극히 드물었고, 내가 해 본 기억으로는 서리꾼들도 수확량이 많은 집의 것을 골라 서리를 했으니 도둑질이라도 인정머리가 없는 것은 아니었다. 서리를 하다가 자칫 잘못해서 들키거나 일당 중 한 명이라도 붙잡히게 되어 줄줄이 끌려가면 호된 꾸지람과 체벌이 있었다. 한데 어른들은 그 꾸지람과 체벌 뒤에는 서리하려던 물건을 꺼내 서리꾼들을 대접해 주었다. 서리꾼들도 즉흥적인 충동에 의해 행동을 했듯, 주인도 순간적인 감정에 꾸지람과 체벌을 했던 것에 미안함도 있지만, 없고 배고팠던 이심전심以心傳心의 정情이 있는 것이었다.

서리꾼들도 몇 가지 부류가 있었는데, 배고픔, 탐욕, 스릴의 부류로, 순수한 이 부류는 거의 즉흥적인 충동에 의해 겨우 한 끼니나 간식거리 정도 소량의 서리를 했다.

극히 드문 경우로, 서리한 물건을 팔아먹을 목적으로 계획을 세워 진짜 대량의 도둑질을 하는 부류가 있었는데, 그런 부류와 가재도구나 돈, 동물 등을 서리하는 것은 예외여서 그런 것을 훔치다가 들키면 있는 정 없는 정 보지 않고 집안 어른들에게 말해서 변상까지 받아 내는 엄중한 처벌을 했었다.

서리라는 것이 조그마한 동네에서 행해지는 것이라 조금만 조사하면 서리꾼이 누군지 금방 알기 때문에 성공 확률이 거의 0퍼센트에 가까웠다. 하지만 탐스런 서리거리를 그냥 지나치지 못한 그 시절의 추억과, '책 도둑과 음식 도둑은 도둑이 아니다'라는 우리 속담처럼 '마음과 몸의 양식'을 소중히 여겼던 우리 선조들의 훈훈한 미덕이 다시 한번 미소 짓게 한다.

딸기 서리

어느 따뜻한 봄날이었다. 나는 친구들과 함께 동산에 있는 묘지의 널찍한 잔디밭에서 신나게 뛰놀다가 오는 중이었다. 동네 입새에 있는 모퉁이를 돌아 도랑 하나를 건너서 조그마한 언덕에 오르자, 동네 첫 집 담 너머로 텃밭에 심어진 딸기가 보였다.

그 집은 동네에서 조금 떨어진 외딴집인 데다가 우리들이 주로 노는 지역이 아니었기 때문에 조금은 낯설었지만, 늦봄에 탐스럽게 농익어 텃밭에 널려 있는 빨간 딸기는 우리의 마음을 사로잡기에 충분했다.

담 너머로 입맛을 다시던 우리는 모퉁이에 모여 앉아서 작전을 짰다.

그날 밤, 나는 측간에 가는 척 집을 빠져나와 그 집으로 향했다. 네 녀석 모두 와서 나를 기다리고 있었다.

초승달이 어스름한 빛을 내리고 있었다. 밤바람에 딸기 향기가 물씬 풍겨 오자 벌써부터 군침이 고이며 배가 고파왔다.

"개 없응께 대문으로 들어가잔께."

"아니여. 혹시 모른께 담 넘어가야 쓴당께."

"맞어. 대문은 넘어갈라믄 잡을디도 없고 옹삭허당께(어렵다니까)."

"뒤쪽에 쪼깜 허물어진 디가 있응께 고리(그쪽으로) 가면 쉽당께."

모퉁이 어둠 속에서 그만그만한 녀석들끼리 속삭이는 것이었다.

시멘트와 벽돌이 아직 동네에 안 들어온 시기여서 지푸라기를 버무린 진흙을 발라 가며 돌을 쌓아 세운 뒤 기와를 얹어 지붕을 만든 옛날 흙돌담이었다.

나지막한 담이었지만 우리가 그냥 넘지는 못하는 높이였고, 인공 암벽처럼 돌이 군데군데 튀어나와 있어서 손으로 잡고 발을 디딜 곳은 있었지만 지붕처럼 얹힌 기와가 넓고 미끄러웠고, 자칫하면 떨어져 깨지는 위험이 있어서 기와가 없거나 허물어진 곳이 아니면 우리의 재주로는 넘을 수가 없었다.

결정을 내린 우리는 담 모퉁이를 돌아 집의 뒤쪽 담이 허물어진 곳으로 갔다. 허물어진 모양새로 보아 비에 흙이 흘러내려 허물어진 것이 분명했다. 친구의 말처럼 허물어지긴 했지만 그래도 만만한 높이는 아니었다. 담을 그냥 넘는 것도 힘이 드는 판에 소리가 안 나게 조심히 넘는 것은 두세 배는 더 힘든 것 같았다.

그래도 낮에 봤던 딸기가 눈에 선한 다섯 녀석은 안간힘을 쓰며 담을 넘어 어둠 속에서 움직이는 쥐새끼처럼 딸기가 있는 텃밭으로 향했다.

사람이 자는지 방 안에 불이 꺼져 깜깜했다. 잘 익은 딸기가 어둑한 달빛에 반짝이고 있었다.

무사히 텃밭에 도착하자 우리는 한 고랑씩 맡아 납작 엎드렸다. 고랑에 엎드리니 어둠 속에 숨은 듯 안심이 되었다. 우리는 슬슬 기어가며 잘 익은 딸기를 골라 따 먹기 시작했다. 어둠과 스릴 속에서 먹는 딸기는 정말 향기롭고 달디 달았다.

친구 녀석들도 달콤한 보상을 받은 듯 말없이 고랑을 기어가며 따 먹기에 여념이 없었다. 내가 딸기 맛에 흠뻑 취해 고랑의 반절쯤 기어갔을 때였다.

고요하던 텃밭에 갑자기 한 녀석의 비명이 울려 퍼졌다. 개에게 엉덩이를 물린 것이었다.

무는 개는 짖지 않는다고, 그 집의 개가 그런 개였다. 낮에도 소리가 없으니 개가 없는 것으로 착각한 것이었다. 나중에 안 것이지만 15년 된 할머니 개로 손님과 낯선 사람을 알아보는 노

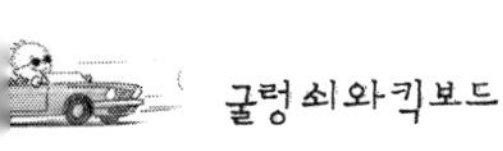

련하고 영특한 개였다고 하는데, 친구 녀석이 딸기를 맛나게 따먹으며 다가오자 텃밭 가장자리에 있던 집에서 조용히 나와 물어 버린 것이었다.

녀석의 비명에 깜짝 놀란 우리는 달아나려 출구를 찾았다. 그런데 너무 급한 나머지 처음 들어왔던 허물어진 담 쪽이 어딘지를 몰라 허둥대는 동안 집 안에 불이 켜지고 주인이 촛불을 들고 나왔다. 우리는 이제 허물어진 담이고 뭐고 각자 흩어져 죽기 살기로 아무데나 담을 거어 올라 달아나려 했다.

그때 주인의 차분한 목소리가 들려 왔다.

"느그들 누구누군지 다 안께(아니까). 어매 아부지한테 일러불 것이여."

아빠 엄마가 이 일을 알면 진짜 큰일이었다. 주인의 말에 모두 맥이 빠져 담 넘는 것을 멈추고 끌려가듯 주인 앞에 섰다.

사실 깜깜한 밤에 주인이 우리를 모두 알아볼 리가 없었는데, 순간 부모를 이용한 그 거짓말에 깜빡 속아 넘어간 것이었다.

주인은 개에게 다가가서 뭐라고 명령을 한 다음 신음하고 있는 친구를 데리고 와서 촛불로 물린 곳을 살피는데, 다행히 피는 나지 않는 것 같았다.

요즘은 개에게 물리면 광견병 예방주사를 필히 맞지만, 당시에는 그리 대수롭지 않게 생각해서 된장이나 빨간약을 바르는 정도에 그쳤었다.

이윽고 주인이 촛불로 한 사람 한 사람을 비춰 보며 말했다.

"너는 아랫물(마을) 거시기(누구), 너도 아랫물, 너는 웃물 거시기 아들…."

우리도 주인을 알아보았다. 촛불에 비친 주인의 얼굴을 보니 그 동안 외딴집이어서 우리가 몰랐지만, 동네에서 무섭기로 소문난 '범치'라고 불리는 아저씨였다.

범치는 '삼세기'라는 물고기의 사투리였는데, 삼세기는 숭어나 농어처럼 늘씬하고 잘생긴 물고기와는 달리 아귀처럼 무섭게 생긴 데다가 등지느러미가 독가시로 발달해서 그 가시에 찔리면 어른들도 끔찍한 고통을 느끼는 물고기였다.

소문으로만 듣던 그 범치 아저씨였다. 우리는 아저씨에게서 풍겨 나오는 무시무시한 분위기에 지레 겁을 먹고 울기 시작했다.

"이놈들 뚝!"

아저씨의 낮게 울리는 굵은 목소리가 어찌나 소름이 돋는지 모두들 새어 나오던 울음이 다시 목구멍으로 쏙 들어갔다.

아저씨는 헛간 옆에 세워진 작대기를 가져와서 무서운 표정으로 물었다.

"너 몇 개 따 먹었냐?"

하지만 우리는 당장 눈앞에 보이는 작대기가 무서워 얼른 답을 하지 못했다. 아저씨가 작대기를 움직일 때마다 녀석들의 눈이 작대기를 따라 움직였다. 이젠 무서운 아저씨의 목소리도 들리지 않았다. 녀석들의 눈에는 오로지 무시무시한 작대기만이 보일 뿐이었다. 대답이 없자 화가 난 아저씨가 작대기로 주춧돌을 탁탁 치며 또 물었다.

"이놈들이? 말 안 허먼 진짜 혼을 내 불 것이여!"

그때 겁에 질린 한 녀석이 비명 같은 거짓 대답을 토하고 말았다.

"안 따 먹었당께!"

기어가며 따 먹다가 미처 못 따 먹고 짓이겨진 딸기 즙이 앞자락에 증거처럼 선명하게 묻어 있는데도, 당장은 아저씨의 작대기가 무서워서 잡아뗀다고 뗀 것이었다.

"이놈들!"

진짜 화가 난 아저씨가 작대기를 치켜들었다.

다음 날 아빠 엄마가 간밤의 일을 알까 봐 새벽같이 일어나 딸기 즙이 묻은 옷을 빨랫감을 담근 대야에 담그고, 화끈거리는 엉덩이를 오전 내내 남몰래 끙끙 앓고 있는데 웃물 친구 녀석이 찾아왔다. 범치 아저씨가 모두 데려오라고 했다는 것이다. 나는 겁이 나서 가기 싫었지만 오히려 그 두려움에 이끌려 안 갈 수가 없었다. 범치 아저씨 집에 도착하니 나머지 녀석들도 와서 겁먹은 표정으로 눈치를 보고 있었다. 다섯 녀석이 모두 모이자 아줌마가 잘 익은 딸기가 가득 채워진 바구니를 들고 나오며 빙긋 웃었다.

아저씨가 무서운 목소리로 말했다.

"이놈들! 이놈(딸기) 다 먹어!"

나중에 들은 얘기로 아저씨는 어릴 적에 서리를 엄청 많이 했다고 한다.

겁나게 시원허네!

여름방학이 어느덧 중반에 접어들었다.

나는 동네 친구 녀석과 함께 이웃 동네에 놀러 갔다. 오랜만에 만나 동네 입구에 있는 조그마한 나무의 조각 그늘에 앉아서 모두들 화기애애한 대화를 나누고 있는데, 그 동네 한 녀석이 문득 우리 여섯 덩이 머리를 모으더니 주위를 살핀 뒤 누가 들을세라 소곤거렸다.

"김 씨 아재네 외가 겁나게 맛나당께!"

오이는 '물외', 참외는 '외'로도 불렀다. 그 소리를 듣자, 아침을 먹은 지 얼마 되지도 않았는데 모두 호기심과 갈증이 밀려오며 배가 고파지는 것이었다.

우리는 사람들의 이목을 끌지 않기 위해 평소처럼 장난도 치고 어슬렁거리며 참외밭으로 발길을 옮겼다.

참외밭은 외진 산모퉁이에 있었다. 바람 한 점 없는 밭에 참외 향기가 그득했다. 주위를 둘러보니 큰길에서 멀리 떨어져 있고, 산이 마을 쪽을 가려 주는 데다가 사람이라고는 코빼기도 안 보였다. 서리를 하기에는 최상의 조건이었다. 그래도 녀석들은 자세를 낮추고 주위를 살펴 가며 잘 익은 참외를 골라 따기 시작했다.

"먹고 또 따 먹으면 된께(되니까), 너무 많이 따지 마랑께."

한 녀석이 조심스럽게 말했다. 모두의 마음도 그러 했다. 모두들 잘 익은 큼지막한 참외를 한두 개씩만 따서 나무 그늘에 숨어들었다.

"뭣 허냐?"

그때 한 녀석이 원두막에 떡하니 앉아서 우리를 부르는 것이었다. 그 녀석은 우리에게 서리를 권한 녀석이었다. 훤히 보이는 원두막에 앉아서 먹다가 들키기라도 하면 큰일인데, 아무리 둘러봐도 사람이 없자 간이 배 밖으로 나온 것이었다.

녀석에게 내려오라고 다그치다가 녀석이 끝내 뻗대자 모두 원두막에 올랐다. 시원한 바람이 불어오는 원두막은 바닥이 기울고 울퉁불퉁한 나무 그늘에 비할 바가 아니었다. 모두 금세 원두막의 매력에 빠져들었다.

우리가 참외를 한두 개 씩 더 따서 잔치를 벌일 때까지 보는 사람이 아무도 없었다. 우리는 부른 배를 쓸며 각자 집으로 향했다. 완전범죄였다.

그런데 다음 날 저녁, 나에게 미스터리한 일이 닥쳤다. 공터에서 놀고 오는데 엄마가 다짜고짜 볼기짝을 때리는 것이었다.

“밥을 못 먹었냐, 떡을 못 먹었냐, 이 잡놈아! 얼렁(냉큼) 가서 잘못했다고 싹싹 빌고 와!”

어떻게 된 일인지는 모르지만, 참외 서리를 한 것이 들통 난 것이었다.

한바탕 떠들썩하게 울고 난 나는 내일 참외밭 주인에게 가서 사과하며 머리를 조아릴 것을 생각하니 걱정이 태산이었다.

주인이 어떤 체벌을 할지가 제일 큰 걱정이었다. 엄마가 이 일을 알았다면 아빠도 안다는 것인데, 아빠 엄마가 알고 있다면 주인의 체벌은 이미 정당한 것이 된 상태라 우리는 그 체벌을 피할 수도 없을뿐더러, 달게 받아야 마땅한 것이었다.

주인의 성품이 좋아서 마당 쓸기나 텃밭일, 측간의 똥오줌을 퍼서 밭에 뿌리는 등의 체벌을 한다면 다행이지만, 범치 아저씨[딸기 서리]처럼 성깔이 고약한 사람이라면 작대기 찜질을 피할 수가 없는 것이었다.

내가 고민에 빠져서 잠을 설치고 있을 때, 안방 문이 열리며 아빠가 측간에 가는 소리가 들렸다. 나는 아빠에게 희망을 걸기로 마음을 먹고 용기를 내어 측간으로 향했다. 막다른 길에서 생긴 용기였다.

아빠는 똥통에 앉아 있었다. 나는 오줌이 몹시 마려운 듯 달려가 아빠 옆 오줌통에 급히 앉았다. 측간에 켜 놓은 촛불에 생각에 잠겨 있는 아빠의 얼굴이 보였다. 나는 아빠와 나란히 앉아 눈치를 살피다가 어제 낮의 일을 솔직히 털어 놓았다. 엄마에게 혼이 났느니 다른 도리가 없는 것도 사실이었다.

엄마는 남의 말이 나게 하는 것 등의 것에 엄했고, 아빠는 친구간의 의리나 선생님의 교육 등의 것에 엄했다.

아빠는 내가 사실대로 말하자 껄껄 웃으며 고개를 끄덕였다. 어쩌면 잘못을 솔직히 말하고 도움을 요청할 줄 아는 아들이 대견해서 기뻤는지도 모른다.

다음 날 나는 우리 동네 친구 녀석을 불러와 아빠와 함께 주인집으로 갔다. 그 동네 녀석들은 모두 와 있었고, 그 중 두 녀석의 어머니와 아버지까지 와서 화난 얼굴로 앉아 있었다. 내가 도착해서 보니 녀석들 모두 마당 한쪽에서 손을 든 채 벌을 서고 있었고, 굵고 기다란 작대기가 녀석들의 발치에 나란히 누워 있었다.

"뭣허냐 이놈들. 느그도(너희들도) 후딱(빨리) 가서 손 들어!"

아빠가 화가 난 얼굴로 나와 친구 녀석에게 호통을 쳤다.

"느그들은 오늘 지녁(저녁)까지 그러고 있어!"

"헐짓이 읎어서 도독질이여 도독질이! 작대기로 이놈으 새끼들을 콱 걍!"

녀석들의 어머니와 아버지도 아빠의 말을 거들고는 주인에게 미안한 표정을 지었다. 어른들이 화가 난 모양이 금방이라도 발치에 있는 작대기를 들어 때릴 기세라, 우리는 겁도 나고 창피하고 민망해서 쥐구멍이라도 찾아들고 싶은 심정이었다.

어른들은 우리를 쥐 잡듯 해 놓고, 한참을 일상의 얘기로 시간을 보냈다. 부모들의 조심스럽고 살살거리는 말에 주인도 점점 화가 풀리는 것 같았다. 우리가 어른들의 화기애애한 분위기에 긴장이 풀리며 자세가 흐트러지자 부모님들이 또 호통을 쳤다.

"똑바로 들어. 이놈들아!"

"해찰(요령) 허고(피우고) 지랄이여! 지랄이!"

그때 우리가 짠하게 보였던지 주인이 입을 열었다.

"고만들 허랑께. 금방 올랑께 쫌만 기달리소이?"

주인은 화를 내는 부모를 말려 놓고, 아내에게 쟁반을 가져오게 하는 한편 자신은 뒤뜰로 향했다.

나이가 들어서 알게 된 것이지만, 드디어 아빠 엄마들이 펼친 계략計略의 효과가 나타나는 순간이었다.

아빠 엄마들이 펼친 계략이란, 우리를 따끔하게 혼내면서 주인에게 미안한 마음을 우회적으로 표현하는 쌍방향 오버액션으로, 이미 집에서 혼이 나서 눈두덩이 벌건 자식을 주인에게 보여주며 자식 가진 부모의 마음을 역이용하는 고단수 계략 중의 하나였다. 그 소박한 정이 듬뿍 담긴 계략을 우리들은 전혀 몰랐었다.

주인의 아내가 쟁반을 가져와서 마루에 내려놓을 때 뒤뜰에서 비명 같은 다급한 목소리가 들려왔다.

"건져 주랑께!"

그 목소리는 큰일이 난 목소리가 분명했다. 그 소리에 어른들은 물론이고 우리까지 뒤뜰로 달려갔다. 가 보니 주인이 뒤뜰에 있는 우물에 빠진 것이었다.

냉장고는 부잣집에나 한 대씩 있는 때여서 과일이나 야채 등을 보관하거나 시원하게 먹고 싶을 때는 줄에 묶어서 우물물에 담가 두었다가 먹었다. 우리 동네 샘터에서 빨래를 하려던 엄마들이 미끄러져서 넘어지는 것을 가끔 본 적이 있는데, 우물터나 샘터에 물기가 있거나 특히 이끼나 비누 거품이 있으면 잘 미끄러졌다. 오래된 고무신은 바닥이 닳아서 더 잘 미끄러졌다.

눈두덩이 벌건 채 벌을 서고 있는 자식들과 아빠 엄마들의 미안해하는 모습을 보자, 화가 풀리며 자신도 속으로 미안해진 주인이 마침 뒤뜰 우물에 담가 놓은 수박을 꺼내려다가 반질반질하게 닳은 돌바닥에 덜 씻어 낸 비눗물을 밟아서 미끄러지며 거꾸로 빠져 버린 것이었다.

"아따! 겁나게 시원허네. 허허! 느그들도 얼렁(얼른) 와서 먹어라!"

두레박줄을 내려서 건져 낸 주인이 옷을 갈아입고 나오며 멋쩍은 듯 너털웃음을 웃었다. 주인의 벌이 끝난 것이었다. 주인의 말에 쭈뼛쭈뼛 다가온 우리를 보고 아빠가 엄하게 말했다.

"얼렁 잘못했다고 빌어. 이놈들아!"

우리가 찔끔하며 두 손을 삭삭 비비며 용서를 빌자 주인이 수박 조각을 각자의 손에 들려 주었다. 아빠 엄마들이 펼친 계략의 완벽한 마무리였다.

벌에서 잘 벗어난 기분 때문이 아니라 정말이지 수박은 참외보다 훨씬 달고 시원했다. 그 맛에 다음에는 수박서리를 해야겠다는 생각이 들었다.

나는 체벌이 끝난 개운한 마음으로 아빠의 손을 잡고 집으로 돌아가는 길에 깊은 생각에 잠겼다.

'아무도 본 사람이 없었는데, 내가 참외 서리한 것을 엄마가 어떻게 알았을까.'

엄마는 장에 안 갔으니 누구를 만나지도 않았을 것이고, 누나들이 이웃 동네 친구 집에 놀러 갔다가 온 것도 아니고, 형 또한 숙제가 바빠서 온종일 집에 있었다. 그렇다면 아빠였다. 참외 서리하던 날 아빠가 일당벌이로 이웃 동네 초가집 이엉—초가집의 지붕이나 담을 이기 위하여 짚이나 새 따위로 엮은 물건—을 얹으러 갔다 온 것 빼고는 내가 서리한 것을 엄마가 알 리가 없었다.

이런저런 추리로 어린 머리가 한창 복잡한 그때 문득 아빠가 내 머리를 쓰다듬더니 대견하다는 듯 웃어 주었다. 하지만 나는 아빠의 그 웃음이 왠지 의뭉스럽게 보였다.

두어 달 뒤, 그 동네 친구 녀석에게 들어서 알게 되었는데, 엄마가 참외서리 사실을 알게 된 경위는 이러했다.

아빠가 이엉을 얹는 집이 하필 우리가 서리했던 김 씨 아재네 밭이었다. 김 씨 아재의 아내는 일꾼들을 대접하려고 참외를 따러 밭에 왔다가 원두막에 앉아 참외를 맛있게 먹고 있는 우리를 발견했지만 말리지 못했다. 아줌마는 그 동네 녀석들의 얼굴을 모두 알고 있었는데, 집에서 이엉을 얹고 있는 일꾼들 중에 녀석들 아빠도 있는 것이었다.

집안의 큰일을 하고 있는데 대단찮은 서리쯤으로 당장 수선을 떨 필요가 없어서 우리 몰래 참외를 따다가 대접하고, 일이 끝나자 서리 사실을 털어 놓은 것이었다.

우리에게 서리를 권한 녀석은 김 씨 아재의 이웃집이었다. 녀석은 어쩌면 김 씨 아재가 바빠서 밭에 못 온다는 점을 이용해서 서리를 권한 것이었다.

막걸리로 일꾼들과 뒤풀이를 하던 김 씨 아재가 아무것도 모르는 척 녀석을 불렀다. 녀석 또한 아무 일도 없었던 것처럼 태연하게 부름에 응했지만, 이내 김 씨 아재의 집요하고 엄한 심문에 모두 불어 버린 것이었다.

"우리 작은놈은 내가 알아서 헐 텐께. 암 말도 마시요이(아무 말도 하지 마시오)?"

사실을 알게 된 아빠는, 당신은 대수롭지 않게 생각하는 서리지만, 주인과의 친분도 있고, 자식에 대한 교육적인 면도 있고 해서 그냥 지나칠 수 없었다.

고민을 하던 아빠가 다음 날 엄마에게 얘기를 조심스럽게 한다고 했지만, 그 말을 듣는 엄마의 속은 금세 용암처럼 끓어올랐다. 그때 마침 놀다가 집에 돌아온 내가 무사하지 못한 것은 당연한 일이었다.

의리

가을 어느 날, 이웃 마을에 사는 친구 녀석에게 놀러 갔다. 친구의 집은 해변에서 다소 떨어진 내륙 쪽 농촌이었다. 나에게는 환상과 선망羨望 속의 음식인 찐 계란과 함께 친구 어머니가 차려 준 점심밥을 든든히 먹은 세 친구는 다음 놀 궁리를 했다. 궁리 끝에 한 친구가 말한 밤 서리에 관심이 꽂혔다.

요즘은 밤을 수확하기 위해 계획을 세워서 식목을 하지만 당시는 선산先山 등 집안의 땅에 자연성수自然成樹가 된 나무에서 수확을 해서 시장에 내다 파는 것이 대부분이었다.

친구가 말한 밤 밭은 친구 집에서 3킬로미터쯤 떨어진 산에 있었다.

논두렁 밭두렁을 걸어가는 세 악동 서리꾼에게 가을의 따가운 햇볕이 내리쬐었다.

친구의 말처럼 가시 사이로 쩍쩍 벌어진 껍질 속에 굵직굵직 탐스런 밤톨이 높다란 고목나무에서 금방이라도 우수수 쏟아질 것 같은 광경이 눈앞에 펼쳐져 있었다. 나도 모르게 군침을 꿀꺽 삼켰다. 집에서 보릿자루를 큰 걸로 가져 올걸 하는 후회가 들었다. 이미 떨어진 밤도 있었지만 몇 알 되지 않았다.

바닥에 떨어진 밤을 금세 주워 담은 세 서리꾼은 안간힘을 쓰며 나무에 오르기 시작했다. 밑에서 봤을 때도 탐스럽던 밤톨이 나무에 올라 가까이서 보니 주먹만큼 굵직하고 반지르르 윤기가 나는 게 더욱 욕심이 났다. 열심히 따다보니 보리 서너 되 정도 낟 팔이 하는 자루에 금세 밤이 반절 정도 찼다.

열심히 따는 중에도 타고난 서리꾼의 본능은 긴장 그 자체였다. 어디선가 부스럭 소리가 들려오자 그쪽을 바라보았다.

주인 할아버지가 기다란 작대기를 들고 생쥐를 발견한 고양이처럼 이 어린 도둑들을 잡으려 살금살금 다가오는 모습이 확실히 보였다.

나는 더럭 겁이 났다. 몇 달 전에 딸기 서리 갔다가 붙잡혀서 맞아 봤었다. 사타구니까지 쩡쩡 울리게 했던 몇 달 전의 통증이 전해져 오는 것 같았다. 오늘도 붙잡히면 저 무시무시한 작대기로 엉덩이를 맞을 것이 뻔했다.

친구들을 보니 언제 올라갔는지 옆의 나무 더 높은 곳까지 올라가서 신나게 밤 서리를 하고 있었다. 주인 할아버지와 친구들을 번갈아 보고 번개처럼 결정적인 판단을 내린 나는 친구들에게 낮고 예리한 한 마디를 던졌다.

"들켰당께! 후딱 내빼(빨리 도망쳐)!"

나는 말이 끝나기 무섭게 나무에서 뛰어내려 도망치기 시작했다. 너무 높은 곳까지 올라간 친구들은 뛰어내리지 못하고 어찌할 바를 모르고 있었다. 나는 그런 친구들을 돌아보기는커녕 머릿속에 뱅뱅 도는 작대기의 공포 속에서 길이든 아니든 할아버지 반대쪽으로 무조건 내닫기에 바빴다.

그 총중에도 친구들이 잡히면 할아버지가 나를 쫓아오지 않을 거라는 비열하고 얍삽한 생각도 들었다.

한참을 도망치던 나는 아무 기척이 없자 도망을 멈추고 뒤를 돌아보았다. 친구들이 붙잡혔는지 할아버지의 모습이 보이지 않았다. 가쁜 숨을 몰아쉬는 중에도 적이 안심이 되었다. 친구들한테 미안한 마음도 들었지만 어쩔 수 없다고 생각했다. 숨이 안정되고서 내 모습을 보니 가관이 아니었다.

밤나무에서 뛰어내리며 넘어지는 바람에 엉덩이에 밤 가시가 촘촘히 박혀 있고, 가시덤불을 헤치고 왔는지 온몸 여기저기에 가시가 박혀 있고, 나뭇가지를 불사하고 내달렸는지 소맷자락이 찢겨 너덜거리고, 얼굴과 손과 다리가 긁혀 피가 묻어나고, 초인적인 달리기를 했는지 바짓가랑이까지 벌어져 있었다.

온몸의 긁힌 상처가 쓰라려 왔다. 상처를 만지다가 보니 밤이 든 보릿자루가 없었다. 아마 모두 팽개치고 도망 왔던 것이었다. 나는 할 수 없이 친구들과 밤 밭을 뒤로하고 빈손으로 집으로 향했다.

미수에 그쳤지만 도둑이 제 발 저린다고 친구들 걱정도 되고, 당장이라도 그 주인 할아버지가 집으로 쫓아올 것만 같아 그날 밤 잠을 설친 나는 아침을 먹는 둥 마는 둥 친구 집으로 향했다.

친구의 집에 도착하자 두 친구 녀석이 삶은 밤을 맛있게 먹고 있었다. 나는 그 탐나는 밤을 먹고 싶었지만 해 놓은 짓이 있어서 선뜻 말은 못하고 에둘러 말했다.

“작대기 안 맞았냐?”

“응.”

한 친구가 한입 밤을 가득 물고 빙긋 웃으며 말했다.

나는 깜짝 놀랐다. 매를 맞지도 않고 벌도 안 받았는데 맛있는 밤까지 얻어서 먹고 있는 친구들이 몹시 부러워지며 그때 그냥 친구들과 할아버지한테 붙들릴 걸 하는 후회와 억울한 마음까지 들었다.

친구들은 한 알 먹어 보란 소리 없이 다 먹은 후 나에게 말했다.

“할아버지가 놀러 오락 했당께. 같이 갈라면 내일 집으로 와.”

그 소리가 너무 반가웠다. 친구들이 매도 안 맞고 밤도 얻었다니 내일 놀러 가면 나도 저 맛있는 밤을 주겠구나 하는 생각에 집에 가는 내내 마음까지 설레었다.

다음 날 엄마가 말려 놓은 생선 중에서도 굵은 것을 추려서 챙긴 나는 부리나케 친구 집으로 향했다. 생선은 내 나름 할아버지에게 잘 보이려는 뇌물이었다.

친구들과 함께 도착하니 할아버지가 반겼다. 할아버지는 전혀 아무렇지 않은 듯 너무도 태연하게 내가 가지고 간 선물을 갈무리한 다음 말했다.

"느그 둘은 뒤뜰에 가서 감허고 대추 한 바구리(바구니)만 따 갖고 와. 글고(그리고) 너는 나 따라와."

친구 둘은 바구니를 들고 뒤뜰로 향했다. 나는 기대가 충만해서 할아버지의 뒤를 따랐다. 선물까지 받아 주셨으니 뭔가 좋은 것을 줄 것만 같았다.

할아버지는 마당 건너로 향했다.

"너는 저기 약수터에서 물을 받어다가 여기 깨깟이(깨끗이) 닦고, 쓰레기통도 비워서 깨깟이 씻어 놔."

할아버지는 양동이와 수세미를 나에게 건네고 방으로 가버렸다. 내가 보니 측간이었다. 우리 집도 측간이었지만 할아버지의 묵은 측간 냄새는 고약하기 그지없었다. 그래도 밤에 대한 나의 집념은 꺾이지 않았다. 열심히 청소를 하면 할아버지가 밤을 많이 줄 것 같았다.

30여 미터 떨어진 약수터에서 물을 길어다가 수세미로 측간을 닦는 일은 여간 힘든 것이 아니었다.

어느덧 해가 중천에 닿고 있었다. 측간 청소를 마친 나는 할아버지에게 갔다. 친구들도 와 있었다.

“인자(이제) 집에들 가.”

할아버지가 싸늘히 돌아서며 말했다. 나에게는 마른하늘에 날벼락 같은 소리였다. 밤을 주어야 마땅한 것인데…. 나는 너무 억울한 나머지 울음을 터트리고 말았다. 그때 방으로 들어갔던 할아버지가 커다란 바구니를 들고 나왔다. 바구니에는 삶은 밤이 한가득 들어 있었다. 할아버지는 밤을 집어 울고 있는 내 손에 쥐여 주고 빙긋 웃으며 꿀밤을 놓았다.

“에라 이놈아!”

할아버지가 준 삶은 밤은 우리가 실컷 먹고, 여기저기 주머니에 가득 넣고도 남았다.

세 서리꾼은 집으로 돌아가는 길에 측간에서 바지를 내리고 나란히 오줌을 누었다. 먼저 일을 마치고 바지를 올린 나는 친구들의 엉덩이를 보았다. 두 친구 모두 엉덩이에 빨갛게 멍이 앉아 있었다.

새 지붕

이엉이란 초가지붕을 씌우기 위해 새끼줄로 지푸라기를 엮은 것을 말한다.

먼저 집의 나무 골조에 대나무나 수숫대 등을 촘촘히 엮은 다음 거기에 지푸라기와 황토를 이겨서 발라 지붕의 기초를 만들고, 그 위에 이엉을 깔면 초가지붕이 완성되었다. 이엉은 슬레이트나 기와나 콘크리트처럼 오래가는 자재가 아니어서 썩으면 몇 년에 한 번씩 바꿔 줘야 했던 걸로 기억한다.

우리 집의 이엉을 바꾸는 날이었다. 아빠 친구 몇 명을 포함해서 이웃 동네 기술자 아저씨들이 왔다. 작업자들은 두 파트로 나눠서 한 파트는 지붕에 올라가 썩은 이엉을 걷어 내고, 한 파트는 마당 한쪽에서 새끼줄로 이엉을 엮었다.

엄마가 저번 장날에 큰누나와 형과 나까지 데리고 가서 많은 음식거리를 산 이유를 알 것 같았다. 엄마는 제사나 가족 생일날 먹을거리가 생기면 가까운 이웃과 나눠 먹을 정도로 인심이 후했고, 손님이나 일꾼들에게는 더 정성을 들였다. 엄마는 아침부터 음식을 만들기 시작했다. 집안일 중에서도 가장 중요한 지붕일인데 예닐곱 일꾼들을 대접하려면 적잖이 장만을 해야 했던 것이다.

형은 이엉을 만드는 파트에서 일을 돕고 있었고, 나는 이엉의 재료인 지푸라기 더미에서 뒹굴며 놀고 있었다. 푹신한 지푸라기 더미는 요즘의 트램펄린처럼 노는 재미가 있었다. 나는 처음 놀아 보는 재미에 신이 나 있었다.

점심때가 다가오자 엄마가 나를 불러 막걸리 심부름을 시켰다. 일꾼들이 점심 반주로 마실 막걸리였다.

요즘은 막걸리가 병으로 유통되어 아무 때나 상점에서 필요한 양만큼 손쉽게 구입해 즐길 수 있지만, 그때는 주조장에서 18리터 한 말斗들이 통이나 일명 '딸딸이'라 불리던 세 바퀴 경운기에 실린 막걸리 전용 드럼으로 유통됐었다. 때문에 잔칫날 등 많은 양을 소비하지 않을 때 가정집에서는 주전자를 가지고 점방에 가서 받아 왔다. 청소년 법이 없는 때여서 나도 가끔 갔었는데 한 되, 즉 1.8리터 주전자에 250원이었다.

그 가끔 가는 날이 오늘이었다. 엄마는 커다란 주전자와 100원짜리 동전이 들어 있는 500원 지폐 쌈지를 손에 쥐어 주었다. 아마도 따로 주면 100원 동전을 잃어버릴까 봐 노파심에 지폐에 동전을 넣고 접어서 동전이 빠지지 않게 준 것이었다.

나는 막걸리 심부름을 싫어했었다. 왕복 700미터나 되는 점방까지 갔다 오는데 막걸리 주전자는 다섯 살배기 나에게는 족히 무거운 물건이었다.

형은 땀을 뻘뻘 흘리며 어른들을 돕고 있었다. 얼마 전 아빠 친구 분이 찾아왔을 때는 형하고 함께 막걸리를 받아 오며 스무 걸음씩 교대로 들고 왔었는데 지금은 꼼짝없이 나 혼자 가야했다.

"허클지 말고(쏟지 말고) 싸목싸목(천천히) 댕겨와라이?"

엄마는 다른 때보다 큰 주전자를 주어서 걱정이 되는 듯 말하며 가기 싫은 내 등을 떠밀었다. 그때 큰누나가 부엌에서 그릇에 호복이 담은 쌀밥을 보여 주며 나에게 말했다.

"후딱(빨리) 댕겨 오랑께."

하얀 쌀밥 말고도 엄마가 끓인 돼지고기 찌개도 힘내서 다녀와야 할 이유였다. 돼지고기 찌개에 쌀밥을 말아 먹으면 그 맛이 참 일품이었다.

나는 재밌는 지푸라기 더미에 대한 미련을 못내 뒤로 한 채 점방으로 향했다. 막걸리를 받아 돌아오는 길은 정말이지 끔찍했다. 평소보다 더 큰 주전자에 받아 오는데 당연한 것이었다. 나는 형하고 다녀오던 생각을 하며 다섯 걸음에 한 번씩 주전자를 내려놓고 쉬기를 반복하며 걸었다.

누나가 동구 밖까지 나와서 기다리다가 막걸리를 받아들고 대견하다는 듯 내 등을 쓸며 방으로 향했다. 점심시간이었다.

후들거리는 팔다리로 들어가 밥상 앞에 앉으니 라면 다음으로 나를 만족시켜 주는 하얀 쌀밥과 돼지고기 찌개가 푸짐하게 나를 기다리고 있었다.

내가 한참 먹고 있을 때 일꾼들은 식사를 마치고 밖으로 나갔다. 그때 누군가가 외쳤다.

"비 올락 허네!"

군데군데 주저앉은 진흙 기초를 메웠으니 이제 새 이엉을 얹어야 하는데 비가 떨어지니 큰일이었다. 이대로 비가 많이 내리면 진흙 기초가 물러져서 집에 비가 샐 것이 뻔했다. 빗방울을 보자 모두들 식후 휴식도 잊은 채 일을 서둘렀다. 엄마는 물론이고 점심상을 걷던 누나까지 달려 나가 만들어 놓은 이엉을 옮기는 일을 도왔다.

비 때문에 갑자기 나 혼자 방에 덩그러니 남자 왠지 썰렁한 기분이 들며 주위를 둘러보았다. 차례를 지낼 때 사용하는 커다란 상 위에 푸짐하게 차려진 음식과 일꾼들이 마시다 남은 막걸리가 보였다. 문득 막걸리라는 녀석이 궁금했다. 나는 숟가락을 놓고 다가가서 반 잔쯤 남은 막걸리를 들어 가만히 입술에 대고 맛을 가늠해 보았다. 뒷맛이 은근히 달짝지근한 게 녀석이 만만하게 느껴졌다. 맛있다는 생각은 아직 안 들었지만, 이 녀석이 맛있으니까 어른들이 자기들만 먹으려고 우리들에게 못 먹게 한다는 생각도 들었고, 이 녀석 때문에 낮에 고생한 일이 떠오르며 오기도 생겼다. 이번엔 입 안 가득 한 모금 마셔 보았다.

점점 더 잦아드는 빗방울에 밖에서는 정신이 없었다. 비가 온다고 앞으로 몇 년을 써야 하는 지붕을 대충 만들 수도 없는 노릇이라 다급한 목소리가 계속 이어졌다. 그렇게 서두르고 서둘러 이엉을 다 얹고 마무리를 하자 소나기가 쏟아지기 시작했다. 천만다행이었다.

일꾼들은 소나기를 보며 안도의 한숨을 쉬다가 방으로 들어왔다. 막걸리로 고된 뒤풀이를 하기 위해서였다.

그런데 방 안에는 뜻밖의 일이 벌어져 있었다.

만취한 내가 밥상 위에 누워서 자고 있는 것이었다. 모두들 할 말을 잊은 채 멍하니 나를 바라보다가 폭소를 터트렸다. 그때 아빠의 절친 친구[꼬숩다!]가 재미있다는 듯 한마디 했다.

"아따! 내 궁뎅인가? 인물 나겄네."

다시 폭소가 터졌다.

비는 다음 날 아침에 그쳤다. 밖에 나가 보니 맑게 갠 하늘에 둥그렇게 무지개가 떠 있었다. 황금색으로 예쁘게 변해 있는 지붕을 보니 엄마가 새 옷을 입혀 줄 때나, 꼬까신을 신겨 줄 때처럼 이상하게 기분이 좋고 마음이 설레었다.

그 이엉은 우리 집의 마지막 이엉이었다. 1980년대에 들어 집집마다 기와로 지붕을 교체했다.

전구

드디어 우리 집에 전기가 들어왔다! 새마을 운동의 도움으로 한 달여 동네 곳곳에 전봇대를 세우더니 굵은 전선들이 전봇대를 잇고, 전기 기술자 아저씨들이 몰려와서 한 집 한 집 전봇대에서 전선을 끌어와 두꺼비집을 설치하고 방마다 전구를 밝힐 수 있는 스위치랑 소켓과 가전제품을 쓸 수 있게 콘센트를 하나씩 설치해 주었다. 그리고 각 집마다 설치해 준 소켓의 수만큼 백열전구를 나눠 주고 갔다.

잠깐이나마 네 살 때 호롱불 시대와 다섯 살 때부터 양초의 시대를 거친 나에게 들리는 전기에 관한 소문은 호기심 그 자체

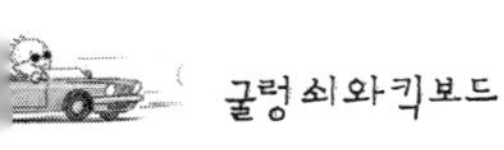

였다. 그 소문이란 호롱불이나 양초처럼 성가시게 성냥을 쓸 필요도 없고, 기름을 자주 채워 줄 필요도 없으며, 꺼질까 봐 바람을 가리거나 불조심하기 위해 가끔 하는 감시조차 하지 않아도 된다는 것이었다. 등불이나 촛불의 관리는 거의 엄마와 누나들이 해서 여기까지는 내가 걱정할 일이 아니었지만, 잠잘 때 마음껏 굴러다녀도 되고, 장마철 등 소나기가 내리고 천둥 번개가 칠 때 어두워서 무서워할 필요도 없이 온종일 켜 놓으면 된다는 말은 내 귀를 솔깃하게 했다.

형 얘기로는 이제 해 지기 전에 저녁밥을 서둘러 먹을 필요도 없고, 한밤중에 목이 말라 물을 먹을 때 더듬더듬 성냥을 찾아 촛불을 켜고 주전자를 찾을 필요도 없고, 밤에 측간에 갈 때—여름에는 냄새 때문에 요강을 쓰지 않았다—도 촛불을 들고 바람을 가리며 조심조심 갈 필요도 없이 손가락 하나만 까딱하면 된다는 것이었다. 나는 형의 말에 너무 좋았다. 어두운 측간에 가기 싫어서 참다가 이불에 오줌을 지리는 일은 앞으로 없을 것이고, 늦은 저녁을 먹을 때 무릎에 밥알이나 국물을 흘리는 일은 없을 것 같았다.

가족들은 새로운 기대감에 한껏 부풀어 있었다. 형과 나는 아직 전깃불이라는 것을 보지도 못했으면서 뭐가 좋은지 마당을 마냥 뛰어다녔다.

엄마와 누나들은 전기 기술자 아저씨들이 흘리고 간 전선 토막과 쓰레기들을 청소하느라 여념이 없었다.

"이년들이 불도 안 들어왔는디 벌써부텀 달랑대고(조르고) 지랄이여 지랄이(난리야)!"

큰누나와 작은누나가 라디오와 전기 머리 고데기를 사 달라고 미리 조르자 엄마가 웃으면서 말했다.

그때는 지금보다 이웃들과 훨씬 많은 교류가 있었던 시절이었다. 음식이 생기면 나눠 먹는 것은 기본이고, '축하'라는 말은 잘 쓰지 않았지만 사소한 일로도 행복한 웃음을 서로 나눴다. 그리고 어렵고 힘든 일이 생기면 이웃들이 힘을 합쳐 내 집안일처럼 도왔다.

"엄니 불 들어왔소?"

"오매오매! 말도 마소, 겁나게 훤허당께!"

아빠가 설레는 듯 먼저 불을 켠 이웃집 할머니에게 묻자 할머니가 감탄사를 연발했다. 그때 서울 갔던 작은누나가 건강이 안 좋아서 며칠 전 집에 와 있었는데, 큰누나와 작은누나의 친구들도 찾아와서 자기 집이 훤하다고 한바탕 호들갑을 떨고 갔다.

엄마와 누나들은 전기가 들어온 것이 무슨 큰 잔치인 것처럼, 전기하고 전혀 관계가 없는 집 안 구석구석은 물론 장독대까지 청소를 말끔히 했다.

형과 뛰놀다가 형이 측간에 간 사이 문득 전구라는 것이 궁금해진 나는 안방에 들어가 문갑을 열었다. 사각 보호 골판지에 각각 끼워진 여섯 개의 전구가 유리로 된 반질반질한 머리를 보이고 있었다.

집 안 청소를 마친 엄마가 아빠와 형을 불렀다. 드디어 온 가족이 모여 앉은 가운데 소켓에 전구를 끼워 안방을 밝히는 의식의 차례가 된 것이었다. 아빠는 전구를 끼운다는 기대감에 설레고 긴장되어 안방 문을 열고 들어오며 손을 비볐다. 그런데 방 안에서는 뜻밖의 일이 벌어지고 있었다.

나는 방바닥에 굴리면 데구루루 굴러서 부메랑처럼 다시 돌아오는 전구 녀석이 너무 신기하고 재밌어서 신나게 굴리고 있는데, 그걸 본 가족들의 눈은 일순간에 놀람으로 가득 찼다.

우리 집의 방바닥은 황토로 굳은 것이어서 요즘 시멘트 바닥처럼 고르지 않고 우둘투둘했다. 그리고 장판도 요즘 것처럼 푹신한 게 아니라 플라스틱이 굳은 것처럼 딱딱했다. 전구는 동네 점방에서 살려면 유통비 때문에 읍내나 장날에 사는 가격의 한 배 반이나 두 배를 주어야 사는 물건이었다.

전구는 얇은 유리가 깨져서 진공상태가 파괴되거나 가늘고 연약한 텅스텐 코일이 끊어지면 쓸모없게 되는데, 나는 그것을 우둘투둘한 방바닥에 굴리며 즐거워하고 있었던 것이다.

그걸 본 엄마는 번개처럼 다가와 전구를 빼앗았고, 두말할 것도 없이 엄마에게 볼기짝을 한바탕 불나게 얻어맞은 나는 방 한

쪽 차가운 구석에 쭈그리고 앉아 터지는 울음소리도 못 내고 삼켜야 했다.

나의 짓궂은 놀이에도 다행히 전구는 무사했다. 아빠가 전구를 끼우고 소켓에 달린 스위치를 돌리자 주광색의 찬란한 빛이 방 안 가득 채워졌다. 그 빛이 어찌나 밝던지 목구멍에 꾹꾹 누르고 있던 울음이 감동의 울음으로 바뀌며 탄성이 절로 나왔다.

"엉아야. 해 떴다!"

엄마의 연인

우리 마을에는 서해 바다를 감시하는 레이더 기지라는 군부대가 있다. 말 그대로 간첩이나 외국 배들은 물론이고 우리 배들도 레이더로 감시하는 국군 부대였다. 그 부대는 해안이라는 특수한 입지 때문에 군인들의 해안 교육도 겸하는 부대여서 사철 사관생도 교육생들이 바뀌 가며 교육을 왔었다.

그때 작은누나는 돈 벌러 서울로 떠나고 큰누나만 있었는데 동네에서 단짝 친구인 점순 누나가 자주 놀러 왔다. 지금 생각하면 열일곱 나이의 두 소녀는 재잘대는 모양이나 하는 짓이 말 그대로 들에 핀 꽃이었다. 동네에 몇 대 안되는 라디오를 들으며 미처 못 따라하고 지나쳐 버린 노랫말을 발을 동동 구르며 아쉬워하던—언제 그 구절을 또 들을 수 있을까? 하던—순수의 시절이었다.

어느 무덥던 여름 날, 멋진 사관생도 교육생 아저씨들이 씩씩하게 2열로 우리 집 앞을 지나갔다. 그날 밤, 어떤 교육생 아저씨가 전분, 사탕, 통조림, 음료수, 초콜릿, 비스킷 등이 들어 있는 전투식량 상자를 들고 찾아왔다.

"박준희 소위라고 합니다. 전국에 교육을 다니는데 마을 주민 여러분께 잘 부탁드린다는 의미에서 항상 이렇게 찾아뵙습니다."

그렇게 찾아온 경위를 밝히면서 총이 어떻고, 수류탄이 어떻고, 대포 탱크가 어떻고, 비행기와 낙하산이 어떻고, 적군이 어떻고, 산과 강이 어떻고 하며 무용담을 늘어놓는 아저씨의 눈은 큰누나에게 있었다.

그때 내가 가족들 눈치를 보기로 좀 어색한 표정이었는데, 사실 가족들의 어색한 표정은 그때껏 수많은 교육생 아저씨들이 레이더 기지에 다녀갔지만 박 소위 아저씨처럼 찾아온 아저씨는 없었기 때문이었다. 어쨌거나 내 눈에는 일생일대의 선물 상자를 가져온 아저씨가 좋게만 보였다.

80년대 중반까지는 아마도 우리 동네에는 입식 화장실이 없고 거의 측간[전설의 고향 ②]을 이용했었다. 측간은 소위 말하는 외부 푸세식 화장실을 말한다.

어느 날 밤, 대변이 마려워 측간에 가던 나는 우리 집 모퉁이 어둠 속에서 기웃거리는 박 소위 아저씨를 보았다. 내가 급한 볼일 때문에 그냥 측간으로 가서 앉아 있으려니 엄마 방에서 엄마와 큰누나랑 재잘거리던 점순 누나가 방을 나오는 소리가 들리고, 점순 누나를 조심히 불러 세우는 박 소위 아저씨의 말이 들려왔다.

"친구분 성함이 어떻게 됩니까?"

"그냥 김 양이라고 부르시면 돼요."

점순 누나는 어눌한 표준말로 대충 대답하고 휘적휘적 가 버리는 것 같았다. 내가 듣기로는 좀 이상했다. 우리 형제의 성씨는 H 씨이고, 점순 누나는 L 씨였다. 점순 누나는 아마도 엉겁결에 가장 많은 성씨인 김씨를 말한 듯싶었다.

그날 뒤로 한동안 박 소위 아저씨는 놀러 오지 않았다. 큰누나도 은근히 마음이 있었던지 우리끼리 있는 데서 박 소위 아저씨의 얘기를 종종 하곤 했다.

옆 마을 들판에 참외가 누렇게 익는 무렵이었다. 아빠는 배 수리를 하러 목포에 가고, 엄마는 바느질을 하고, 나는 형에게 한글을 배우고 있고, 큰누나는 자신의 방에서 라디오에서 흘러나오는 노래를 열심히 외우는 중이던 어느 날 밤. 조심히 큰누나를 부르는 귀에 익은 목소리가 들려 왔다. 한동안 안 보이던 박 소위 아저씨였다. 어찌 생각하면 박 소위 아저씨 입장에서는 가족들 있는 데서 자신의 감정을 대놓고 드러내기에는 자신과 큰누나의 사이가 그리 가깝지 않은 상태라서, 서로의 마음을 합하는 과정이라는 판단에서였을 것이고, 이성을 좋아하다 보면 약간은 소심해지는 경향도 있었을 것이다. 또 어른들의 눈치를 많이 보던 시절이어서 사실 당시의 로맨스는 거의 그랬다.

'큰누나 방은 거기가 아닌디.'

반가운 마음에 달려 나가려는 내 팔을 형이 잡았다.

나중에 들은 얘기지만 아저씨는 보름 동안의 해상 훈련을 마치고 우리 동네 부대에 복귀했다는 것이었다.

아저씨의 말이 또 들려왔다.

"김 양…. 김 양."

박 소위 아저씨는 그렇게 엄마의 방에 돌멩이를 던지며 숨은 들고양이처럼 큰누나에게 나름의 세레나데를 보내고 있었다. 그때 박 소위 아저씨의 러브스토리를 짐작한 엄마가 차마 방 밖으로 나오지는 못하고 참다못해 눈치 없는 말을 뱉고 말았다.

"늙은 김 양은 뭣 허러 불러?"

엄마의 성씨가 김씨였다. 박 소위 아저씨는 다음 날 교육을 마치고 우리 동네를 떠났다. 그해 동지 밤, 큰누나는 박 소위 아저씨의 편지를 읽으며 눈물을 흘리고 있었다. 박 소위 아저씨의 절절한 진심과, 결혼한다는 내용이 담긴 편지였다. 그 모습을 보던 점순 누나가 울먹이며 고해성사 같은 말을 했다.

"미안해…. 그때는 그냥 장난이었는디…."

바람 불면 날아갈까, 건드리면 부서질까. 인연이란 참.

복 받으시요!

우리 전통 물건 중에서 복을 상징하는 것으로는 조리, 삼태기, 주머니가 가장 흔히 사용되었을 것이다. 이웃집 호랑이 할아버지는 설날 아침 세배를 드리러 갔을 때, 여러 가족들 앞에서 조리는 건강 복을, 삼태기는 행운 복을, 주머니는 재물 복을 가져다준다고 덕담을 했다. 할아버지의 말이 정확한지는 모르지만, 그 쓰임새나 모양이 어느 정도 설득력은 있는 것 같다. 우리 동네에서는 복의 상징물로 복조리를 애용했다.

요즘은 정미精米 기술이 좋아져서 쌀이나 보리쌀에 돌이 섞이는 경우가 없지만, 당시에는 돌이 섞이는 일이 흔했다. 그래서 밥을 할 때 쌀을 물에 담근 후 돌과 쌀의 무게 차이를 이용해서 조리로 물에 뜨는 쌀을 걸러 내는 작업을 했는데, 그것을 '쌀을 인다'라고 했다. 조리—쌀을 이는 데 쓰는 기구로, 가는 대오리나 싸리 등으로 결어서 조그만 삼태기 모양으로 만든 것—를 살랑살랑 흔들 때 생긴 물살에 의해 일렁이며 조리에 차곡차곡 쌓이는 쌀의 모양새가 복이 쌓이는 것과 같은 느낌이어서 조리를 복을 상징하는 물건으로 이름 붙인 것이 아닐까.

내 기억에 쌀을 다 이고 나면 바가지 바닥에 쌀 톨만 한 새까만 돌 조각들이 고여 있었다. 그것을 보고 이웃집 할아버지가 쌀과 돌을 분리해 주는 조리가 건강 복을 가져온다고 했는지 모르지만, 아무튼 복조리는 없이 살던 시절에 느꼈던 따뜻한 정이 지금도 호복이 느껴지는 물건이다.

내가 네 살이 되던 해였을 것이다. 설날을 사나흘 앞둔 어느 날, 낮잠을 자고 일어나 보니 집 안에 나 혼자뿐 아무도 없었다. 아빠는 '동배추'를 캐러 밭에 갔고, 엄마는 저번 대목 장날 미처 못 산 물건을 사러 형과 작은누나를 데리고 장을 보러간 것이었다.

당시 배추의 저장은 지푸라기를 이용해서 땅에 묻어서 보관하거나, 보관량이 많을 때는 밭에 심겨 있는 그대로 보관하기도 했다. 그 배추를 '동배추'라고 불렀는데, 우리 집에서는 김장 김치가 떨어지거나 새 김치가 먹고 싶을 때 눈 속에서 배추를 캐다가 사용했다. 동배추를 캘 때, 사투리로 '끌텡'이라고 불리던 배추 뿌리를 떼어서 깎아 먹으면 고유의 매콤하고 시원한 맛과 아삭한 심감이 냉고구마와는 또 다른 맛이었다. 겨울에 뛰놀다가 배가 고프면 동배추의 속을 몰래 파 먹다가 어른한테 붙잡혀서 혼나기도 했다.

나는 부스스한 눈을 부비며 엄마를 찾아 부엌으로 향했다. 부엌에는 엄마가 설날 차례 준비를 하던 물건들이 여기저기 제자리에 놓여 있었다.

그때 널찍한 대나무 채반으로 덮어 놓은 밤색의 플라스틱 대야가 내 눈에 들어왔다. 다가가서 채반을 들추고 안을 보니 엄마가 떡을 하려고 물에 불려 놓은 쌀이었다. 엄마는 일의 순서에 맞게 당신이 장을 보러 간 사이에 불게끔 쌀을 물에 담가 놓은 것이었다.

나는 새하얗게 불어 있는 녀석이 예뻐 보이자 이러 보고 싶어 조리를 찾았다.

엄마와 누나는 쌀을 이고 나면 조리를 말리기 위해서 따뜻한 솥뚜껑의 열을 이용했는데, 가마솥의 손잡이를 덮듯 조리를 엎어서 얹어 놓았었다.

자주 보아 온 것이라 어렵지 않게 조리를 찾은 나는 대야로 가서 엄마가 했던 것처럼 젓기 시작했다.

사실 쌀을 이는 작업은 웬만한 어른들도 배우는 데 시간이 걸리는 기술이었다. 그런 기술인데, 내가 쉽게 할 수 있는 일이 아니었다.

쌀이 불며 물을 머금어서 물이 거의 없는 대야를 젓는데 쌀알이 이리저리 튀었다. 나는 안 되겠다 싶어서 바가지로 물을 떠와 붓고는 또 젓기 시작했다. 하지만 쌀을 이는 것은 여전히 엄마처럼 되지 않았다.

마침내 짜증이 난 나는 조리의 손잡이를 움켜쥐고 마구 휘젓기 시작했다. 그 통에 거지반쯤 되는 쌀알이 사방으로 튀었다.

그때 측간에 다녀오던 큰누나가 깜짝 놀라 황급히 달려와서 조리를 뺏고는 꿀밤을 놓았다. 놀라고 다급한 김에 놓은 꿀밤이라 너무 아파서 나는 울음을 토했다.

누나는 울어 젖히는 나를 빗자루를 들어 또 때릴 듯이 을러대고는 바닥에 쏟아진 쌀을 다급히 다른 대야에 쓸어 담아 물을 붓고 조리로 이기 시작했다.

요즘은 시장에 가면 간식용으로 손쉽게 구입할 수 있고, 명절 때가 되면 미리 준비한 듯 시장에서 다양한 떡들을 판매하지만, 당시는 명절 때가 되면 방앗간은 눈코 뜰 새 없이 바빠서 쌀을 빻는 데 조금만 늦어도 한두 시간은 기본으로 더 기다려야 했다.

엄마가 담가 놓고 장 보러 간 사이 쌀이 불면 물을 뱉어 내어 말려야 내일 제시간에 맞춰 방앗간에 빻으러 갈 것인데, 다 불어서 물을 뱉어 낼 쌀에 물을 더 붓고 흙바닥인 부엌의 사방에 흩어 놨으니, 큰누나가 화를 낼 만도 한 것이었다. 누나가 부랴부랴 쌀을 이고 있을 때 엄마가 왔다.

"누나가 때랬어(때렸어)!"

나는 서럽게 울며 엄마에게 일러바쳤다.

"측간 갔다 온께 작은놈이 요로코(이렇게) 해 놔 부렀당께"

누나가 엄마에게 대야를 보여 주며 난감한 얼굴로 말했다. 나는 화가 난 엄마에게 볼기짝을 불나게 얻어맞고 방으로 쫓겨 들어갔다.

설날 아침, 엄마가 새해 선물 보따리를 풀었다. 아빠는 새 털신, 형과 나는 솜 점퍼, 큰누나는 콜드크림, 작은누나는 벙어리장갑이었다.

우리 집처럼 없이 사는 집안은 대부분 고가의 설빔보다는 평상시에 활용할 수 있는 따뜻한 솜옷이나 장갑, 신발 등으로 새해 선물을 준비했다. 그래서 이웃집에 세배를 하러 갈 때도 그냥 새해 선물로 받은 것을 입고 신고 갔다. 그게 꼬까옷, 꼬까신이었다.

"복 받으시요!"

복조리꾼이 아침 일찍 희망차게 외치며 마루에 복조리 두 개 묶음을 던져 놓고 갔다.

당시 복조리의 판매는, 정초에 이루어지는 일종의 반 강매半強賣 풍습이었다. 복조리꾼은 집집마다 돌며 일단 복조리를 무조건 던져 놓고는 오후에 와서 물건값을 받아 갔다. 정히 사고 싶지 않은 집은 복조리를 돌려주기도 했지만, 대부분의 집은 문간에 걸려 있던 예년 것을 새 복조리로 바꿔 걸고 값을 지불했다. 돈이 궁한 집의 경우 사정 얘기를 하면 외상도 해 주었다.

설날 복조리값은 평상시 때보다 오히려 약간은 저렴하게 판매가 되었는데, 발품만큼만 이윤을 남기며 복을 빌어 주는 복조리꾼의 정情값이 한 몫을 했겠지만, 구매하는 집도 그런 줄 알기 때문에 물건값의 절반 이상은 인정人情으로 지불했을 것이다.

요즘의 피크 시즌 풍경과는 사뭇 다른 풍경이었다.

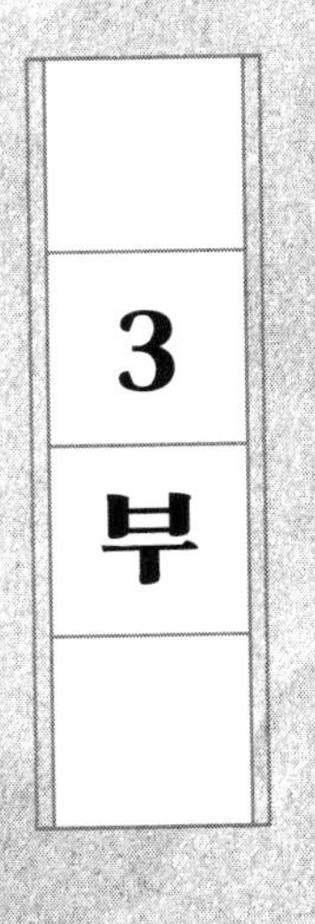
3
부

STORY

부덕이 ①—다산여왕多産女王

어느 해 정월. 그때까지만 해도 대보름날 차례를 크게 지냈었다. 나는 대보름을 앞둔 5일 대목장에 엄마를 따라 나섰다.

엄마가 안 데려가려는 것을 내 나름 속셈이 있어서 억지로 따라 나선 길이 그리 즐거울 리는 없었다. 장 보는 내내 징징대며 난생 처음 보는 운동화라는 것을 사 달라고 졸랐지만, 엄마는 아랑곳하지 않고 장 보는 데 여념이 없었다. 시장터를 두루 돌며 장을 보던 엄마가 걸음을 멈춘 곳이 개장수의 집이었다. 그 개장수는 우리 집에도 가끔씩 와서 개를 사 가는데, 내가 가장 싫어하는 사람이었다. 개장수는 징징 짜고 있는 나를 보자 아는 체 겸 귀엽다는 듯 웃어 주었다.

개장수의 가게에는, 요즘 애견숍에 있는 것 같은 유리 케이스가 아닌, 도망치거나 돌아다니지만 못하게 나무판자로 짠 나지막한 진열대가 있었다. 그 속에 태생도 모르는 20여 마리의 귀엽고 예쁜 강아지들이 꾸물대고 있었다.

한참 동안 강아지들을 보던 엄마가 어떤 강아지의 목덜미를 잡고 들어 올리더니 암컷인 것을 확인하고 계산을 했다. 집에 암컷 성견이 있긴 했지만 아직 새끼를 보지 못해서 엄마는 내심 불안했던 것이다. 엄마는 녀석이 맘에 든 듯 흐뭇한 표정으로 녀석을 바구니에 넣고 장보기를 마쳤다.

엄마의 마음이야 어떻든 내 기분은 엉망으로 틀어져 있었다. 집으로 돌아오는 길 내내 징징대던 나는 급기야 엄마에게 볼기짝을 얻어맞고 한바탕 울음을 터트린 뒤에야 운동화에 대한 미련을 억누를 수 있었다. 그런데 그 억눌렀던 미련이 그날 산 강아지에게 옮아 붙어서 미움으로 변했다. 마치 엄마가 그 강아지를 사려고 운동화를 안 사 준 것만 같은 생각이 든 것이었다.

생긴 것도 바둑이처럼 얼룩덜룩한 무늬도 없고, 다른 강아지들처럼 발등이나 꼬리에 특정한 무늬도 없이 그냥 온몸이 누렇기만 하고 볼품없어 보이는 것이, 느릿느릿 뒤뚱거리며 걷는 모양새도 정나미가 떨어졌다.

나의 짓궂은 행동은 다음 날부터 실행되었다. 엄마가 가져다 준 밥을 일부러 멀리 갖다 놓고, 고구마 감자 껍질 등 간식거리가 생기면 약을 올리려 일부러 코에다가 댔다가 녀석이 입맛을 다시며 먹으려 하면 다른 개에게 주어 버렸고, 조금 더 커서 내가 놀다가 돌아올 때 반기면 밀쳐 내기까지 했다.

나는 원래 개를 무척 좋아했지만, 부덕이에게만은 보기 싫은 며느리에게 독기를 품은 시어머니처럼 되어 버린 것이었다.

'부덕이'는 엄마가 지어 준 이름이었다. 부富와 덕德, 즉 부자처럼 넉넉하게 살고 남들한테 인정을 베풀라는, 아마도 그런 의미로 지어 준 이름이었을 것이다.

부덕이가 성견이 되어 가도 나의 미움은 누그러지지 않았다. 부덕이가 마당 한 곳에 똥을 싸면, 나는 한 치까지 따져 가며 개 전용 화장실—개들도 자리를 가린다—에서 벗어난 만큼 막대기로 체벌을 했고, 밥그릇도 다른 개보다 작은 걸로 바꿔 주었다.

말 못 하는 짐승이라고 그런 눈치를 모를까? 부덕이가 내 눈치를 보며 점점 나를 피하기 시작했다. 잘 놀다가도 내가 나타나면 마당의 음지 구석으로 가서 웅크리고 앉았고, 밥도 주면 내 눈치를 살피다가 내가 돌아서면 먹기 시작했다. 그런 부덕이에게 나는 더욱 집요했다. 나는 음지 구석으로 간 부덕이를 불러서 천진난만한 녀석이 달려오면 홱 돌아서서 다른 개를 쓰다듬어 주었고, 밥도 주고 난 뒤 돌아서서 가는 척하다가 부덕이가 먹기 시작하면 다시 돌아서서 쳐다봤다. 그러면 부덕이는 먹는 걸 멈추고 다시 내 눈치를 봤던 것이다. 나는 그 모습이 고소하고 재밌었다.

가족들은 그런 나를 나무라며 부덕이를 정성 들여 키웠지만 나는 달랐다. 내 눈에는 성견이 되어서도 걸음도 느릿느릿 뒤뚱거리며 걷는 모양새나, 돼지나 오리가 무서워서 피해 다니는 꼴에다가 이름도 초롱이, 해피, 똘똘이, 누렁이 등등 좋은 이름도 많은데 하필이면 부르기도 성가신 부덕이였다. 가끔씩 웅달 구석에 웅크리고 있는 부덕이가 불쌍해 보이긴 했지만 그럴 때마다 마음을 다잡았다.

요즘은 목줄을 법으로 규정하고 있지만, 당시는 대부분의 집이 개를 놓아 키웠다. 그러다 보니 영역 다툼으로 개들끼리 싸우는 일도 많았고, 아이들이 개에게 물리는 일도 종종 있었다.

어느 날, 동네 공터에서 놀다가 돌아오는 도중에 무언가 나를 노려보는 것을 느꼈다. 보니 멀대 형네 바둑이가 나를 향해 무시무시한 송곳니를 드러내며 으르렁대고 있었다. 작년에 물렸던 그 무시무시한 통증이 떠오르며 공포가 순식간에 엄습해 왔다. 나는 이를 악물고 도망치기 시작했다.

성견에게는 뛰어 봐야 벼룩인 어린아이의 달리기였지만 나는 죽을힘을 다했다. 한참을 달리던 나는 뒤에서 개들이 싸우는 소리에 도망을 멈추고 돌아보았다.

분명 부덕이였다. 어디서 나타났는지 모르지만 바둑이와 뒤엉켜 싸우는데, 이제 갓 성견이 된 부덕이는 그 근방을 휘어잡고 있는 바둑이를 이기지 못했다. 금세 물리고 뜯기고 엉망이 된 채 비명을 지르고 있었다.

다급해진 나는 선 채로 형을 마구 불러 댔다. 비명 같은 내 목소리를 들었는지 위기감이 가득한 표정으로 형이 달려 나왔고, 멀대 형도 집 안에 있다가 튀어 나왔다. 두 형들은 잠시의 망설임도 없이 싸우는 개들을 뜯어 말렸다.

집으로 돌아와 신음하는 부덕이의 상태를 보니 여기저기 털이 뜯기고 피가 나는 것이 여간 아파 보이는 것이 아니었다. 아빠와 형은 빨간 소독제를 가져와 상처에 발라 주었다.

그날 이후 나는 부덕이를 피하기 시작했다. 아마 고맙기는 하지만 그동안 해 온 못된 짓도 있고 해서 어린 마음에 선뜻 다가가기가 어색해서였을 것이다. 그렇게 일주일여가 지난 어느 날 대문 앞 양지바른 곳에 앉아 있는데 부덕이가 내 옆에 와서 멀찌감치 웅크리고 앉았다.

한참 동안 따스한 햇볕을 즐기던 나는 부덕이를 바라보았다. 잔뜩 추위를 탄 듯 옆구리와 허벅지를 떨고 있었다. 아마도 내 눈치를 보느라 음지에 있다가, 추위를 참지 못하고 그나마도 나에게서 멀찌감치 떨어진 곳의 양지를 찾은 것이었다. 허벅지에 뜯긴 털 사이로 아직 덜 아문 상처 가운데 벌건 피부가 햇빛에 훤히 보였다. 부덕이도 나를 쳐다보았다. 순간 나는 따스하고 뭉클한 뭔가를 느꼈다.

그 눈빛과 모습이 예전에 내 눈치를 보던 그런 눈빛이 아니라, 어딘가 정숙하고 어른스러운 눈빛이었다.

문득 부덕이의 배를 보니 털 속에 가려져 있던 젖이 일주일여 만에 몰라보게 커져 있었다. 엄마가 된 것이었다. 나도 모르게 다가가 부덕이의 머리를 쓰다듬었다.

나는 그 순간부터 부덕이에게 잘해 주었다. 부덕이가 임신해서가 아니었다. 방금 보았던 부덕이의 눈빛에 어떤 감명을 받은 것으로, 예전처럼 개에게 갖던 순수한 애정으로 돌아선 데다가 미안함과 고마움이 더해진 것이었다.

먹을 것은 부덕이가 최우선인 것은 말할 것도 없고, 만날 때마다 배를 쓰다듬어 주고, 부덕이와 놀아 주는 시간도 생겼고, 엄마와 누나가 준비한 특식에 더해 내가 먹던 음식을 덜어서 간식으로 가져다주기까지 했다. 가족들은 급변한 내 태도에 어리둥절했지만, 이내 내 지나친 행동이 우스웠던지 흐뭇하게 웃으며 지켜보았다. 내가 부덕이를 위해 무엇보다도 잘한 것은 아빠와 형을 졸라 양지바른 곳에 부덕이의 집을 지어 준 것이었다.

부덕이는 그다음 달에 새끼 열세 마리를 낳았다. 다산多産을 누구보다도 기뻐한 사람은 엄마였다. 형은 엄마가 이름을 잘 지어 줘서 많이 낳았다고 좋아했고, 큰누나는 이년이 초산初産에 엉큼하다는 듯 질투 어린—누나도 여자였다, 다 큰 여자—웃음을 보였고, 아빠도 초산에 그렇게나 많이 낳은 것을 기이하게 생각하면서 기뻐했다. 이름 때문인지 정성 때문인지 부덕이는 이듬해 다시 아홉 마리를 낳았다.

지금 생각하면 그때 내가 부덕이의 눈빛에서 보았던 것은 아마도 첫 임신 후 엄마들이 갖게 되는 푸근한 애정이 아니었을까.

부덕이 ②—아이가 아이들에게

그해 겨울은 한파가 유난히 심했다. 지도에 반도처럼 삐져나온 우리 동네는 북쪽 바다에서 거세게 몰아치는 차가운 바람이 눈을 바수고 몰아쳐서 마당에 쌓인 눈은 내 허리까지 찼고, 방문 앞까지 눈이 수북이 쌓였다.

부덕이는 그 엄동설한 어느 날 새벽에 새끼 열한 마리를 낳았다. 아빠가 미리 이것저것 천 조각을 두툼하게 깔고 입구를 커튼처럼 막아 놨어도, 눈발이 어찌나 거센지 입구를 남향으로 돌려놓은 부덕이의 집 안에까지 들이쳐서 핏덩이 새끼들의 등에 눈이 흩뿌릴 정도였다. 부덕이가 낑낑대어 위급함을 알리지 않았으면 아마도 새끼들은 그 꼭두새벽에 모두 얼어 죽었을 것이다.

부덕이의 임신 사실을 알고 있던 아빠는 잠결에도 부덕이의 울음을 금세 알아듣고 부덕이 가족을 황급히 부엌으로 옮겼다. 그리고 엄마는 땔감 더미—아궁이에 불을 지필 땔감을 부엌 한쪽에 미리 쌓아 저장했다—한쪽에 두터운 솜이불을 가져다가 깔고 새끼들을 덮어 주는 한편, 큰누나를 시켜 아궁이에 불을 지피게 했다. 따뜻하게 피어오른 아궁이의 온기에 부엌 안이 훈훈하게 데워져 오자 밤새 당황했던 부덕이도 적이 안심이 되는 듯 젖을 물리며 노곤한 잠을 청했다.

부덕이뿐만 아니라, 그전에도 여러 번 봤지만 새끼들은 매번 볼 때마다 신기하기만 했다. 나는 한 마리씩 들어 보며 성별을 구분했다. 수컷 일곱 마리에 암컷 네 마리였다. 나는 아침마다 새끼들을 보며 놀았다.

눈보라는 그칠 줄을 몰랐다. 그날 아침 나는 이상한 것을 보았다. 새끼들의 코가 바짝 말라 누런 액체가 흘러나오며 뜨거웠고, 눈에 진한 눈곱이 맺히는 것이었다. 감기였다.

요즘은 주사도 하고 약을 먹이면 금방 낫는 병이지만, 당시는 새끼들이 모두 전염되어 죽는 병이었다. 어떤 땐 면역력이 강한 어미까지도 죽었다.

우리 동네는 한파가 찾아오면 구부러진 언덕길 때문에 자동차가 움직일 수 없는 곳이었다. 오전 오후 한 대씩 있는 버스도 오지도 가지도 못하는 지경에 빠지는, 말 그대로 고립된 동네가 되어 버렸다.

엄마 아빠는 다급했지만 버스도 움직이질 못하고, 그렇다고 한없이 몰아치는 한파를 뚫고 가는 데만 20킬로미터나 되는 군郡 읍내에 있는—면面 단위 읍내에는 동물 약국이나 병원이 없었다—동물 약국까지 갔다가 올 수도 없는 노릇이었다. 우리 가족이 부덕이 가족에게 해 줄 수 있는 것은 다만 춥지 않게 아궁이의 불을 지펴 주는 것뿐이었다. 하지만 새끼들은 고비를 넘기지 못하고 불쌍하게도 한두 마리씩 죽어 갔다.

심정이야 오죽할까마는 아빠는 나 몰래 죽은 새끼를 동구 밖 엄동설한 속에 버리고 돌아왔다.

내가 하루하루 없어지는 새끼들을 아빠가 동구 밖에 버리고 온다는 것을 알게 되었을 무렵, 야속한 한파는 새끼들이 모두 죽고 나서야 그쳤다.

바라지를 열어 놓자 부덕이는 눈 속에서 얼음장이 된 새끼를 찾아 한 마리씩 물고 돌아왔다. 엄마와 누나는 눈물을 흘렸고, 아빠는 그 모습을 차마 볼 수 없었던지 부덕이를 목줄에 묶어 두었다.

나는 호미를 찾아 눈 속에 묻힌 새끼들을 거두어 동구 밖에 조그마한 흙무덤을 만들어 주었다. 작년에 이웃집의 개가 죽자 슬퍼하던 할아버지는 집 앞 당신이 만들던 두엄 옆에다가 묻어 주었다. 나는 그걸 생각하며 녀석들의 무덤을 만든 것이었다. 그리고 텅 빈 부덕이의 품을 본 후로 밥을 먹지 못했다.

며칠 뒤, 버스가 운행을 하자 엄마는 내 손을 잡고 5일장으로 향했다. 이번 부덕이 일처럼 내가 슬퍼할 때마다 한 번씩 써먹는 편법 중의 하나였다.

맛있는 자장면은 기본이고 갖가지 물건들을 구경하다 보면 내 마음을 홀딱 앗아 갈 만한 물건이 있을 수 있다는 판단에서 가끔 써먹는 방법이었지만, 엄마 입장에서는 짭짤한 재미를 보았다.

엄마의 예상대로 내 심장을 멎게 할 만한 물건이 있었다. 벨트에 권총집까지 달린 바지였다. 사실 두어 달 전 장날에 장 보는 내내 사 달라고 칭얼대다가, 참다못한 엄마에게 볼기짝을 얻어맞을 정도로 혼이 난 다음에야 속으로 삭힌 물건이었다. 엄마는 나를 일부러 그쪽으로 데려갔을 것이다.

시무룩한 내 얼굴을 안쓰럽게 보던 엄마가 그 바지를 덥석 집더니 계산을 했다.

집으로 돌아오는 길은 너무나도 행복했다. 버스 안에서는 물론이고 집에 돌아와서도 척척 잘 날아가는 플라스틱 총알—BB탄이 아닌, 순수 공이의 타격으로만 2~3미터 날아가는 총알—로 연필을 세워 놓고 맞추기도 하고, 누나의 립스틱을 맞추기도 하고, 잠자는 오리에게 몰래 다가가 놀래 주기도 했다.

행복한 내 모습을 보던 부덕이도 조금씩 기운을 차리는 것 같았다.

다음 날 권총 바지를 멋지게 차려입고 친구에게 자랑하러 집 밖을 나서던 나는 문득 동구 밖 부덕이 새끼들의 무덤을 보았다.

눈밭을 동그랗게 걷어 낸 터에 봉긋하게 솟은 무덤이 나를 쳐다보는 것 같았다. 무덤으로 달려가서 권총을 빼 들고 한참을 보던 나는 무덤을 보며 감사의 미소를 보냈다.

'이 아이들이 아니었으면 아빠의 겨울 점퍼값에 버금가는 권총 바지를 엄마가 사 주는 일은 절대 없었을 것이다.'

개 파는 날

내 기억에 우리 집에서 태어나서 성견成犬으로 자란 유일한 수컷이 아마도 복석이다.

암컷이 새끼를 낳으면 그 아비가 되는 녀석의 집에 새끼 한 마리를 주는 풍습이 있긴 했지만, 그래도 암컷을 키워야 대를 이을 수 있고, 다산多産의 효과로 수입도 많다는 생각에 엄마는 항상 암컷을 키웠다. 그래서 우리 집은 5일장이나 남의 집에 가서 개를 사 오는 일이 거의 없었다.

어느 해, 복석이 어미가 다섯 형제를 낳고 죽자 젖이 없는 터이고, 우유는 상상도 못 하는 시절이라 엄마가 만든 죽을 먹으

며 며칠을 견디다가 불쌍하게도 네 형제는 차례로 죽고 구사일생으로 복석이만 살아남았다. 그때 어린 마음이 얼마나 아팠던지, 죽다 살아난 복석이를 안고 잠을 잘 정도—당시는 반려견 문화가 정착되지 않아서 개를 방에 들여놓지 않았다—였다. 그런 정성 탓인지 녀석은 아직 다리에 힘이 붙지 않은 애기 때에도 내 목소리를 알아듣고 아장아장 걸어와 품에 안겼다. 녀석은 커 가면서 더 나를 따랐다. 눈밭을 걷는 내 발걸음 소리도 멀리서 알아차리고 달려와 몇 년 만에 만난 친구마냥 좋아했다.

나한테는 아빠도 못 말리는 고집이 있었다. 내가 보는 데서 개를 팔면 울고불고 난리가 나는 것은 당연했고, 며칠이고 밥을 안 먹기도 했고, 심지어 열나고 앓아누울 때도 있었다. 오리나 돼지도 키웠지만 유독 개에게만 그랬다. 그래서 엄마가 궁리한 끝에, 내가 학교에 간 사이에 팔아넘기려고 개장수와 거래 시간을 낮으로 정했다.

아마도 이미 팔린 것에 대한 이별의 아픔이 반감되거나 미련이 포기의 형태로 다소 빨리 돌아서리라는 생각에서였을 것이다.

어느 토요일, 오전 수업을 마치고 학교에서 돌아오던 나는 개장수에게 끌려가는 복석이를 발견했다. 그날이 아빠가 입항하는 날이라 엄마는 이것저것 준비하느라 바빠서 토요일인 것을 깜빡했던 것이었다.

개장수의 트럭에는 철사로 엮은 개장에 이미 팔린 개들이 꼬리를 내린 채 겁에 질려 짖어 대고 있었다.

나는 이미 충혈된 눈으로 복석이를 보고 있었고, 개장수에게 끌려가지 않으려 발버둥 치던 복석이는 나를 보자 금세 꼬리를 치며 뛰어와서 얼굴을 핥고 난리 법석을 떨었다.

엄마는 그 모습을 안타깝게 보다가 어떤 위기감이 든 듯 복석이의 머리를 쓰다듬으며 한마디 했다.

"복석아 부잣집 가서 쌀밥 먹고 잘 살아라이?"

쌀은 부잣집의 상징이었다. 엄마의 말은 보리밥에 음식 찌꺼기나 먹는 우리 집은 잊고 부자 주인 만나서 잘 먹고 잘 살라는 말이었다. 엄마의 한마디는 효과가 컸다.

벗겨 봤자 한줌도 안 되는 고구마 감자 껍질을 받아먹으려고 꼬리를 치던 복석이, 목이 말라 시궁창에 고인 물을 먹던 복석이, 식량이 부족한 겨울철에 가족이 먹고 남은 음식이 없어서 굶은 배가 홀쭉하게 들어갔던 복석이, 배가 고파서 음식을 허겁지겁 먹다가 생선 가시가 목에 걸려 캑캑대던 복석이, 겨울날 툇마루 밑에 들어가 부들부들 떨며 겨울잠을 청하던 복석이, 아빠가 입항하면서 사 온 닭의 백숙을 먹고 생긴 뼈다귀를 주면 실올만큼 남은 살점을 뜯다가 뼈를 며칠 동안 씹어 먹던 복석이.

우리 동네의 모든 개들의 대부분 생활상이 그랬는데, 그 순간 나에게는 녀석이 그렇게 불쌍하게 느껴진 것이었다. 그런 복석이의 모습이 순식간에 뇌리를 스치며 상처와 후회와 희망이 뒤

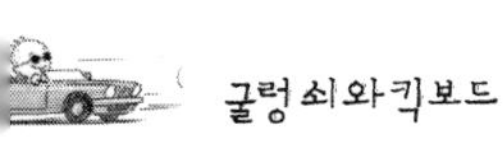

섞였다. 그때 딱한 듯 보고 있던 개장수의 한마디가 내 어린 마음에 햇빛같이 찬란한 희망을 안겨 주었다.

"아줌씨. 요놈은 면장님이 맞춰 놨당께."

개장수는 읍내 면장이 복석이를 자신에게 사다 주라고 부탁했다는 말을, 나 들으라는 듯 엄마의 말에 맞장구를 친 것이었다. 물론 거짓말이었다.

면장집이라면 양옥집에 날마다 하얀 쌀밥에 고기반찬, 마당에 포근한 복석이의 집이 떠올랐다.

그 말을 듣자 복석이를 안은 팔에 힘이 풀렸다.

엄마도 어지간히 가슴이 먹먹했는지, 며칠 뒤 5일장에 나를 데리고 가서 자장면으로 내 동심童心을 녹인 뒤 암컷 강아지 두 마리를 고르라고 했다.

지금은 의무교육이 되어 등록금이 없지만 그때는 중학교 등록금이 있었다. 엄마에게는 복석이를 판 돈이 중학생이었던 형의 한 학기 등록금이었다.

쥐 잡는 날

시멘트와 콘크리트 벽돌이 아직 일반에 본격적으로 보급되기 이전의 시절. 대부분의 집은 나무 골조에 흙벽돌과 진흙으로 세운 집들이었다. 건축 재료가 쥐가 갉기 쉬운 재질이다 보니 당시에는 집집마다 쥐가 판 굴이 여럿씩 있었고, 민가뿐만 아니라 논밭에서도 쥐가 틀어 놓은 둥지나 굴을 쉽게 볼 수 있었다. 쥐가 많은 만큼 알게 모르게 논밭과 집에서 쥐가 축내는 식량의 양이 많은 것도 있었지만, 이나 벼룩 등의 곤충을 퍼트려서 사람의 건강 면에서도 안 좋았다. 집집마다 덫을 놓아 한두 마리씩 잡기도 했었지만, 쥐의 번식력에는 턱없이 부족한 것이었다. 정부에서는 새마을 운동에 쥐 퇴치 운동을 포함했었는데, 면사무소에서 정기적으로 집집마다 쥐약을 나눠 주고, 달력에 표시된 그날 모든 집이 일제히 쥐약을 놓게 했다. 그날이 '쥐 잡는 날'이다.

옥순이의 젖이 엄청 커져 있었다. 옥순이[전설의 고향 ①]는 첫 임신에 암컷 새끼만 세 마리를 낳았고, 이제 두 번째 임신을 한 것이었다. 옥순이를 쓰다듬던 엄마가 기대에 찬 듯 말했다.

"암놈 많이 낳아라이?"

옥순이가 낳은 가실이가 예비 엄마로 자라고 있었지만, 다산효과多産效果를 좋아하는 엄마는 이번에 옥순이가 암컷 새끼를 낳으면 한 마리 더 키워 볼 욕심인 것이었다. 가실이는 가을에 낳았다고 엄마가 지어 준 이름이었다.

내 기대도 엄마 못지않게 컸다. 엄마가 개를 팔 때는 울고불고 난리를 쳤지만, 임신한 어미의 젖을 볼 때면 항상 마음이 새로웠다. 옥순이의 배를 쓰다듬던 나도 한마디 했다.

"백 마리 낳으랑께."

옥순이는 성격이 차분하고 순했다. 내가 배를 만지려할 때면 새끼에게 젖을 물릴 때처럼 누워서 젖을 내주었다. 젖꼭지를 슬며시 짜 보니 하얀 젖이 맺혔다. 출산이 얼마 남지 않은 것이었다.

제 어미의 젖을 쓰다듬고 있자, 슬며시 샘이 났는지 가실이가 다가와 내 손을 핥았다. 녀석은 어미를 닮아서 성격도 순하고,

애교도 제법 부렸다. 모녀는 서로의 밥을 양보할 정도로 사이가 좋았다.

며칠 뒤, 읍내에 다녀온 엄마가 보따리에서 쥐약 병을 꺼내 벽장 깊이 갈무리했다. 위험한 물건이라서 우리 손이 닿지 않는 높고 깊은 곳에 보관한 것이었다.

내 기억으로 면사무소에서 나눠 준 쥐약은, 요즘의 병으로 판매되는 소화제처럼 물약 형태로 되어 있었다. 그것을 쥐가 좋아하는 음식에 묻혀서 잘 다니는 곳에 놓았었는데, 잘사는 집은 부침개를 해서 놓기도 했었다. 풀어놓은 개가 그것을 먹는 일도 가끔 있었다.

다음 날 아침, 자리에서 일어나 측간에 가는데 강아지 울음소리가 들려왔다. 옥순이가 출산을 한 것이 틀림없었다.

내가 기뻐 날뛰며 온 가족에게 알리자, 아빠까지 모두 나와서 옥순이의 머리를 쓰다듬었고, 가실이는 이미 와서 제 새끼인 양 핥아 주고 있었다.

나는 새끼들을 들어 성별을 확인했다. 수컷만 다섯 마리였다.

"다섯 놈이나 낳았냐?"

암컷을 기대했던 엄마가 서운한 마음을 감추고 대견하다는 듯 옥순이의 머리를 쓰다듬었다.

나는 금세 새끼들에게 빠져들었다. 친구들과 노는 것도 잠시,

한 시간이 멀다 하고 달려와 새끼들을 구경했다. 매번 보는 것이었지만 아직 눈도 안 보이는 것들이 꾸물대며 젖을 찾아 무는 것이 마냥 신기하기만 했다. 옥순이도 신기했다. 내가 장난으로 품에서 새끼 두 마리를 빼어 들고 껄막—대문 밖—으로 나가는 시늉을 하면, 젖을 빨던 새끼들을 놔두고 나를 쫓아오며 새끼를 내놓으라는 듯 낑낑대다가, 다시 새끼를 갖다 놓으면 고맙다는 듯 내 손을 핥았다.

가실이도 신기했다. 새끼들이 배변을 하면 가실이가 다가와서 제 새끼인 양 엉덩이를 핥아 먹었다. 원래는 어미가 하는 행동인데, 가실이가 본능적으로 하는 것이었다.

다음 날 아침, 일어나자마자 새끼를 보러 갔다. 그런데 개집에는 아무도 없었다. 그날은 쥐 잡는 날이라 아빠와 형이 아침 일찍 일어나 쥐가 자주 안 다니는 곳으로 옥순이 가족을 옮긴 것이었다.

"개가 소리 내면 서생원이 도망간당께."

형이 내 귀에 소곤거렸다.

쥐 잡는 날. 달력에는 그렇게 찍혀 있었다. 새마을 운동의 하나로 일요일 아침에는 동네 청소를 하자는 방송을 했었는데, 그날은 쥐약을 놓으라는 방송을 하지 않았다. 쥐가 말을 알아듣는다는 게 그 이유였다.

그날만큼은 우리 가족도 '쥐'라는 말을 안 쓰고 '서생원'이라고 쥐를 높여 부르며 최대한 말을 아끼는 중에도 우회적인 표현을 했다.

"엄마. 장독대에다가 맛난 것 갖다 놨당께."

"오매! 잘했다. 큰놈아. 감재 뒤지(고구마 저장고) 옆에다가 요 맛난 것 갖다 놔라이?"

큰누나의 말에 엄마가 대꾸를 하며 형에게 말했다.

"서생원이 워째 안 보인당가?"

"놀러 갔능갑다. 내비두어라(내버려 두어라)."

형의 말에 누나가 대답했다. 약을 놓으며 가족들은 쥐가 들으라는 듯 일부러 크게 말했다.

그날 오후, 출항하러 떠나는 아빠를 차부까지 배웅하고 집에 돌아온 나는 새끼들을 보러 갔다. 어미가 없는 집에 새끼들이 낑낑대고 있었다. 나는 옥순이 모녀가 잠깐 놀러 갔지 싶었다. 그런데 그날 저녁, 엄마가 나에게 옥순이와 가실이가 어디 있는지를 묻는 것이었다. 나도 몰랐지만 가족들도 옥순이 모녀가 어디로 갔는지 모르는 것이었다. 온 가족이 어두워질 때까지 동네를 돌며 불러 보아도 옥순이 모녀는 나타나지 않았다.

다음 날, 나는 옥순이가 밤사이에 돌아와서 젖을 물리고 있을 것 같아 아침 일찍 달려갔지만, 새끼들만 보이고 어디로 갔는지 옥순이 모녀는 여전히 보이지 않았다.

쥐 잡는 날은 개들이 쥐약을 묻힌 음식을 먹는 경우가 있어서 묶어 두는데, 아빠의 출항 때문에 이것저것 준비하느라 아마도 가족들이 큰 실수를 한 것이었다.

엄마는 새끼들을 보며 애가 타고, 누나는 새끼들을 쓰다듬으며 눈물을 흘렸다.

생각 끝에 엄마는 서둘러 밥을 지어서 퍼내고, 가마솥 바닥에 눌어붙은 누룽지의 부드러운 윗부분만 주걱으로 긁어 낸 뒤 숭늉에 이겨서 죽처럼 새끼들에게 먹여 주었다. 하지만 새끼들은 불쌍하게도 고비를 넘기지 못하고 한 마리씩 죽어 갔다. 포근하게 깔아 준 이불 깔개에는 결국 한 마리만 외롭게 남아 있었다. 녀석은 콩알만 한 코를 킁킁대며 젖을 찾다가 지친 듯 웅크렸다. 나는 어느새 맺힌 눈물을 닦고 녀석을 품에 안아 방으로 들어갔다.

엄마는 실오라기만 한 숨을 내쉬는 녀석에게 복석이란 이름을 지어 주었다. 아마도 마지막까지 살아남았으니 복 받은 녀석이라는 뜻도 되고, 복을 받아서 계속 살아남으라는 뜻도 있었을 것이다.

나뿐만 아니라 가족들도 전에 없이 녀석에게 정성을 들였고, 엄마는 충격을 받은 듯 그 뒤로 한동안 강아지를 사지 않았다.

끔찍한 이야기

홍역이라고 하면 요즘은 예방만 하면 잊어버리고 마는, 병 같지도 않은 병이지만, 당시는 목숨을 잃기도 하는 위험한 병이었다. 그리고 그런 일종의 병이 생기면 요즘은 가까운 약국이나 동네 의원에 가서 약을 먹거나 주사를 하면 금방 낫는다. 정 급하면 전화 한 통으로 앰뷸런스가 오기도 하지만, 당시 우리 동네는 약국도 없고, 폭설이 내리면 하루 두 대 있는 버스마저도 움직이지 못했다.

세 살이 되던 겨울—정확히 말하자면 두 살이 갓 넘은 25개월쯤 되었던 것 같다—한파가 심하게 몰아치던 어느 날 나는 홍역을 매우 심하게 앓았다. 하루에 두세 번씩 까무러칠 정도로 심했다. 누나들은 내가 까무러쳐서 울음을 그치면 죽은 줄 알고 울며불며 엄마 아빠를 불렀다. 엄마는 내가 정신을 잃지 않도록, 까무러친 내 엉덩이를 자꾸 꼬집었다. 누나들은 수건을 적셔 마루에 놔두었다가 번갈아 가져와서 내 이마에 얹었다.

냉장고가 없는 때여서 한파가 자연 냉장고 역할을 해 준 것이었다.

그렇게 온 가족이 밤을 꼬박 새며 눈물을 그칠 줄 몰랐다. 가족들의 간절한 마음은 마음뿐, 야속하게도 내 병은 차도는커녕 고사리 같은 손가락 발가락까지 뜨거운 열이 더욱 벌겋게 차올랐다.

그렇게 밤이 가고 날이 샜지만, 불덩이 같은 아기를 안고 눈이 무릎까지 쌓인 찬바람 부는 눈밭을 걸어서 읍내 약국까지 갈 수도 없는 노릇이었다.

아빠는 어두침침한 새벽바람을 뚫고 왕복 14킬로미터나 되는 읍내로 향했다. 약을 사든 약사를 데리고 오든 무슨 수를 내야 한다는 판단을 하지 않을 수 없었던 것이다.

먹을 것이 귀한 겨울이라 엄마가 해 줄 수 있는 것은 삶은 고구마 감자를 으깨어 숭늉에 갠 죽뿐이었다. 엄마는 자꾸만 자지러지는 아들 녀석을 안고 진정시켜 가며 한 모금의 죽이라도 먹이려 애를 썼다.

오전 나절이 되어 아빠가 약사를 데리고 왔다. 두 사람 모두 어찌 서두르고 서둘렀는지 녹은 눈으로 신발과 바지가 흥건히

젖어 있고, 아직 녹지 않은 눈이 허리춤까지 덮여 있었다.

당시 면面 단위 읍내에는 병원이 없었기 때문에 비상시 약국에서 주사를 하기도 했었는데, 일회용 주사기가 아닌 유리 실린더와 스테인리스 침으로 된 다회용 주사기를 끓는 물에 살균해서 사용했었다.

약사는 누나들을 시켜 물을 끓여 주사기를 살균하게 하는 한편, 내 상태를 진단해 보더니 약을 조제하고 주사를 했다. 엄마와 누나들은 안도의 울음을 터트렸고, 형은 내 이마를 쓰다듬었다. 약사는 약 몇 봉지를 놓고 갔다.

다행히 열이 내리기 시작했다. 그러나 그날 밤에 다시 열이 오르고 얼굴이 벌겋게 달아오르기 시작했다. 재발한 것이었다.

한밤중에 그런 것이라서 아빠는 어쩔 줄 몰라 발만 구를 뿐이고, 엄마와 누나들은 놀란 나머지 울음을 참지 못했다. 펄펄 끓는 아들 녀석을 울며 처량하게 보고 있던 엄마는 다급한 나머지 말라붙은 당신의 젖을 내어 먹이려 애를 썼다. 나는 한 모금씩 빨다가 자지러지기를 반복했다.

지금은 과학적으로 입증이 되어서 엄마의 젖이 최고의 보양식이라는 것을 알고 있지만, 당시 시골에서는 그저 출산 후 아기에게 일정기간 동안 먹이는 밥 같은 것 정도로 알고 있었다.

의료의 힘인지 젖의 힘인지 가족들의 정성 덕분인지 다음 날 아침 열이 내리며 병이 나았다. 나는 고된 병치레로 이틀 동안 잠에 빠졌다.

"머마 빠…."

잠에서 깨어 엄마 아빠를 부르는 것이었다. 교대로 나를 보고 있던 작은누나의 탄성에 가족 모두 하던 일을 팽개치고 달려왔다. 엄마는 나를 부둥켜안고 마냥 울기만 했다. 잠시 눈을 뜬 나는 다시 깊은 잠에 빠졌다가 다음 날에 깨어나 기어서 마루로 나갔다. 큰누나가 나를 보고 깜짝 놀라 달려와서 껴안고 방으로 데려갔다.

"오지…. 버끄…."

시골말로 개를 통칭해서 버꾸—아마도 '백구'라는 말의 발음이 바뀌어서 만들어진 표현인 듯하다—라고 불렀었다. 우리 집에는 주로 개와 오리를 키웠다. 개는 모두들 아는 동물이니 생략하고, 오리는 보기와는 달리 상당히 높은 지능을 가진 동물이며, 성격도 굉장히 활달하고 익살도 제법 부리며 병에도 강하다.

나는 두 살 때부터 제법 걸음걸이를 해서 오리와 개랑 잘 놀았는데, 내가 '오지'라고 부르던 녀석은 내 옷에 똥을 싸기도 하고, 자꾸 날개를 잡으려는 내 손을 쪼아서 한바탕 울기도 했었다. 그러던 녀석이 여름날 평상에 뉘여 놓은 내게 다가와 햇볕에 드러난 배꼽을 간질이며 웃게 해 주었고, 가느다란 목을 내주어 내가 안아 보게 해 주었다. 어느 날인가는 마당을 걷는 내 발뒤

꿈치와 엉덩이를 쪼아 대며 걸음걸이를 돕기도—아마 녀석이 나를 만만히 보고 장난으로 한 행동이지만 덕분에 내 걸음걸이가 늘기도 했을 것이다—했다. 또 한 번은 마루에서 낮잠을 자고 있는데 얼굴에 부드러운 것이 닿는 느낌이 들어서 깨어 보니, 녀석이 머리를 내 얼굴에 부비고 이마를 간드러지게 쪼고 있었다.

며칠 앓아누웠다가 밖에 나와서 마당을 보니 녀석들이 생각나서 묻는 것이었다.

"응, 추워서 집에서 자고 있당께."

큰누나가 안으며 울음 섞인 목소리로 대답했다. 하지만 녀석들은 며칠이 지나도록 보이지 않았다.

며칠 뒤 장날, 엄마가 강아지와 새끼 오리를 사 왔다. 나는 녀석들과 금세 친해졌다. 하지만 아장아장 걸어 다니며 즐겁게 놀았던 그 녀석들은 끝내 보이지 않았다.

내가 아팠을 때, 눈이 많이 와서 아빠나 엄마가 녀석들을 팔러 읍내나 장에 나가지도 못했을 것이고, 개장수—개장수가 오리도 사 갔었다—도 오지 못했다. 그리고 겨울이 한창인 동네에 개나 오리를 살 돈이 있을 리가 없어서 다른 집에서 우리 개와 오리를 사지는 않았을 것이다.

어렴풋한 내 기억에 엄마가 떠먹여 주던 세상 맛없는 국물만 있을 뿐이다.

뻥이요!—너희는 멋진 녀석들이야

'팝콘'이라는 말보다 정감 있는 우리말로 '뻥튀기'는, 요즘은 상점이나 자판기의 완제품뿐만 아니라, 집에서 전자레인지에 넣고 직접 부풀려 먹을 수 있도록 만들어진 제품도 있고, 한과처럼 다양한 맛과 모양의 제품으로 나온다.

내가 다섯 살쯤 보았던 뻥튀기 기계는 양쪽에 다리를 세워 그 위에 두꺼운 통으로 된 둥근 몸체를 걸어 놓고 롤러를 손으로 돌려 가며 장작불로 몸체를 골고루 가열하는 식이었다. 둥근 몸체에 게이지가 달려 있어서 안의 압력을 확인할 수 있었는데, 단단히 가열된 몸체 안의 압력이 적정 수준에 올라가면 몸체를 불에서 들어내 입구를 제품을 받아 낼 철망 안에 넣고 뚜껑을 열면 가득 찬 압력이 폭발하듯 뻥! 하는 소리와 함께 새하얀 수증기와 제품이 철망 안으로 쏟아져 나왔다.

할아버지는 한 달에 한 번씩 찾아와서 뭐든지 부풀려 주었다.

말린 떡, 누룽지, 쌀, 보리, 옥수수 등이 기억나는데, 가끔 뻥튀기하는 쌀은 귀한 만큼 인기가 좋았다.

가격도 다양해서 물건의 양이나 종류에 따라 한 번 튀기는 데 200원, 300원, 500원 했었다.

그리고 뻥튀기 할아버지는 마술사였다. 할아버지는 뻥튀기뿐만 아니라 각설이처럼 재미있는 복장에 마술사처럼 500원짜리 지폐를 손에서 없앴다가 경운기에 실린 장작 속에서 꺼내 보여 주기도 했고, 동전을 삼켰다가 엉덩이에서 꺼내기도 했다. 그럴 때마다 우리는 신기해서 놀라기도 하고 자지러지게 웃기도 했다. 기계가 가열되는 동안 보여 주는 팬 서비스인 셈이었다. 또 뚜껑을 여는 갈고리를 춤을 추듯 흔들며 외치는 "뻥이요!" 한 마디는 드디어 맛있는 뻥튀기가 쏟아져 나온다는 마법의 주문이었다. 그 소리에 우리는 기계에서 터져 나오는 하얀 수증기 속으로 들어가려고 몰려들었다. 그때 구수한 수증기 냄새가 지금도 기억에 생생하다.

할아버지는 즐거워하는 우리를 보며 친손자를 대하듯 티 없이 맑은 웃음을 웃었다.

추석을 쇠고 한 달여가 지났었으니 겨울로 접어드는 계절이었다.

그날은 뻥튀기 할아버지가 오는 날이었다.

나는 할 일도 없는데 아침 일찍 일어나 수선을 떨었다. 아마 마음이 설레는 것이었다. 아침을 먹는 둥 마는 둥 공터에 도착하니 친구 녀석들 예닐곱이 벌써 와서 장난을 치며 설레는 마음을 달래고 있었다.

뻥튀기를 하러 온 10여 명의 동네 사람들도 각자 뻥튀기 재료가 담긴 그릇을 들고 기다리고 있었다.

서로 쫓고 쫓기고 이리저리 내달으며 설레는 마음을 달래던 녀석들이 갑자기 조용해졌다. 장난을 치다가 문득 해를 보니 할아버지가 곧 올 시간이 된 것이었다. 녀석들은 할아버지의 경운기 소리를 들으려 공터 입구에 귀를 기울였다.

할아버지는 약속이라도 한 듯 제시간에 공터에 왔다. 해가 동네 앞산에서 솟아 중천과 중간쯤이었으니 아마도 아홉 시쯤이었지 싶다. 할아버지는 아침 9시쯤 공터에 도착해서 항상 불을 피우던 한적한 곳에 장작불을 피우고 이것저것 장비를 점검해 손님을 받았다.

그런데 그날은 무슨 일인지 해가 중천에 다 닿도록 할아버지는 오지 않았다. 기다리던 사람들이 하나둘 집으로 돌아갔다.

“뻥튀 할아씨(뻥튀기 할아버지) 오먼 말해라이(말해 주라)?”

바가지에 든 떡 쪼가리를 들여다보며 못내 아쉬워하던 할머니가 우리들에게 부탁을 하고 집으로 향하는 것이었다. 할머니는 할아버지를 기다리던 마지막 손님이었다. 할머니에게 대답을 하는 우리들의 목소리에는 은근히 실망과 불안감이 역력했다.

"놀고 있으면 할아씨 온당께!"

시무룩한 분위기에 서로 눈치만 보고 있는데, 한 녀석이 주머니에서 자치기할 때 쓰는 막대기를 꺼내며 힘주어 말했다. 그 말에 기대와 희망이 되살아났다. 모두들 모여 편을 가르고 자치기를 시작했다.

할아버지에게 들리기라도 하라는 듯 여느 때보다 목소리와 동작도 크게 했고, 웃음소리도 크게 냈다. 하지만 할아버지는 우리들이 점심시간을 잊고 당신을 기다린다는 것을 모르는 듯, 해가 서쪽하늘로 기울어 갈 때까지도 오지 않았다. 마침내 기다림에 지친 우리들은 텅 빈 마음을 안고 쓸쓸히 각자의 집으로 향했다.

집집마다 부지런히 월동 준비를 마무리하는 동안 한 달이 지나갔다.

아침을 먹고 저금통에서 20원을 꺼내든 나는 광으로 가서 썰어서 말린 가래떡 서너 줌을 바구니에 담아서 공터로 향했다.

차례를 지내고 남은 떡은 쉬지 않게 말려서 보관을 했었는데, 시루떡은 잘 마르게 쪼개서 조그마한 덩어리로 말렸었고, 가래떡은 떡국 떡처럼 잘게 썰거나 적당한 크기로 토막을 내서 말렸다. 광에 오래 보관하다 보면 곰팡이가 생길 때도 있었는데, 털어내고 찌거나 구워서 먹기도 했고, 씻어서 끓여 먹기도 했었다.

오늘은 뻥튀기 할아버지가 오는 날이었다.

내가 가져가는 돈과 가래떡은, 뻥튀기 할 때마다 한 줌 씩 얻어먹기만 해서 할아버지가 안 온고 생각한 우리들이 미안한 마음에 뻥튀기 할 재료와 돈을 여럿이서 조금씩 모으는 것이었다.

우리들은 공터 한쪽에 재료와 돈을 모아 두고 할아버지를 기다렸다.

안 좋은 소문이라도 나돌았는지, 아니면 저번에 할아버지가 안 와서 실망했는지, 오늘은 이상하게도 마을 사람들이 한 사람도 보이지 않았다.

할아버지는 오늘도 점심때가 지나도록 오지 않았다.

눈이 오려는 듯 하늘에 먹구름이 짙게 드리우기 시작했다. 우리는 가슴속에 먹구름이라도 낀 듯 시무룩이 말이 없었다.

그때 한 녀석이 나뭇가지를 주워와 땅바닥에 뻥튀기 기계와 철망을 그렸다. 그러자 다른 녀석이 나뭇가지를 뺏어 몇 걸음 옮기더니 경운기를 커다랗게 그렸다. 모두 할아버지의 뻥튀기 기계와 경운기가 있던 자리였다.

우리는 그것이 무얼 의미하는지 알고 있었다.

나는 그림에 다가가서 기계의 몸체에 달린 손잡이를 돌리고, 한 녀석은 몸체 밑에 장작불을 그려놓고 엎드려서 숨을 불어 넣었다. 나머지 녀석들은 할아버지의 공연을 보고 있던 자리에 서서 관객처럼 즐거워할 준비를 하고 있었다.

경운기를 그린 녀석이 돌멩이 하나를 줍더니 보란 듯 보여 주고는 나름 잽싸게 손을 움직여 바지 주머니에 넣고 경운기 쪽으로 다가가 돌멩이를 장작 속에서 빼는 듯 주머니에서 얼른 꺼내 보여 주었다.

우리는 할아버지의 마술을 보는 듯 손뼉을 치며 즐거워했다.

한 알 두 알, 반짝이며 첫눈이 내리기 시작했다.

손잡이를 돌리다가 문득 하늘을 올려다보던 나는 몇 달 전 봄에 봤던 할아버지의 모습이 떠올랐다.

그날, 할아버지의 공연을 보던 나는 소변이 급해져 오자 공터 모퉁이에 있는 조그마한 갈대밭 웅덩이에 숨어서 몰래 오줌을 누고 있었다. 그때 할아버지가 기침을 몹시 심하게 하며 모퉁이로 황급히 오더니 입에서 뭔가를 토하고는 아무렇지 않게 보이려는 듯 입을 닦고 옷매무새를 바로 해서 모퉁이를 나가는 것이었다. 할아버지가 토한 것은 피였다.

눈은 금세 하늘을 뒤덮듯 내렸다. 녀석들은 눈을 맞으며 계속 할아버지의 공연을 하고 있었다. 땅바닥에 그린 기계와 경운기에도 하얗게 눈이 쌓이고 있었다. 그때 기계를 그린 녀석이 갈고리를 든 할아버지처럼 나뭇가지를 흔들자 나머지 녀석들 모두 수증기 속으로 들어가려는 듯 철망 앞으로 몰려들었다.

"뻥이요!"

마침내 녀석이 크게 외치자 녀석들은 환호성을 지르며 숨을 크게 들이켰다.

녀석들이 공연하고 있는 공터에 함박눈이 따뜻하게 내리고 있었다.

50년 만의 편지

모든 아빠 엄마들이 그렇게 살 수밖에 없었던 그 시절, 자식들에게 효도하던 당신들의 삶을 어떤 뛰어난 글쟁이가 감히 한 권 책으로 다 써낼 수 있을까?

뒤늦게 철없는 글로나마 몇 줄 안부 여쭐 수밖에.

부모님전상서

당신이 떠나신 지 어느덧 30년이 다 되어 갑니다.
낳아 주신 덕분에 또 하나의 인생을 살면서
그동안 효도가, 불효가 뭔지도 모르고 살았던
이 녀석이 50이 넘은 나이에
이제야 당신의 자식이 된 것 같습니다.
그립습니다.

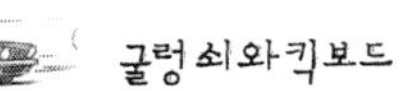

물이 펑펑 ①

무슨 일이 벌어지고 있는지 몰랐다. 그해 가을 어느 날부터 집채만 한 바위를 실은 커다란 녀석과 요상하게 생긴 기계를 실은 요상하게 생긴 녀석 서너 대가 줄을 지어 신작로를 달려 동네 어디론가 향했다. 그렇게 한 달여가 지나자 어느 날 커다랗고 둥근 통을 실은 녀석이 날마다 줄을 지어 신작로를 오갔다.

나는 그 모든 게 신기하기만 했다. 하교하는 대로 친구 녀석들과 그것들이 있는 곳으로 달려가 구경했다. 어른들이 위험하니 가까이 오지 말라고 호통을 쳤지만 우리들의 호기심을 꺾지는 못했다.

그것들에 가까이 가서 보니 모양새 하나하나가 신기하고 놀라

웠다. 바윗덩이를 싣고 온 녀석에게 다가가 가까이 서 보니 검고 둥그런 그것은 내 턱에 닿을 정도로 컸고, 녀석이 집채만 한 바윗덩이를 부리는 모습이 너무 웅장하고 멋있어서 눈을 떼지 못했다. 쇳덩이로 만든 것 같은데 스스로 움직이는 것도 신기했지만, 기다란 팔로 집채만 한 바위를 하늘 높이 매달아 일꾼들이 기다리고 있는 곳에 척척 옮겨 놓는 것이었다. 그렇게 바위를 옮겨 놓으면 둥근 통을 실은 녀석이 다가와서 통을 빠르게 돌리며 뭔가를 게워 냈고, 일꾼들이 큼지막한 자갈을 지고 와서 바위 사이사이를 메웠다. 그리고 널찍한 쇳덩이 바퀴를 굴리는 한 녀석이 바가지로 흙을 힘차게 밀어 무더기를 만들어 놓으면, 역시 널찍한 쇳덩이 바퀴를 굴리는 녀석이 허리를 요리조리 돌려 가며 팔에 달린 바가지로 흙을 옮겨 고르게 다듬었다.

덤프트럭과 레미콘, 크레인, 포클레인, 불도저, 트레일러 등 그 모든 것이 내가 처음 보는 건설 중장비였다.

동네 많은 아빠들이 그 공사장에서 일당벌이를 했고, 아빠도 어장을 안 하는 철에 그 공사장에 가서 일당벌이를 했다. 동네에 식당이나 숙박시설이 없는 때라 외지에서 온 기술자들은 동네 집의 빈방을 얻어서 숙식을 해결했다.

아빠는 입항해서 집에 오자마자 바로 다음 날부터 공사 현장에 가서 일당벌이를 시작했다. 월동 준비를 함께 하는 것도 중요했지만 공사장의 수입이 훨씬 많았기 때문에, 나머지 가족이 조금 더 고생하더라도 돈을 벌어 보자는 엄마의 의견에 따른 것이었다.

월동 준비에 우리 가족은 분주하게 움직였다. 밭에서 난 먹을거리를 거두어서 리어카로 부지런히 실어 나르고, 땔감도 부지런히 모아서 실어 날랐다. 아빠 없이 하는 힘든 일에 리어카가 있어서 천만다행이었다.

먹을 것 수확이 끝난 어느 주말, 나는 친구 녀석들을 만나러 공터에 갔다. 어느 집이나 바쁜 계절이라 일주일여를 함께 못 놀았으니 반가움이 앞섰다. 도착하니 한 녀석만 빼고 모두 모여 있었다. 모두들 반가웠는지 바로 놀이를 시작하려는데 그 녀석이 손에 뭔가를 들고 오더니 각자에게 하나씩 나눠 주는 것이었다. 그것은 여름에 한 가락 먹어 보고 여태 못 먹어 봤던 호박엿이었다. 모두들 뜻밖의 횡재에 입이 떡 벌어졌지만, 사실은 독毒이었다.

그날 저녁 우리는 어느 집에 모두 끌려갔다. 그 집은 공사장의 작업반장이 묵는 집이었는데, 반장이 부모들 몰래 조용히 우리를 부른 것이었다.

“너희들 도둑질하면 못 써. 알았지?”

반장이 서울말로 타일렀다. 우리는 그 엉뚱한 소리에 서로의 얼굴만 바라봤다. 반장이 또 물었다.

“알았지?”

“예.”

우리는 영문도 모르는 채 대답을 했다. 서리를 해 본 경험이 있어서, 그럴 땐 어른한테 고분고분 하는 것이 제일이라는 것을 알고 있는 터라 어린 마음에 잘못이 무언지도 모르면서 거의 본능적으로 한 대답이었다. 우리가 대답을 하자 반장은 별다른 기색 없이 보내 주었다. 하지만 집에 오는 길에 아무리 생각해도 이상했다.

우리가 독 같은 엿을 먹게 된 경위는 이러했다.

우리에게 엿을 준 녀석은 공사장 가까운 데서 살았는데, 밤에 몰래 공사장에 간 녀석이 철근 토막을 훔쳤고, 다음 날 엿장수가 오자 엿을 바꾸게 되었는데, 엿장수가 공사장 근처에 갔을 때 반장이 엿장수의 리어카에 실린 철근 토막을 보게 되었고, 그 철근 토막을 본 반장이 화를 내자 엿장수는 그렇게 된 경위를 말했다. 그리고 점심을 먹으러 숙소로 향하던 반장이 때마침 엿을 먹고 있는 우리를 발견한 것이었다.

반장은 우리가 소도둑이 되기 전에 말리는 것이었고, 또 위험한 공사장에 몰래 들어와서 다치기라도 하면 큰일이라 주의를 준 것이었다. 소심한 친구 녀석은 일이 들통 나면 혼자 혼나는 것이 두려워서 고민하다가 우리를 공범으로 만든 것이었다.

그런데 우리가 먹었던 엿이 진짜 독으로 변했다. 어떻게 그 엿을 먹게 되었건 그 맛을 잊지 못한 우리는 밤에 공사장에 몰래 들어가서 철근 토막을 훔쳐다가 엿을 바꿔 먹는 일이 점점 잦아졌다. 그것도 서리라는 생각을 한 것이라 모두들 다소 가벼운 마음으로 했지만 실은 진짜 도둑질이었다.

한 것보다 시킨 것이 더 나쁘다고, 진짜 나쁜 사람은 엿장수였다. 사실 철근 토막은 깨진 바가지나 구멍 난 솥단지 같은 것은 비교도 안될 만큼 값어치가 나갔기 때문에 아이들이 훔친 물건이라는 것을 알면서도 엿을 바꿔 주었고, 어른이 친절하게 받아 주자 우리는 더 거리낌 없이 도둑질에 빠져든 것이었다.

꼬리가 길면 밟히는 법, 어느 날 일이 터지고 말았다. 그동안 우리가 좀도둑질을 했던 철근 토막은 쓰고 남은 자투리였는데, 한 녀석이 현장에 쓰려고 만들어 놓은 큼지막한 철근 자재를 배짱 좋게 훔치는 것이었다. 내가 봐도 그 정도 철근을 바꾸면 겨울 내내 맛난 엿을 먹을 수 있을 것 같았다. 그걸 본 녀석들 모두 자투리를 내던지고 큼지막한 것을 골라 들었다. 반장이 우려했던 대로 바늘 도둑이 소도둑이 되는 순간이었다. 훔치는 데 성공한 것까지는 좋았는데 공사장을 빠져나와 집으로 운반할 때 밤 마실을 다녀오던 한 친구 녀석의 아빠에게 꼬리를 밟힌 것이었다.

그다음은 말할 것도 없이 집집마다 난리가 났고, 다음 날부터 반장을 향한 아빠들의 계략[겁나게 시원허네!]이 펼쳐졌다. 아빠들은 따끔하게 혼이 난 우리를 데려다가 반장에게 보여 주고 머리를 조아리며 대신 사과를 했고, 당신들은 아까워서 먹지도 못하는 제사용, 명절용의 큼지막한 말린 생선까지 꺼내 일이 끝나면 반장을 대접하는 것이었다.

반장은 사려가 깊은 사람이었다. 한 이틀이 지나자 반장이 우리를 불렀다. 아무리 아빠들이 사과를 했어도 자신도 자식 가진 부모라 교육면에서 그냥 넘어갈 수는 없는 것이었다. 우리가 모두 모이자 반장은 우리들 키보다 더 큰 공사장 빗자루를 주며 말했다.

"사무실 주변 청소하고 기다려. 알았지?"

반장이 그렇게 좋게 대하자 은근히 미안한 생각이 들었는지 녀석들 모두 열심히 청소를 했다.

청소가 끝나고 조금 있으려니 반장이 와서 주변을 둘러보고 웃더니 사무실에서 뭔가를 꺼내 와 우리에게 하나씩 나눠 주는 것이었다. 텔레비전 광고로만 봤던 초코파이였다.

엿장수는 무슨 말을 들었는지 그 뒤로 동네에 오지 않았고, 우리도 공사장에서 번 돈으로 아빠 엄마들이 엿보다 더 맛있는 과자를 사 주기도 했고, 반장에게 미안한 마음도 있었기 때문에 도둑질은 까마득히 잊어버렸다.

그 공사는 겨울 한파가 몰아칠 때도 계속되었다.

아빠는 일이 끝나고 집에 오면 아픈 허리를 끙끙 앓았다.

나도 봤었다. 말이 자갈이지 잘 익은 수박 덩이만 한 무거운 돌을 한두 개씩 지게에 지고 매일 수십 번씩 좁은 언덕을 오르는데 어린 내가 생각해도 힘든 일이었다.

엄마는 치자—소염 진통의 효과가 있는 한약재로, 요즘은 건강에 관한 다양한 용도로 쓰인다—를 우려낸 물에 밀가루를 이

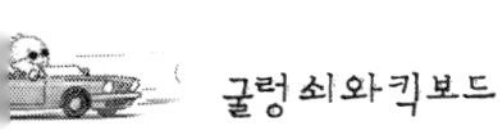

겨서 만든 반죽을 아빠의 허리에 붙이고 비닐로 덮은 다음 가제 베로 동여매 주며 눈물을 흘렸다. 일종의 민간요법의 파스인 셈이었다.

공사장에서 일주일이나 보름에 한 번씩 임금을 받는 것을 '간조'라고 했었다. 그때는 일꾼들에게 본인 명의의 출면 카드를 만들어 주었는데, 일꾼은 출근할 때 해당 날짜 칸에 도장을 받아 놨다가 '간조' 하는 날 아침에 사무실에 제출을 하면 도장을 받은 날짜만큼 임금을 계산해 오후에 지급했다. 1980년도에 이르러 본격적인 건설 붐이 일면서 많이 올랐지만, 당시 아빠들의 일당은 6,000원 선이었다.

내가 처음 본 파스는 국내 S사가 제조 판매했던 것으로 이름이 제조사명과 같은 파스였다.

그래도 간조 하는 날이면 기분이 좋았던지 아빠는 아픈 허리도 잊고 각종 과자가 들어 있는 1,200원짜리 종합 선물 세트 상자를 들고 거나한 술기운에 동네가 떠나갈 듯 고래고래 노래를 부르며 집에 왔다. 아빠의 십팔번은 가수 김정구 선생님이 1938년에 부른 「눈물 젖은 두만강」이었다.

어느 날 장에 다녀온 엄마가 보따리를 풀어 파스 몇 장을 꺼냈다.

예년 같으면 오늘같이 눈이 많이 쌓인 날은 버스가 움직이질

못해서 장터에 가지 못했는데, 바윗덩이를 실은 덤프트럭이 다니며 길을 내 주어 버스가 운행을 한 것이었다.

파스를 본 아빠가 문득 형과 나를 보더니 엄마에게 약간의 꾸중조로 말했다.

"비싼디 뭣 허러 샀능가?"

사실 치자 값과 밀가루 값과 엄마 손품을 따지면 치자 파스보다 그리 비싼 것도 아니었는데 형과 나를 보자 당장 눈앞의 돈이 아까운 것이었다.

"선창 댕기랴(다니랴), 밭에 댕기랴, 당신 밥해 주는 것도 힘든디, 맨날 치자 반죽만 허고 있겄소?"

엄마가 서운했는지 통을 놓고 부엌으로 나가 버렸다. 형이 봉을 뜯어 구멍이 송송 뚫린 파스를 아빠의 허리에 붙여 주었다. 뜨끔했던지 아빠는 다음부터 엄마가 파스를 사 와도 말이 없었다.

파스뿐만이 아니라 가정용품과 먹는 것, 심지어 우리들 장난감까지, 1년여 동안 이어진 그 공사는 조그마한 시골 동네에 풍요와 보람과 희망을 안겨 주었다.

1년 뒤, 가을 어느 날, 작년에 몰려왔던 것처럼 중장비들이 줄을 지어 동네를 빠져나가기 시작했다. 공사가 마무리된 것이었다.

나는 무슨 일인가 싶어 친구들과 함께 공사장에 가 보았다.

마무리 공사를 위한 몇몇 기계들 말고는 아무것도 없는 텅 빈 공터가 되어 있었고, 정든 녀석들이 1년여 동안 부지런히 만들었던 것이 한눈에 들어왔다. 녀석들이 만들어 놓은 것은 산골짜기를 막은 100여 미터나 되는 제방이었다.

나는 호기심이 일어 친구들을 데리고 높직한 그곳에 올라갔다. 바닷바람이 시원하게 불어오는데 눈앞에는 뜻밖의 광경이 펼쳐져 있었다. 바다만큼 물이 많은 저수지였다. 지난여름에 내린 장맛비로 가득 찬 것이었다.

저수지에 가득한 물을 놀란 눈으로 한참을 바라보고 있는데 문득 물동이를 이고 힘들게 물 항아리를 채우던 엄마와 누나가 생각나며 가슴이 뭉클해져 왔다.

우리는 틈만 나면 그 제방에 올라가 굴렁쇠를 신나게 굴렸다.

물이 펑펑 ②

요즘은 커다란 댐을 건설해 막대한 양의 물을 저장하지만, 당시는 동네 곳곳에 있는 샘이나 우물을 이용하거나 서너 개의 동네에 물을 공급하기 위해 만든 공동 저수지가 있었다.

이 얘기 전편全篇에 나오는 걱정거리 중 물이 자주 등장하는데, 비록 철없는 어린아이의 눈에 비친 세상이라 할지라도 그만큼 물이 우리의 삶과 친하면서도 중요한 요소이기 때문이 아니었을까.

요즘 물을 주제로 하는 캠페인 광고를 자주 볼 수 있는데, 광고를 하는 양반들이 넘쳐나는 것을 광고하지는 않을 것이다. 깨끗하고 맑은 물은 정말 소중한 것이다.

아직 이른 아침, 방바닥을 미세하게 울리는 진동과 멀리서 들려오는 사람들의 웅성거리는 소리와 기계음이 내 아침 단잠을 깨웠다. 전날 방학을 해서 그날은 늦잠을 기대했던 나는 잠이 가득한 눈을 신경질적으로 부비며 측간으로 향했다. 측간에서 일을 보고 그곳에 가 보려는 참인데, 엄마와 큰누나가 대문으로 들어서며 펄쩍펄쩍 뛸 듯 기뻐하는 것이었다.

나는 금세 잠이 확 깼다. 엄마와 누나가 저 정도면 분명 장난감 하나쯤 생길 정도로 나에게도 좋은 일이 있을 것 같은 호기심과 기대감이 인 때문이었다.

나는 아침을 먹는 둥 마는 둥 그곳으로 달려가고 있었다. 요즘 들어 부쩍 자주 보이는 트럭에 가득 실린 장난감을, 새까맣게 모여서 조르는 우리에게 할아버지가 하나씩 나눠 주는 상상을 하고 있었다.

그전에는 상품으로 판매되는 장난감 같은 것은 가끔 꿈에나 한 번씩 보여서 기분 좋게 만들어 주는 물건이었는데, 아마도 작년에 마무리된 저수지 공사 이후로 생활이 윤택해지자 실현 가능한 물건이 되어 있었기 때문에, 들려오는 소리가 분명 어른들이 뭔가 바쁘게 일하는 소리인데도 엄마와 누나의 모습이 떠오르자 더욱 커진 호기심과 기대감이 이기심 쪽으로 기울다 보니 요즘의 크리스마스—그때는 크리스마스가 뭔지도 몰랐었다—같은 그런 황당한 착각을 하고 있는 것이었다.

내가 도착해서 보니 무엇을 하는지 포클레인으로 길 가운데를 파고, 어른들이 각종 연장으로 가장자리와 깊은 부분을 다듬은 뒤 기다랗고 둥그렇고 속이 빈 것을 트럭에서 내려 주둥이를 서로 가지런히 맞추어 가며 흙을 덮는 것이었다.

아빠도 일을 하고 있었지만 그 현장을 본 나는 순식간에 상상이 깨지며 너무나도 비참하고 실망스러운 기분이 들었다. 거기다가 다른 길로 가려면 한참을 돌아가야 공터에 도착하는데, 공터로 가는 가장 빠른 길을 파헤치고 못 다니게 막아 놓으니 짜증까지 났다.

집에 돌아오니 아직 오전 이른 시간인데 엄마와 누나가 신이 나서 지지고, 볶고, 찌고, 삶으며 푸짐하게 음식을 장만하고 있었다.

지금 아빠가 일하고 있는 현장은 작년 저수지 공사처럼 큰 공사가 아니고 집집마다 수도를 달아 주기 위해 저수지로부터 끌어온 수로관을 묻는 작은 공사로, 기술자 한둘에 동네 아빠들이 많이 나가서 일을 했기 때문에 공사가 진행되는 지역은 집집마다 날을 잡아 돌아가며 새참거리와 점심을 준비했다. 지금 하는 공사는 우리 집으로 향하는 수로관 공사라서 우리 집 차례가 되자 엄마와 누나가 음식을 준비하는 것이었다.

엄마와 누나는 샘과 우물을 오가며 빨래를 하고, 물 항아리를 채우는 그 지긋지긋한 일에서 벗어난다는 설렘에 어느 때보다 정성껏 음식을 만들었다. 하지만 나는 이미 잡친 기분에 틀어질 대로 틀어져 있었다.

"큰놈아 작은놈허고 가서 막걸리 좀 받어 와라."

"안 가! 안 간당께!"

엄마가 형에게 돈을 주며 새참에 마실 막걸리[새 지붕]를 사 오라는 것이었다. 나는 틀어진 기분에 떼를 썼다.

"점빵 할아씨(할아버지)가 어즈께 그러는디, 고무줄 총 새 놈(신제품)이 나왔닥 허냐?"

순간적으로 눈이 번쩍 뜨이는 소리였다. 신제품 총도 그렇고, 형의 말이 내게는 막걸리 심부름을 하면 그것을 사 준다는 말로 들린 것이었다. 나는 틀어진 기분을 애써 바로잡으며 누나가 건네는 주전자를 받아들고 형과 함께 가게로 향했다. 아직 앙금처럼 남아 있는 틀어진 기분도 신제품 총을 생각하다 보니 점점 녹아들어 갔다. 그런데 점방에 도착해서 아무리 찾아봐도 형이 말한 신제품 총이 보이질 않는 것이었다. 그때 형이 뭐라고 했는지 할아버지가 나에게 말했다.

"오다가 차가 고장나 갖고 오늘 안 왔고, 새 놈은 내일 와야(올 거야)."

형은 내 것보다 더 큰 주전자를 들고 스무 걸음마다 한 번씩 쉬며 나보다 먼저 집에 도착했다. 나는 막걸리 심부름을 자주 다녔지만 주전자가 어느 때보다 무거웠다.

신제품 총 때문에 힘을 내서 가기는 갔지만, 물건이 있어서 구경한 것도 아니었고, 할아버지 말대로 내일 물건이 도착하면 형이 사 준다는 말을 한 것도 아니었다.

다섯 걸음마다 한 번씩 쉬며 오다가 마음이 울적해지자 그냥 퍼질러 앉아 있는데 누나가 달려와 몇 마디 타박을 놓더니 늦었다는 듯 주전자만 들고 가 버렸다.

무거운 발을 질질 끌며 집에 오자 형이 마구 웃어 대고, 엄마와 누나도 형과 눈을 맞춘 듯 따라 웃었다. 나는 속은 기분이 어렴풋이 들자 우울한 마음에 아침부터 틀어진 기분까지 울컥 치밀며 퍼질러 울기 시작했다. 엄마와 누나는 내가 울거나 말거나 만든 음식을 대야에 차곡차곡 넣더니 막걸리를 든 형을 데리고 공사 현장으로 가 버렸다.

다음 날, 시끄러운 소리에 나가 보니 동구 밖을 파헤치고 있었다. 어제 하던 공사가 어느새 우리 집까지 온 것이었다.

나는 수도고 뭐고 아빠도 엄마도 누나도 형도 모두 싫어서 밥을 먹자마자 공터로 향했다. 공터에 먼저 나와서 놀고 있던 녀석들이 나를 반겼다. 역시 친구들밖에 없다는 생각이 들었다. 내가 와서 두 명씩 짝이 맞자 편을 갈라 비석치기를 시작했다. 그런데 그날은 하나같이 목자[대변검사 ①]가 빗나가는 것이었다. 점점 짜증이 밀려오기 시작하는데 그날따라 날씨까지 찌는 듯 더웠다. 나는 결국 제풀에 지쳐 놀이를 포기하고 집으로 향했다.

집에 도착하니 집에는 아무도 없고 도랑 옆에 뭔가가 땅속에서 삐져나온 듯 서 있었다. 수도였다.

당시 학교나 관공서 등 공공건물은 지을 때부터 계획적으로 수도공사도 함께 했기 때문에 우리 학교도 수도가 있었다.

학교에서 자주 만져 본 물건이라 전혀 생소하지는 않았다. 다가가서 꼭지를 돌려 보는데 물이 나오지 않는 것이었다. 물도 안 나오는 쓸데없는 이것 때문에 어제부터 기분이 상한 것처럼 생각이 들자 미움 섞어서 잡아 흔들어 보았다. 이제 막 덮은 흙이 굳지 않아 수도꼭지가 통째로 흔들렸다. 나는 힘없이 흔들리는 녀석이 만만해 보이자 미움이 더 커지며 마구 흔들어 댔다. 그때 점심 배달을 다녀오던 엄마가 나를 발견하고 부리나케 달려오더니 볼기짝을 때리는 것이었다. 정말이지 머리까지 쩡쩡 울리게 하는 엄마의 강타는 상한 기분이고 뭐고 한 방에 모두 날려 버렸다.

이틀 뒤, 그날은 그제보다 더 엄청난 폭염이 이어지고 있었다. 우리는 더위와 허기 때문에 더 놀 수가 없자 점심때가 아직 한참 남은 시간인데 각자 집으로 향했다. 집에 도착한 내가 대문을 들어서려는데 물 한바가지가 머리 위에 쏟아졌다. 깜짝 놀라서 보니 형이 대문간에 지게를 기대 놓고 올라서서 숨어 있다가 물을 쏟고 재미있다는 듯 웃고 있었다. 그런데 난데없는 물세례를 맞고도 왠지 기분이 나쁘지 않았다. 오히려 시원한 게 너무 기분이 좋아지는 것이었다. 정신이 번쩍 들어서 보니 형도 물세례를 받았는지 온몸이 흠뻑 젖어 있었다.

사실 예전 같으면 형의 그런 행동은 있을 수 없는 일이었다.

엄마와 누나가 힘들여 길어 온 물을 함부로 쓸 수가 없었는데 이젠 장난으로 사용할 수 있을 만큼 풍부해진 것이었다.

엊그제 내가 수도꼭지를 열었을 때는 우리 집이 포함된 구간의 끝 집까지 공사가 끝나지 않아서 수돗물 공급 밸브를 열지 않았었는데, 어제 끝 집의 공사가 끝나자 오늘 오전에 내가 놀러 간 사이 공급밸브를 열어서 물이 나오는 것이었다.

형이 나를 데리고 수도로 가더니 대야를 받치고 물을 틀자 수도꼭지에서 물이 힘차게 쏟아져 나왔다. 아침에 형과 내 고추에서 쏟아져 나오는 오줌보다 훨씬 더 힘차게 쏟아지는 것이었다. 폭포 구경을 못 했으니 상상이 되지 않는 것도 있었지만, 찔찔거리는 학교의 수도는 비교도 안 될 만큼, 그렇게 펑펑 쏟아지는 물은 처음 보았다.

엄마와 누나는 감사의 눈물을 흘렸고, 형과 나는 엄마가 장날에 사 온 커다란 대야에 물을 받아 목욕을 했다.

어느 날 아빠가 시멘트와 모래를 리어카에 싣고 오더니 엄마와 누나에게 버젓한 수돗가를 선물해 주었다.

부엉이의 전설

독수리, 솔개, 까마귀, 부엉이 등 요즘으로 말하면 천연기념물 급의 새들이 당시에는 많았다. 그중 까마귀는 멸종된 조류로 요즘에 도시에서 볼 수 있는 커다란 까마귀는 외국에서 들여온 것인데, 내가 어렸을 적에 보았던 우리의 토종 까마귀는 크기도 작고 늘씬하며 용감하고 영리했다. 어느 날인가 독수리가 우리 집에 사는 쥐를 잡았을 때 까마귀 두 마리가 합심해서 쥐를 빼앗아 가는 것을 본 적도 있다.

또 하나의 종류는 정이 많이 가는 부엉이다. 당시 부엉이는 다른 계절보다 겨울철에 훨씬 많이 보였다. 눈이 많이 쌓인 야산野山에 먹이가 부족해서 민가에 흔한 쥐를 잡으러 오는지는 모르지만, 한밤에 호롱불 밑에서 삶은 고구마를 먹을 때면 배고픈 부엉이의 울음소리를 자주 듣곤 했었다. 고구마 감자로 끼니를 대신하기도 했던 그때는, 밤늦게 찾아오는 배고픔 때문에 저녁밥을 다소 늦게 먹기도 했었다. 한겨울 밤, 양식이 넉넉하지 못해 걱정하는 우리네의 삶에 공감하듯 울어 주던 그 정취 때문에 다른 새들과 구분되어 부엉이에게 더 많은 정이 가는 게 아닐까.

부엉이는 우리 또래 이전의 사람들에게는 할머니의 전설얘기를 연상케 하는 동물이기도 한데, 진짜 전설이 될 듯 현재 국가에서 지정한 '멸종위기 관심 등급'에 올라있다고 한다. 요즘 자연 재생 운동이 활발히 이루어지고 있어서 천만다행이다.

엄마는 초가을 어느 날 밭일을 하다가 쓰러지더니 그날부터 병을 얻었다. 몹시 아픈 듯 방에 누워 여러 날을 일어나지 못했다.

내 기저귀로 쓰던 천을 잘라 머리를 질끈 동여맨 채 신음하며 누워 있는 엄마의 손을 아빠가 지그시 잡았다.

"좀 어찐가(어떤가)?"

"배 안 나가요?"

"당신이 아픈디, 배가 뭔 소용이당가? 씨잘떼기없는(쓸데없는) 소리 말고 후딱 일어나기나 허소."

아빠의 출항을 걱정하는 엄마의 말에, 엄마 걱정을 얼마나 했던지 아빠가 투박한 말투로 엄마의 입을 막았다.

한약방 할아버지가 몇 번 다녀갔지만 엄마의 병은 차도는커녕 날이 갈수록 악화되었다. 어느 날 정신을 잃은 엄마를 본 아빠가 깜짝 놀라 큰누나를 부르더니 군 읍내의 병원에 연락하라고 시켰다. 그 소리를 들었는지 힘겹게 눈을 뜬 엄마가 말했다.

"괜찮허당께…."

엄마는 돈 걱정이 앞선 것이었다. 평소에는 엄마의 말에 순순히 따르는 아빠였지만 이번만은 막무가내로 누나를 다그쳐댔다.

오후 나절이 되자 앰뷸런스가 왔다. 그 앰뷸런스는 나라의 지원으로 이제 막 신축해서 개원한 우리 군郡의 첫 종합병원에서 온 것이었다.

병상에 누운 엄마가 형과 나를 부르더니 걱정하는 눈길로 머리를 쓰다듬다가 큰누나가 들어오자 힘없는 목소리로 말했다.

"비추랑 무시(배추와 무)도 한 주먹(씨 한 줌) 숨궈야 되고(심어야 되고), 나무도 해야 되는디…."

엄마는 월동 준비에 지금 해야 될 일을 말하며 누나를 바라보았다. 큰딸이지만 열여섯 나이밖에 안 된 딸이 집안일을 도맡으며 그런 일을 모두 해낼지 걱정스러운 것이었다.

"아빠랑 큰놈도 있고 작은놈도 있응께 같이 허먼 되야. 걱정허지 마랑께."

누나는 그렇게 말하고 울먹이며 엄마의 손을 잡았다.

엄마의 병명이 뭔지는 모르지만 의사와 얘기하는 아빠의 표정이 무겁게 가라앉아 있었다.

아빠가 병간호를 맡고, 형과 나는 누나의 손을 잡고 집으로 향했다.

앞으로 어떤 고생이 기다리고 있을지도 모르는 채 누나는 당장 할 일부터 시작했다. 등교하는 형의 뒷바라지, 나름 엄마한테서 배웠던 생선 보양식과 아빠의 식사거리와 반찬을 만들어 병원에 갖다가 주는 한편, 집에 아무도 없는 낮 시간에는 샘터의 빨래며 텃밭도 가꾸고, 가축을 돌보고, 산 중턱에 있는 밭을 일구었다.

토요일과 일요일에는 형이 큰 도움이 되었지만 평일에는 고사리 같은 내 손으로는 턱없이 부족한 도움이었다. 어쨌든 누나는 부지런히 일을 해냈다.

그런데 단 하나, 열여섯 소녀의 힘으로는 너무 버거운 일이 땔감이었다. 엄마가 있을 때도 땔감을 하는 날은 가족 모두가 합심해서 했던 일이다. 거친 야산에서 하는 억센 일도 그렇지만, 땔감을 3킬로미터가 넘는 길을 이고 오는 무게도 무게고, 조막만 한 내가 다리 아프다고 징징대지나 않으면 다행이었다.

텃밭 옆에 쌓았던 땔감이 바닥까지 줄어 있는 것을 보던 누나는 얼굴에 수심이 가득했다.

그렇게 달포쯤이 지나고 가을이 막바지에 접어 든 어느 날 아빠가 집에 오더니 누나와 나를 병원에 보냈다. 나는 엄마가 보고 싶어서 졸랑졸랑 따라나섰지만, 사실 아빠는 땔감도 할 겸 가축을 팔아서 부족한 병원비를 마련하러 온 것이었는데, 집에

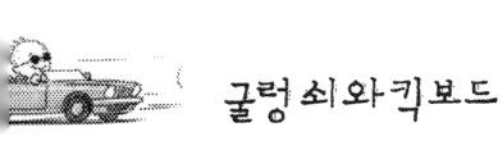

가축이 없으면 내가 정서 불안이 생기는 탓에 아예 엄마 병간호를 보낸 것이었다.

아빠는 선주에게 용을 받는 한편 가축을 모두 팔아 병원비를 마련해 보았지만 종합병원의 치료비는 만만치가 않았다.

어부들 사이에서 소위 '용'이라고 일컫던 거래가 있었다. 용은 선원이 선주에게 앞으로 일정 기간 동안의 노동을 약속하고 미리 받는 일종의 선금이었다.

우리 집에는 엄마가 시집올 때 가져 온 뒤주처럼 생긴 오동나무 가구가 있었는데 우리는 그것을 '압다지'라고 불렀다. 원래 전통 뒤주는 덮개가 없거나 위쪽에 있다는데 압다지는 앞쪽 상부에 당겨서 여는 문이 있었다. 엄마는 귀중한 것들은 압다지에 보관했다.

우체국이 있었지만 당시에는 은행 업무를 안 봤었고, 시골구석에는 은행이 없었기 때문에 특히 돈처럼 귀중한 물건은 꼭 압다지에 보관했다.

당시는 편지봉투에 현금을 넣어서 등기로 보내기도 했다.

엄마는 많이 나았는지 말도 잘하고 병실밖에 나가 공원도 거닐었다. 며칠 후 엄마가 누나를 불러 열쇠를 주며 말했다.

"압다지 열어 보면 책보(보자기) 속에 돈 있어야. 찾어 갖고 아빠 디리고(드리고) 느그들도 맛난 것 좀 사 먹어."

병원에 오래 있다 보니 치료비가 많이 나온다는 것도, 당신이 없으니 집안일을 하느라 누나가 고생한다는 것도 아는 엄마가 미안한 표정을 지었다. 누나는 집으로 가고 나는 엄마 옆에 남았다.

집에 온 누나가 압다지를 열어 보자기를 풀어 보니 그 동안 엄마가 모아 둔 돈이 적잖았다. 그날 마침 작은누나가 서울에서 등기로 보낸 돈도 도착했는데, 아빠가 이것저것 모두 모아 세어 보니 그것도 빠듯했다. 아빠는 이웃집 할머니에게 얼마간 빌린 돈을 보태서 치료비를 계산했다.

겨울이 오는 듯 북쪽 하늘에서 날마다 짙은 구름이 잔뜩 밀려왔다.

엄마는 아직 성치 않은 몸으로 집 안을 둘러보다가 문득 하늘을 보며 깊은 한숨을 내쉬었다.

엄마의 힘은 너무나도 컸었다. 엄마가 입원해 있던 세 달여 동안 학교에 다녀온 형은 공부할 시간이 없었고, 큰누나는 날마다 녹초가 된 몸으로 잠자리에 들었고, 아빠도 당신이 차려 먹는 밥상은 초라하기 그지없었다.

아직 완쾌되지 않은 몸이었지만 엄마가 오자 집안에 다시 생기가 돌았다. 가족들은 힘을 내어 늦은 월동 준비를 마무리해 갔다.

식량거리를 모두 수확하고 보니 예년에 비해 눈에 띄게 초라한 양이었다. 땔감이야 부족하면 쌓인 눈을 걷어 내고 모아 오면 되지만 식량은 그렇지가 못했다.

곡식 항아리를 열어 본 엄마가 또 큰 한숨을 내쉬었다.

엄마의 마음을 아는지 모르는지 그해 겨울 한파는 유난히 시리게 휘몰아쳤다. 며칠씩 오는 눈은 온 천지를 두텁게 뒤덮었고 쉴 새 없이 불어 젖히는 바람은 바닷물마저 얼려 버렸다. 해변에 나가 한 줌씩 가져오던 굴이나 조개 등 해물도 그럴 때는 채취하기가 힘들었다.

그런 겨울이 중반에 접어든 어느 날, 엄마는 이웃집 할머니에게 보리 몇 되를 꾸어 왔다. 벌써 곡식이 떨어진 것이었다.

누나가 눈 속에서 말라 가고 있는 시래기를 걷어 오자 엄마가 보리 한 줌과 섞어서 죽을 끓였다. 일명 시래기죽이었다. 하지만 그것도 채 보름을 넘기지 못했다. 이제 남은 것은 가을에 말려 두었던 생선 몇 마리와 몇 가닥 시래기와 뒤지 바닥에 남은 고구마와 감자가 전부였다.

엄마와 누나는 저녁거리로 조금 늦게 고구마와 감자를 삶아 왔다. 잠들기 전에 배고프지 말라는 것이었다.

"부엉…. 부엉…. 부엉."

가족이 모여 앉아 고구마 감자를 먹고 있을 때 부엉이의 배고픈 울음이 들려왔다.

우리 동네는 한파가 여러 날 몰아치면 야트막한 샘이 얼어붙어서 물을 긷지 못했었다. 어떤 땐 얼음을 깨서 몇 덩이 드러내고 나면 바닥이 보였고 물구멍이 얼어서 더 이상 물이 솟지를 않았다.

당시의 눈과 얼음은 가마솥에 넣고 녹여서 식수로 사용해도 될 정도로 맑고 깨끗해서, 샘이 꽁꽁 얼어붙거나 눈보라가 심하게 몰아치는 등 물 긷기가 힘든 날에는 새로 내려 깨끗이 쌓인 눈을 걷어다가 사용하기도 했다.

막바지인 듯 한파가 유난히 심하게 몰아치던 어느 날 저녁, 아빠와 형은 마당에 수북이 쌓인 눈을 걷어다가 가마솥에 부었다. 물 항아리의 식수마저 동이 난 것이었다. 엄마와 누나는 눈을 녹인 물에 얇게 썬 고구마와 시래기를 넣고 끓이기 시작했다. 그것도 끼니는 끼니였다.

굳게 닫힌 바라지 사이로 날카로운 바람과 진눈개비가 쳐들어왔다.

가마솥에서 무심히 피어오르는 김을 보던 엄마가 문득 설움이 울컥 차오르자 당신도 모르게 자조하듯 혼잣말을 했다.

"양석(양식) 없다 부엉…. 걱정마라 부엉…."

"부엉…. 부엉."

그때 배고픈 부엉이의 울음이 들려왔다. 부엉이의 울음소리를 듣자 엄마의 볼에 처량한 눈물이 주르륵 흘러내렸다.

재봉틀

요즘 재봉틀은 전동 모터가 내장되어 페달 스위치로 조작하며 편하게 사용할 수 있다. 전기가 안 들어왔던 시절, 그때의 재봉틀은 머리와 페달이 벨트로 연결되어 사람의 다리의 동력으로 일을 하는 형식이거나, 페달이 없는 대신 머리에 달린 손잡이를 돌려 가며 일을 하는 수동식이었다. 내가 본 최초의 재봉틀은, 검지에 골무를 끼고 바늘과 실을 든 엄마의 손이었다.

넉넉하지 못한 시절, 모든 것이 절약과 아낌의 대상이었는데, 살림살이는 특히 아낌의 대상이었다.

어느 토요일, 오전 수업을 마치고 하교한 나는 집에 아무도 없자 부엌에서 점심을 챙겨 먹다가 문득 내 방 문틈 새로 보이는 무언가를 발견했다. 문을 열고 보니 생전 처음 보는 물건이 한적한 곳에 떡하니 있는 것이었다. 가까이 가서 보니 책상처럼 보이는 상 위에 얹힌 물건이 검은색으로 반질반질한 몸체에 내 얼굴이 비치고, 황금처럼 누런 무늬가 몸뚱이에 아로새겨져 있는 게 여간 신기해 보이는 것이 아니었다. 의자에 앉아서 녀석을 한동안 요리조리 살피다가 밥을 먼저 먹어야지 싶어서 의자에서 내려오며 페달을 밟자 페달이 시소처럼 움직이는 것이었다. 나는 더 신기했다. 페달이 움직이는 것도 그랬고, 페달을 밟으니 약속이라도 한 듯 머리가 움직이는 것이었다. 밥을 물에 말아 점심을 대충 때운 나는 다시 의자에 앉았다. 발가락 끝에 닿을까 말까 하는 페달을 엉덩이를 움직여 가며 밟아보니 나랑 함께 놀아보자는 것처럼 어김없이 머리가 움직이는 것이었다. 내 손놀림이나 발놀림에 장난치는 강아지처럼 생긴 것이, 엄마가 장난감을 사 준 것 같았다.

나는 이 녀석의 속에 뭐가 들어 있는지 궁금했다. 하필 그때가 학교에서 만들기 수업을 할 때였다.

나무를 톱으로 자르고, 칼과 가위로 종이를 오려 풀로 붙이고, 핀을 꽂고, 펜치와 가위로 잘라 철사와 실로 묶고, 망치로 못을 박고, 드라이버로 나사를 조이며 뭔가를 만드는 수업이었다.

요즘은 위험천만한 모습이지만, 그때는 톱이나 망치, 삽, 괭이,

펜치 같은 연장을 어린 아이들도 일상에서 흔히 썼다.

나는 만들기 수업에서 선생님께 칭찬까지 받은 덕분에 호기심이 한창이었다. 가위, 식칼, 문방구용 칼 등을 가져다가 돌아가는 것은 뭐든 돌려서 빼고 나니, 녀석의 꼬리 부분에 있는 조그마한 케이스가 열리며 안이 보였다. 페달을 밟아보니 머리 안에서 이것저것이 들키지 않으려는 듯 소리 없이 바쁘게 움직였다. 더욱 호기심이 발동한 나는 홈이 맞는 것은 무조건 돌리고 뺐다. 안 되는 것은 아빠의 연장통에서 드라이버나 송곳을 갖다가 풀면 신기하게도 술술 풀리는 것이었다. 너무 재밌어진 나는 더욱더 궁금증에 몰두했다. 한참을 하다 보니 내 재주로는 더 이상 분해할 수 있는 게 없었다.

'뎅!'

종소리에 정신을 차리고 보니 벽에 걸린 괘종시계가 세 시 반을 가리키고 있었다.

태엽으로 돌아가는 괘종시계는 각 시각의 30분을 한 번의 종소리로 알렸었다.

엄마가 집에 돌아오는 시간이 다가오고 있는 것이었다. 가만히 생각하니 이 녀석은 분명 엄마가 사다 놓은 것이 틀림이 없었다. 나는 그때서야 정신이 번쩍 들었다. 엄마가 와서 보면 어떤 일이 벌어질지 불을 보듯 뻔했다. 엄마가 오기 전에 원래대로 해 놔야 하는데, 이것들을 어디서 어떻게 빼냈는지 도무지 알 수가 없었다. 서둘러 이것저것을 들어 끼우고 돌려 봤지만, 맞는 게 하나도 없었다.

'척. 척. 척.'

더욱 급해지자 초침 소리가 예리하게 귓속으로 파고들었다.

'뎅, 뎅, 뎅, 뎅.'

네 시를 알리는 종소리에 깜짝 놀라 드라이버를 놓치고 말았다. 결국 포기의 시간이 되었고, 나는 끝내 도피를 선택할 수밖에 없었다. 집 모퉁이에 숨어서 엄마의 화가 풀어질 때까지 기다리기로 결심한 나는 녀석의 케이스를 가만히 덮어 놓고, 풀어 헤친 부품들을 보자기에 싸서 구석에 놓았다. 그리고 밖을 살피며 재빠르게 방을 나가려는 찰나, 대문을 들어서는 엄마와 마주치고 말았다. 그때 급한 김에 대충 덮었던 겉 케이스가 넘어지며 쨍그랑! 소리를 냈다. 순간 나는 온몸이 얼어붙었고, 내 머리를 쓰다듬던 엄마는 재봉틀을 바라보았다. 나는 지레 겁을 먹고 울기 시작했다. 한참을 울던 나는 엄마가 재봉틀을 안고 울고 있는 모습을 보았다. 너무 큰 충격을 받으면 화낼 기력도 없다더니 지금 엄마가 그런 것이었다.

넉넉한 요즘도 여성들은 아끼는 물건은 끔찍이도 아끼는데, 살림살이 하나하나가 귀한 시절에 재봉틀처럼 귀하고 실용적인 살림살이를, 그것도 여자가 가장 아끼는, 한번 써보지도 못한 새 재봉틀을 그 모양으로 만들어 놨으니, 그 재봉틀로 만들어질 가족들의 따뜻한 모습을 상상하며 희망에 들떠 있던 엄마의 절망감이 오죽했을까.

엄마는 나를 혼내기는커녕 며칠 동안이나 넋을 잃은 사람처럼 생기가 없었다. 엄마도 형도 체벌을 안 하고, 쓴 욕이라도 한마디 하던 누나도 침묵하니 처음에는 내가 큰 잘못을 하지 않은 줄 알았다. 그런데 너무 큰 잘못을 한 사람에게는 충고의 말조차도 안 나온다더니, 형과 큰누나까지 시무룩해져 나를 외면하는 모습을 보자, 나는 눈치와 두려움의 선을 넘어 공포에 휩싸이며 집 안 구석구석 음지를 찾아 웅크렸다. 그렇게 암흑 같은 며칠이 지나갔다. 아빠가 입항해서 집에 왔고, 다음 날 기술자 아저씨가 와서 재봉틀을 고쳐 놓고 갔다. 집에 온 아빠가 엄마의 마음을 금세 알아차리고 서둘러 기술자를 불러 고친 것이었다. 엄마는 슬픔 때문에 재봉틀을 고친다는 생각조차도 할 수 없었던 것이다.

우리도 간혹 그럴 때가 있다. 새 물건에 대한 기대감이 무너지면 그 물건을 거들떠보기도 싫은, 아마도 그런 기분이 엄마의 슬픔을 더욱 키우지나 않았는지.

그 뒤로 나는 재봉틀 근처에도 가지 않았다. 또 호기심이 발동해서 그것을 망가뜨리는 것이 두렵거나, 엄마나 아빠의 회초리나 형과 누나가 나를 외면하는 것이 무서워서가 아니라 엄마의 눈물이 더 무섭기 때문이었다.

우리가 일상에서 편하게 입는 옷들은 평면의 간단한 설계로 만들어지는 것이 아니라, 훨씬 더, 그 이상의 입체적이고 다각적인 설계에 의해 만들어진다.

"작은놈아, 요놈 입어 봐라이."

며칠 후, 엄마가 나를 불러 허리에 검정 고무줄이 들어간 바지를 입혔다. 분명 엄마가 장에 갔다 온 것도 아닌데 꼬까옷이 입혀지는 것이었다. 자세히 보니 아빠와 형이 입었던 옷을 재활용한 듯 똑같은 무늬가 있었다. 그 옷이 얼마나 따뜻하고 몸에 꼭 맞던지, 나는 동네방네 뛰어다니며 옷 자랑을 했다.

엄마가 재봉틀로 만든 첫 옷이었다.

미운 내 새끼.

리어카

'리어카'는 우리말로 '손수레'다. 엄마가 샀던 리어카는 옛날 소가 끌던 달구지처럼 생겼지만 바퀴 쪽에 안전 보호 판자가 설치되고 앞뒤는 개방되어 있어서 더 많은 물건을 실을 수 있게 만들어진 것이었다. 또, 그 구조가 실용적이어서인지 오랫동안 모델이 바뀌지 않아서 요즘도 그런 리어카를 자주 볼 수 있다.

어느 날, 신나게 뛰놀다가 점심을 먹으러 집에 오자 마당에 리어카가 와 있었다. 형은 리어카의 여기저기를 만져 보고 살피면서 좋아하고 있었다. 나는 점심이고 뭐고 금세 늘씬한 리어카에 사로잡혀 달려갔다.

"손대지 마랑께!"

평소에 물건을 가지고 나한테 좀처럼 야박하게 굴지 않던 형이 리어카를 만지지 못하게 했다. 두말할 것도 없이 나의 근성이 폭발했다. 자꾸 만지려다가 실패하자 엄마한테 가서 일러바쳤다. 평소에는 엄마의 말에 고분했던 형이지만 리어카만은 아니었다. 엄마의 말도 안 통하자 급기야 나는 마당에 퍼질러 앉아 울기 시작했다. 형은 다짜고짜 떼를 쓰는 나를 거들떠보지도 않고 리어카를 세세히 살피다가 창고에서 망치와 못, 고무줄을 가져다가 리어카 보완 공사를 시작했다. 모든 방법이 통하지 않자 마침내 포기한 나는 울음을 그치고 형이 하는 것을 가만히 보았다.

허술한 듯 보이는 곳에 더 튼튼하게 못을 박고, 손잡이에 고무줄을 감아 손이 미끄러지지 않게 하는 공사였다. 아마도 형은 남의 집에서 사용하는 것을 눈여겨보았다가 부족한 점을 보완하려 공사를 하는 것이었다.

나는 방법을 바꾸어 형이 하는 공사를 거들기 시작했다. 그 방법만이 리어카를 만질 수 있다는 판단을 한 것이었다. 형은 내가 거들어 주자 만지지 못하게 한 만큼 정성 들여 리어카를 손질했다.

누나들의 얘기를 들어 보면 나는 세 살 때부터 산밭일과 부두의 일을 했다고 한다. 가족들이 모두 산밭이나 부두에 가는데 나 혼자 집에 둘 수가 없었던 것이고, 사실 인지능력이 있어서

가 아니라 어른들이 하는 것을 보고 따라한 것을 누나들이 미화했을 것이다. 그때 땔감 나무와 고구마 감자 그리고 방파제에 말렸던 생선이 기억난다.

땔감 나무에는 장작형 땔감과 낙엽형 땔감이 있다. 장작형 땔감은 나뭇가지나 썩은 줄기를 톱이나 낫으로 잘라서 둥치를 만들고, 침엽수 잎과 활엽수 잎이 뒤섞인 낙엽형 땔감은 갈퀴로 긁어 모아서 둥치를 만들었다. 둥치를 묶는 줄은, 새끼줄이나 칡 줄기를 잘라 끈 대용으로 썼다. 그렇게 만들어진 둥치들을 남자는 지게를 이용하거나 등에 지고, 여자들은 머리에 이고 집으로 운반했다. 밭에서 수확한 것도 마찬가지로 일명 '차대기, 차두'로 불리던 마대에 담거나 대야에 담아 이고 지고 운반했다. 말이 운반이지 짧게는 2~3킬로미터, 길게는 5~6킬로미터씩 되는 거리를 그렇게 이동한다는 것은 어쩔 수 없는 끔찍한 노동이었다.

그래도 부두의 일은 거리가 가까우니 좀 덜한 편이었다. 엄마와 누나는 새벽에 부두에 나가 남의 배에서 잡아 온 생선 중 값어치 있는 것을 골라 주는 대신, 상품 가치가 없는 것은 추려내 부두와 방파제 한쪽에 폐그물을 깔고 햇볕에 말렸다. 다 마른 생선은 또한 이고 들고 집으로 운반했다.

가을 뙤약볕을 맞으며 땔감을 해 올 때면 머리에 이고 가는 엄마의 손을 잡고 걸었었는데, 어떤 땐 덥기도 하고, 다리가 아파서 울기도 했다. 그때마다 엄마는 땔감을 머리에 인 채 서서 나를 쉬게 해 주었는데, 머리에 인 것을 부렸다가 다시 이기가 힘들기도 하고 귀찮기도 한 것이었다.

우리 가족이 이고 지고 운반할 때, 잘 사는 집에서 리어카를 끌고 가는 모습을 부러운 눈으로 보던 형과 누나들. 그런 새끼들의 모습을 보던 아빠 엄마의 마음은 오죽했으랴.

리어카는 참 편한 녀석이었다. 녀석이 집에 온 뒤로 집안의 역사가 완전히 바뀌었다. 예전에 이고지고 가던 가족들은 힘이 든 나머지 말도 못할 지경이었는데, 아빠와 형이 끌고 가는 녀석을 따라가며 가족들과 얘기도 할 수 있고, 짐이 조금 실렸을 때는 나를 태워 주기도 했었다. 나에게 더욱 좋았던 것은 땔감을 가지러 하루에 산밭을 두세 번 왕복 했던 것을 한 번에 운반을 하니 시간이 절약되는 만큼 딱지치기하는 시간도 많아진 것이었다. 또 한 가지는, 아빠 엄마는 그렇게 고되게 일을 하고 나면 밤에 허리와 어깨통증을 앓았었는데, 그것도 말끔히 사라졌다.

그런 일을 이미 많이 겪은 형이 리어카를 소중히 하는 것은 당연했다.

나는 되도록 리어카를 많이 만지면서 일을 거들었다. 형이 말리지 않자 나는 점점 일 거드는 것보다는 만지는 것에 열중했다.

"그만 몬지랑께(만지라니까)!"

내가 만지면 리어카가 닳기라도 하는 양 형이 버럭 성을 냈다.

나는 삐져서 방으로 들어가 버렸다. 물론 만질 만큼 만졌다는 만족감도 없잖아 있었다.

형은 저녁을 먹고도 리어카를 보다가 내가 한참 자고 있을 때 들어오더니 좋아서 미치겠다는 듯 나를 껴안았다. 그러잖아도 삐져서 자고 있는 사람을 껴안는데 기분이 썩 좋을 리는 없었다. 나는 억센 형의 팔을 뿌리치고 다시 잠이 들었다.

"언능 옷 입고 나오랑께?"

오줌이 마려워 측간에 가는데 형이 새벽같이 나와서 기다리다가 아빠에게 들킬세라 내게 소곤거렸다. 나는 뛸 듯이 기뻐서 오줌이고 뭐고 다시 방으로 달려 들어가서 옷을 갈아입고 나왔다.

"뭣 해? 후딱 타랑께."

형은 나를 태우고 동네 길을 뛰기 시작했다. 공터로 가는 길이었다.

리어카를 모는 방법에는 운전자가 적재함 앞에서 끌고 가는 방법과 적재함 뒤에서 밀고 가는 두 가지 방법이 있다.

형은 남의 집 리어카로 연습을 많이 해 본 듯 앞 운전, 뒤 운전 모두 능수능란하게 했다. 새벽바람을 맞으며 공터를 한바탕 휘젓고 나니 기분이 후련하고 배가 고파왔다.

"아빠한테 들키면 큰일이여야. 꽉 잡어!"

아침을 먹기 전에 집에 도착해야 된다는 듯 형은 나를 태운 채로 뒤 운전으로 밀며 뛰기 시작했다. 나는 바퀴 보호 판을 꽉 잡은 채 또 신이 났다. 한참을 달려 집 가까운 곳에 있는 굽이진 길을 돌 때였다.

"리아까 샀디야?"

"예!"

이웃집 호랑이 할아버지가 괭이를 들고 대문을 나서며 묻자 형이 대답했다. 그때 쿵! 소리와 함께 나는 물컹한 무언가에 몸을 곤두박질치고 말았다. 할아버지의 물음에 형이 대답하느라 잠깐 한눈을 팔며 직진해 버린 찰나의 순간에 굽이길 한쪽에서 있는 밤나무를 리어카가 들이받았고, 그 가속에 의해 내 몸이 튕겨 나간 것이었다.

튕겨 나가며 밤나무에 부딪지 않은 것은 천만다행이었지만 나는 너무 놀란 나머지 울기 시작했다.

호랑이 할아버지는 두엄을 만들 때 당신의 집에서 키우는 소똥을 버무리기도 했고, 소똥이 부족할 때는 닭똥, 오리 똥, 돼지똥, 개똥은 물론이고 사람 똥까지 지푸라기에 버무렸다.

내가 처박힌 그 물컹한 것은 할아버지가 각종 똥을 버무려서 만든 두엄으로, 굽이길 바깥쪽 가장자리에 수북이 쌓여 항상 고약한 냄새를 풍기고 있었다.

리어카가 우리 집의 역사를 바꾼 지 9년, 바퀴를 고정하는 프레임이 부러져 더 이상 못 쓰게 되자, 덕솥의 땔감으로 분해되는 녀석을 보며 엄마와 누나는 눈물을 흘렸다. 그때 내 나이는 사춘기를 지나 청년을 바라보고 있었다.

가을밤 외로운 밤

당시의 가을은 요즘의 가을은 비교도 안 될 만큼 바빴다.

산과 들에 심어 놓은 곡식과 땔감 나무 등 겨울나기에 필요한 것들을 저장해야 하는 시기였다. 요즘처럼 농기구나 교통이 발달된 시기가 아니어서 거의 모든 것을 사람의 노동력에 의지해야 했기 때문에, 쉽게 말해서 요즘 트럭이나 트랙터 경운기로 안전하고 편하게 한 번 옮길 것을 서너 사람이 리어카로 최소한 두세 번을 옮겨야 했던 시절이었다. 때문에 추수한 곡식이나 난방 취사용 땔감 나무 등을 옮기는 데 그만큼 하루해가 짧을 수밖에 없었다. 어느 집이나 그런 일을 반복해야 하는 시기여서 애 어른 할 것 없이 손이 필요했고, 가족들은 누구나 말할 것도

없이 그 시기에는 추수와 겨울나기 준비에 주말과 휴일은 자동 반납하는 것으로 알고 있었다.

우리 가족도 예외는 아니었다. 우리 집은 산과 밭에서 3킬로미터쯤 떨어져 있었다. 말이 3킬로미터지 어른 손가락보다 더 큰 자갈이 널려 있는 비포장도로에 굽이지고 가파른 언덕과 긴 경사길이 있는 난코스의 길로, 올라갈 때에는 빈 리어카라서 그리 힘들지는 않았지만 무거운 짐을 싣고 내려갈 때에는 무척 힘들고 위험한 길이었다.

늦은 가을날의 어느 토요일이었다.

토요일은 오전수업이었기에 그날 오후는 당연히 가족들과 함께 산에 가서 땔감 나무를 하는 날이었다. 나는 밭일은 좋아 했지만 땔감 나무 하는 것은 무척 싫어했다. 이유는 많았지만 소위 '옷 도둑놈' 이라고 불렀던, 뿌리를 보약으로 달여 먹는 우슬牛膝의 열매가 옷에 달라붙는 것이 제일 싫었다. 그것이 머리카락이나 옷에 붙으면 떼어 내는 데 여간 성가신 게 아니었다. 더군다나 그날은 친구들과 딱지치기 약속도 있었다. 하교하던 나는 극심한 갈등에 휘말렸다. 친구들과의 약속도 약속이지만 그날따라 유난히 일이 하기 싫었다. 그렇다고 일을 안 하자니 엄마와 형한테 혼나는 것이 걱정되고, 지금은 점심시간이라 배도 고프지만 지금 집에 갔다가는 꼼짝없이 붙들려서 산에 가야 할 것이 뻔했다.

그런 갈등 속에서 나의 이성理性은 끝내 동네의 공터로 본능을 자극했다. 그 본능에 이끌린 나는 잠깐 놀다가 가족들이 점심을 먹고 산에 가면 집에 가서 밥을 먹고 나온다는 나름의 얍삽한 계획까지 세웠다.

그 작전은 기가 막히게 들어맞아 든든히 먹으니 불끈불끈 힘이 솟는 게, 딱지도 치는 족족 친구의 딱지를 뒤집으며 승리가 돌아오고, 사방치기 비석치기도 한 치의 오차도 없이 척척 들어맞았다. 신기神技에 가까운 내 실력을 보던 친구 녀석들의 표정에 당황한 빛이 역력했다. 녀석들의 낌새를 느낀 나는 더욱 기가 살아 나조차도 상상하지 못한 기술을 펼쳤다.

나는 너무나도 행복하고 즐거웠다.

그렇게 오후나절이 지나고 집으로 돌아가는 길에 그 행복한 기분은 온데간데없고, 나는 다시 극심한 걱정에 휘말렸다. 오늘 일을 안 한 것에 대한 엄마와 형의 체벌이 있으리라는 것을 알기 때문이었다.

엄마와 형의 눈치를 살펴야 하는 피를 말리는 시간. 차라리 몇 대 혼쭐이 나고 나면 후련할 텐데 엄마와 형은 항상 그 피를 말리는 시간 뒤에 체벌을 했다.

나는 변명거리를 만들려고 급히 잔머리를 굴리기 시작했다. 항상 씨도 먹히지 않는 변명이었지만 벌의 강도라도 낮춰 보려고 애를 쓰는 것이었다.

방과 후 화장실 청소, 낱말 받아쓰기 시험 점수가 안 나와서 보충수업, 하교 길에 어려움에 처한 할머니를 돕기, 이웃 동네 친구가 다쳐서 집에 데려다 주느라고 늦었다는 등등, 별의별 변명거리들이 머리에 가득 차며 혼란을 주었다.

집에 도착한 나는 동구 밖에서 서성이며 집 안의 동태를 살폈다. 해는 이미 저물어 석양빛만 남았고, 집 안은 침침한 어둠 속에 쓸쓸한 냉기가 가득했다.

가만히 들어가 살피니 정말로 아무도 없었다.

어느 집이나 할 것 없이 땔감 나무를 사용하는 시기여서 산에 땔감 나무를 해 놨다가 그날 가져오지 않으면 잃어버리기 일쑤였다. 그래서 그날 모은 땔감은 어지간하면 그날 가져와야 했다.

그날은 모은 땔감의 양이 많아서 가족이 늦는다는 직감이 들자 뒤늦은 후회가 밀려 왔다. 그렇지 않았다면 지금쯤이면 굴뚝에서 하얀 연기가 피어오르고 가마솥에는 밥 익는 따스한 김이 모락모락 새어 나오고, 가족 모두 저녁 준비에 한창인 따뜻하고 고즈넉한 집의 풍경이 펼쳐지고 있을 시간이었다.

검붉게 서 있는 앞산을 툇마루에 앉아서 물끄러미 바라보는데 외로움이 옷자락 사이로 솔솔 스며들어 왔다. 추워서 풀려 있는 단추 몇 개를 끼워 넣었다.

날은 더 어두워지고 스산한 저녁 바람이 풀벌레 소리와 뒤섞여서 차갑게 느껴졌다. 출항한 아빠도 보고 싶고, 서울 간 작은누나도, 엄마, 형, 큰누나도 보고 싶었다. 더욱더 후회가 밀려오며 덩그러니 혼자 놓인 외로움이 시리게 느껴졌다. 옷이 없어서 겨울 점퍼를 미리 꺼내 입었는데도 한기가 스며왔다. 집 안으로 들어가 부엌의 불도 켜 보고 방 안의 불도 켜 봤다. 60와트 백열전구가 어둡고 차갑게 느껴졌다. 아랫목도 싸늘히 식어 있었다. 희미하던 달이 어느덧 누런빛을 띠며 앞산 머리를 떠나 서쪽으로 향하고 있었다. 다시 쓸쓸히 툇마루에 앉아 있으려니 밖에 기척이 느껴졌다.

분명히 지친 숨소리에 섞인 엄마, 형, 큰누나의 발걸음 소리였다. 여느 때 같으면 알아듣지도 못했을 텐데 그 순간만은 또렷이 알아챘다. 나는 맨발로 뛰어가서 리어카에 가득 실린 땔감을 끌고 오는 가족을 반겼다. 그때 내 입에서 나도 상상하지 못한 말이 튀어나왔다.

"엄마, 엉아, 누나 미안해!"

그러면서 힘주어 리어카를 밀고, 땔감을 묶은 줄을 풀고, 형이 땔감을 정리하는 것을 도우며 뒤늦은 일을 서둘렀다. 벌을 피하려는 것이 아니라 진심으로 하는 행동이었다. 나는 저녁을 먹는 내내 엄마와 형의 눈치를 살폈다.

'언제 벌을 주지?'

내 마음속에는 벌을 달게 받을 각오가 되어 있었다.

너무 힘들고 피곤해서였을까? 엄마와 형은 잠자리에 들 때까지도 체벌은커녕 얼굴에 화난 기색도 없었다. 그것이 더 미안하게 느껴진 내가 급기야 형에게 물었다.

"엉아, 성질(화) 안 났당가?"

형이 이불 속에서 꿀밤을 놓으며 구수하게 한마디 했다.

"짜식! 내일은 니가 리아까(리어카) 몰아."

우리 형제는 뿌듯한 정을 나누며 잠이 들었다.

다음 날 아침 일찍 친구들이 우리 집에 몰려 왔다. 어제의 설욕을 하겠다는 듯 각자의 손에는 딱지와 목자가 힘 있게 들려 있었다.

이불 손질하던 날

경칩이 지나고 따스한 봄볕이 비추기 시작하는 때였을 것이다. 추운 겨울이 지나고 새봄이 오면 집집마다 동절기에 사용했던 두툼한 겨울 이불을 손질했었다.

요즘은 건물의 난방시설이 잘 되어 있고, 신소재의 얇고 가볍게 만들어진 좋은 이불이 많아 계절별로 이불을 바꿔 사용하는 일은 거의 없고, 취급이나 손질 또한 쉽다.

나일론 소재의 이불이 나오기 이전에 아빠 엄마가 한 것을 생각해 보면, 홑청을 벗겨 낸 이불속을 빨랫줄에 펴서 널어놓고 막대기로 때려 가며 먼지를 털어 낸 뒤 뒤집어 가며 햇볕에 말렸었다.

이불속은 목화솜을 타서 만든 것으로, 보통 라면 두세 개를

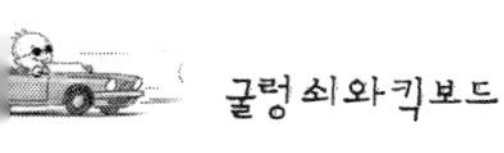

겹쳐 놓은 정도의 두께였고, 네다섯 살배기 내가 들지는 못하는 무게였다.

홑청은 이불 커버를 말한다. 그때는 이불마다 홑청이 있었는데, 흡혈 곤충인 벼룩이나 이가 있는 때여서 홑청의 관리는 세척과 살균에 살충까지 해야 하는 굉장히 중요한 일이었다.

엄마는 벗겨 낸 홑청을 1차로, 양잿물에 담가 세척과 살균과 살충을 하고 양잿물을 비눗물로 씻어 냈다. 2차로, '풀을 먹인다'라고 했는데, 밀가루로 쑨 풀에 담근 후 짜내 햇볕에 말려서 꼬들꼬들하게 섬유의 질을 살렸다. 풀을 먹이는 것은 여러 이로운 효과를 얻는다고 하는데, 목화섬유인 면綿이나 삼베 섬유인 마麻에 쓰인다고 한다. 3차로, 풀을 먹여 햇볕에 말린 홑청을 접어서 다듬잇돌에 놓고 방망이로 두드려서 부드럽게 폈다.

4차는, 햇볕에 말린 이불속을 3차의 공정까지 끝낸 홑청에 넣는 일이었다.

엄마가 겨우내 썼던 두툼한 솜이불 손질을 하는 것은 형과 나에게는 새봄을 알리는 신호였다.

엄마와 큰누나는 아침부터 샘에서 물을 길어와 항아리와 대야 여러 개를 가득 채웠다. 식수도 식수지만, 여섯 채나 되는 이불을 손질하는 데 그만큼 물이 많이 필요한 것이었다.

엄마와 누나가 물을 깃는 동안 아빠는 홑청을 벗겨 내고, 이불속을 마당의 빨랫줄에 펴서 걸었다. 형과 나는 새봄의 시작에 신이 났다. 아빠가 손에 쥐어 준 막대기를 들고 이불속을 털어 가며 칼싸움도 하고, 반으로 접어서 걸어 놓은 이불속 속으로 들어가 쫓고 쫓기는 놀이를 하며 즐거워했다.

오전의 따가운 봄볕이 한쪽 이불속을 말리고 오후가 되자, 아빠는 이불속을 뒤집어 널어서 반대쪽을 말렸다.

오전 내 물 항아리와 대야에 물을 모두 채운 엄마와 누나는 커다란 대야 세 개에 양잿물을 붓고 아빠가 벗겨서 모아 놓은 홑청을 나누어 담갔다. 그리고 가마솥에 받아 놓은 찬물에 밀가루를 풀고 불을 지폈다.

당시 밀가루는 명절이나 제사나 생일처럼 연중 필요한 때나 구입하는 재료로, 오늘처럼 이불을 손질하는 때도 구입을 했다.

누나가 커다란 주걱을 저어 가며 풀을 완성하는 동안 엄마는 양잿물에 담가뒀던 홑청을 헹궈냈다. 누나가 뜨거운 풀을 퍼 와서 대야에 붓자, 엄마는 찬물을 부어 손으로 저어 가며 온도와 농도를 맞췄다. 나는 열심히 바가지로 물을 떠다가 엄마에게 건넸다.

엄마가 온도와 농도를 맞추고 나면, 누나가 홑청을 담그고 풀이 잘 먹게 골고루 주물렀다. 그러면 아빠와 형이 건져내서 양쪽 끝을 잡고 돌려서 꼭 짠 다음 빨랫줄에 걸어서 폈다. 아빠는 홑청처럼 얇고 넓은 천은 물이나 풀을 먹여 놓으면 서로 들러붙어서 펴기가 힘들기 때문에 빨랫줄에 걸어 놓은 채로 폈다.

그렇게 온 가족이 합심해서 흐뭇하게 그날의 마무리를 했다.

이제 남은 것은 홑청이 마르면 다듬이질로 편 다음 이불속을 넣고 바느질하는 것이었다.

다음 날, 엄마와 누나는 잔뜩 화가 나 있고, 형과 나는 싸늘한 윗목에 무릎을 꿇은 채 손을 들고 벌을 서며 엄마와 누나의 눈치를 보고 있었다. 내가 화근이었다.

어제 저녁의 일이다. 온 가족이 이불 손질을 하고 저녁을 먹었다. 엄마는 고생한 가족들에게 보답이라도 하려는 듯 풀을 쑤고 남은 밀가루로 고구마부침개를 하고 있었고, 누나는 설거지를 하고 있었다.

방에 흘러 들어오는 부침개의 구수한 냄새를 맡으며 군침을 삼키던 나는 문득 엊그제 엄마가 장을 봐 온 보따리가 궁금했다. 엄마는 밀가루랑 소다, 사카린, 아빠의 양말이 든 보따리는 풀었는데, 다른 보따리 하나는 안 풀고 누나 방에 갖다 놓는 것이었다. 나는 그 보따리가 궁금해지자 누나의 방으로 가서 풀어 보았다. 커다란 꽈배기 모양으로 단정히 사려진 실타래와 바늘 쌈지였다.

요즘은 실패에 감긴 제품으로 판매를 하지만, 당시는 실을 타래 상태로 판매를 했다. 꽈배기 모양으로 꼬인 타래를 풀어서 펴 보면, 기다란 실을 둥글게 사려 놓은 모양이었다. 실의 길이가 아마도 1킬로미터는 족히 되지 않았나 싶다.

때문에 타래를 풀어서 실패에 감은 뒤에 편리한 사용과 보관이 가능했었는데, 타래를 풀 때에는, 둥글게 사려 놓은 실타래 안쪽에 누나가 양손을 넣어서 엉키지 않게 임시로 실패 모양을 하면, 엄마가 실마리를 찾아서 아빠가 리본 모양으로 만들어 준 나무 실패에 한 올 한 올 풀어 가며 옮겨 감았었다.

이불용 바늘은 다른 바늘에 비해 굵고 길었다. 그리고 자주 쓰는 바늘이 아니어서 녹이 슬면 바느질할 때 솜이 엉겨서 힘들기 때문에, 엄마는 매년 봄에 이불 손질할 때는 이불 바늘을 새로 샀었다.

나는 실타래를 묶은 실을 풀고 펴 보았다. 바닥에 가지런히 누워 있는 둥근 실타래가 만만하게 보이는 것이, 나도 엄마와 누나처럼 될 것 같았다. 아빠가 만들어 둔 나무실패를 찾아든 나는 실타래를 들고 형에게 갔다. 형은 촛불을 켜 놓고 공부를 하고 있었다.

"엉아, 해 보잔께."

내가 실타래를 내려놓자 물끄러미 바라보던 형이 해 보고 싶은 듯 책상 위에 펴 놓았다. 그런데 아무리 찾아도 실마리가 보이지 않는 것이었다. 형이 책상 모서리에 세워진 촛불을 들어서 밝게 비추며 뒤적여도 보이질 않는 것이었다. 마침내 답답해진 형이 촛불을 나에게 건네고 두 손으로 찾기 시작했다.

당연히 그럴 것이, 내가 형에게 오며 아무래도 실타래를 곱게 들고 온 것은 아니었을 것이다.

그때 뭔가 타는 냄새에 고개를 든 형이 깜짝 놀라 나를 쳐다보았다. 촛불을 들고 함께 실마리에 집중하던 내가 한눈을 팔다가 촛불을 내려 다른 쪽 실에 불이 붙은 것이었다. 형이 주전자의 물로 서둘러 껐으니 망정이지 그렇지 않았으면 모두 토막 난 실이 되어 아예 쓰지 못할 뻔했다. 이제 실타래 한 쪽의 몇 올이 끊어져 한순간에 실마리가 수십 개로 불어나 버렸다. 한쪽이 까맣게 탄 실타래를 망연히 보는 것도 잠시, 형과 나는 마음이 급했다.

엄마는 부침개를 끝낼 시간이고, 누나는 설거지를 마칠 시간이었다.

우리는 이제 실마리를 찾는 것보다 이 위기를 어떻게 모면해야 할지를 고민하고 있었다. 그때 누나의 목소리가 들려 왔다.

"지짐(부침개) 먹어라."

깜짝 놀라 실타래를 나름 최대한 원래 모양으로 만들어서 누나 방에 갖다 놓는다는 게, 또 한 번 실타래가 엉키고 말았다.

부침개를 먹는데, 입으로 들어가는지 코로 들어가는지 모르는 부침개였다.

"이것이 뭐시여?"

엄마가 부침개 쟁반을 부엌에 내놓으러 갔을 때 실타래를 본 누나가 비명을 질렀다. 드디어 일이 터진 것이었다. 엄마는 밤이라 혼을 못 내고 아침에 벌을 세운 것이었다.

"나는 공부허고 있는디 갖고 와당께!"

"그러믄 너라도 안 헝크러지게 꽉 잡어놓고 있어야제. 잡놈아!"

내가 실타래를 가져와서 잘못됐다고 발뺌하려는 형을 누나가 매몰차게 싸잡았다. 엄마와 누나는 토막 나고 헝클어진 실타래에서 긴 실을 한 올이라도 더 뽑아내려고 밤새 애를 쓴 것이었다.

우리가 한참 벌을 서고 있는 사이 홑청의 다듬이질을 끝 낸 엄마와 누나는 이불속을 가져와서 홑청에 넣고 방바닥에 가지런히 폈다.

이제 홑청과 속이 서로 엉키거나 뒤틀리지 않게 이불 군데군데에 바느질로 고정하는 일이 남았는데, 엄마와 누나는 바늘에 꿴 실이 짧아서 바느질을 몇 번 못하고 실을 자주 바꿔 꿰었다.

"큰놈아 얼렁 와 갖고 여그다가(여기에다가) 손 느어서(넣어서) 올래 바(올려 봐)."

이불 중간쯤에 바느질하려던 누나가 이불의 무게가 힘에 부친 듯 형에게 말했다. 누나의 그 말은 드디어 벌이 끝났다는 말이었다.

형은 누나를 도와주고, 덩달아 벌에서 풀려난 나는 잔디밭을 만난 강아지마냥 이불 위를 마구 뒹굴었다.

맞선

엄마와 큰누나는 뭔 일인지 아침부터 서둘렀다. 엄마가 집을 비우면 큰누나가 집안일을 해야 해서 두 사람이 함께 외출하는 일이 드문데, 오늘 아침은 모녀가 화장을 하고 옷을 꺼내 입는 것이 심상찮아 보였다. 나는 엄마와 누나를 보면서 무슨 좋은 일이 생길 것 같아 기대가 한창인데, 아빠와 형은 엄마가 차려놓은 밥상은 거들떠보지도 않고 시무룩이 엄마와 누나를 살폈다. 엄마와 누나가 준비를 마치고 대문을 나서자 동구 밖에 택시가 와 있었다. 나는 아빠와 형을 따라 영문 모를 배웅을 했다.

그때의 택시는 H사의 P1 기종인 국내 첫 택시로 기억한다. 군郡 읍내에나 서너 대 있는 택시라 우리 집같이 읍내에서 먼 동네는 하루 이틀 전에 예약을 해야 탈 수 있었다.

우리 동네에 처음 들어온 전화기는 동그란 다이얼에 구멍이 뚫린 다이얼식 전화기가 아니었다. 검은색 몸체에 달린 레버를 돌리면 그걸 신호로 교환에게 연결되고, 교환에게 위치를 말하면 해당 위치에 연결해 주는 방식의 전화기였다.

그 전화기가 오지 동네에는 이장집이나 부잣집에 있었다. 엄마는 한 번 거는 데 30원이었던 통화료를 지불하고 택시를 예약했을 것이다.

그 귀한 택시가 우리 집에 온 것이었다. 아침 8시쯤 이었으니 오전 10시쯤 있는 버스를 타면 일에 늦을 어떤 이유가 아마도 있는 것이었다.

택시를 보자 예삿일이 아닌 느낌에 갑자기 긴장이 되어 엄마와 누나를 바라보는데, 엄마를 따라 택시에 오르려던 누나가 문득 나에게 다가와 곧 울먹일 듯 촉촉한 눈과 미소로 나를 보더니 손을 잡고 택시에 앉혔다.

가족들이 무슨 이유로 시무룩해 있는지는 모르지만, 택시를 처음 타보는 내 기분은 최고였다. 형이 태워 주는 덜컹거리는 리어카는 끔찍하다는 생각이 들었다. 비포장도로를 달리는 데도 마치 안방에 펴 놓은 푹신한 이불에 누운 듯 편안했다. 문에 달린 레버를 돌리면 유리창이 스르륵 움직이고, 조금 끊기는 했지만 라디오에서 노래도 나왔다. 또 속도는 얼마나 빠른지 들판에 널린 수박들이 무늬도 발견하기 전에 녹색 덩어리처럼 휙휙 지나갔다.

유리창이 신기해서 자꾸 여닫는데 먼지가 조금씩 들어왔다. 여느 때 같으면 말렸을 엄마와 누나인데 시무룩이 앉아 있었다. 나는 그 분위기에 지레 눌려 창을 닫고 다소곳이 앉았다. 기사 아저씨가 나를 보더니 귀엽다는 듯 웃었다.

읍내에 도착한 엄마는 옷가게부터 들렀다. 옷을 사고 구두를 사고 저렴한 목걸이를 사고 핸드백을 사고…. 이것저것 누나를 치장하는 것들을 사니 점심때가 훌쩍 넘었다. 자장면 집에서 늦은 점심을 먹고 엄마는 정육점에 들러 고기 한 덩이를 샀다.

차부—버스 터미널—에서 한 시간여를 기다려 도착한 완행버스를 타고 집에 도착하니 해가 지고 있었다.

생각지도 않았던 택시를 타보고 자장면까지 먹은 하루였는데 왠지 개운치 않은 기분에 가족들의 모습을 곱씹던 내가 그날 밤 형에게 물으니 맞선과 시집살이에 대해서 말해 주었다. 나는 항상 보는 누나여서 물 깃고 빨래며 청소며 내 오줌 치다꺼리까지. 누나는 매양 그렇게 내 옆에 있는 사람인 줄로만 알았는데, 그런 일들을 하러 다른 집에 가는 이유를 도무지 이해를 할 수가 없었다. 아마도 형의 설명이 잘못된 것이었다. 하지만 어린 마음에도 누나가 다른 집에 가서 그런 일들을 하며 보지 못한다는 생각만으로도 잠을 잘 수가 없었다.

아침에 쌀밥이 올라왔다. 생일이나 제사처럼 엄마가 장독대나

방에 상을 차려 놓고 기도를 하지도 않았는데 쌀밥이 올라오고, 거기다가 어제 엄마가 사온 쇠고기로 끓인 국까지 차려진 것이었다.

형은 밥술도 뜨지 않은 채 상만 바라보고 있었고, 아빠는 많이 먹으라는 듯 당신의 고기를 건져서 누나의 그릇에 덜어 주고, 엄마는 자꾸만 안타까운 눈길로 누나를 바라보았다.

나는 가족들의 아침 분위기에 간밤에 형에게 들은 얘기가 생각나며 다디단 쌀밥을 먹을 수가 없었다.

"누나 가지 마랑께."

울먹이는 나를 누나가 밥 먹다 말고 껴안았다. 가족 모두 눈물을 흘렸다.

동네 차부까지 쫓아와서 울고불고 난리를 치며 누나와 떨어지지 않으려는 나를 아빠와 형이 뜯어 말리고, 엄마는 버스로 향하며 자꾸 뒤돌아보는 누나에게 모든 걸 받아들인 표정으로 어서 가라는 듯 고개를 끄덕였다.

누나는 그렇게 버스에 올라 읍내에 있는 다방으로 맞선을 보러 떠났다.

누나를 보낸 아빠는 심란한지 형을 시켜 막걸리를 받아 오게 했다.

아빠는 방 안에서 막걸리를 마시고, 엄마는 마루에 앉아 앞산을 멍하니 바라보고 있었다. 그렇게 누나가 없는 집 안에 내심 어수선한 정적이 흘렀다.

오후, 누나가 엉엉 울며 집에 왔다. 술기운에 낮잠을 자던 아빠까지 깜짝 놀라 일어나서 누나를 보았다. 누나는 잔뜩 화가 나 있었다.

가까스로 누나를 안정시킨 엄마가 맞선에서 있었던 일을 물었다. 누나는 울컥울컥 화가 치미는지 얼른 말문을 열지 못했다.

요즘은 직접 전화번호를 주거나 핸드폰 사진이나 선명한 사진을 보여 주어 외모뿐만 아니라 상대의 여러 가지를 판단한 뒤에 맞선에 응하지만, 그때는 흑백사진도 귀해서 대부분 중매쟁이의 화려한 말재주에 모든 것이 이루어졌었다.

누나의 맞선 스토리는 이러했다.

상대는 전라북도 어느 동네의 부잣집 장남이었다. 중매쟁이가 상대의 몇 살 때 사진을 들고 와서 엄마와 누나를 홀렸는지 모르지만 생긴 것부터가 누나의 심기를 건드렸다.

비쩍 마른 체구와 볼의 살이 없어서 광대뼈가 튀어나온 볼품없는 얼굴에, 코피(커피)를 많이 마셔 본 듯 거들먹대며 앉아 있는 모습이 일어서서 걸으면 어쩐지 달그락 소리가 날 것 같은 생김이었고, 목소리까지 생선가시처럼 가늘고 뾰족했다. 누나가 이래저래 심난한 기분으로 뻑뻑한 대화를 나누고 있는데 아저씨가 문득 던진 농담이 두 번째로 누나의 심기를 건드렸다.

"치마가 똥색이네요이."

누나가 마음에 들었는지 아저씨가 나름 유머 섞어 한껏 친근하게 한 말이었지만 인상이 꼬이니 곱게 들릴 리가 없었다. 입맛이 상한 누나가 시큰둥하게 퉁을 놓았다.

"무식허게 똥색이 뭐다요?"

누나의 눈치는 아랑곳 않고 자신의 기분에 몰두한 아저씨가 부적절한 답을 하고 말았다.

"오매(어이쿠)! 실례해 부렀네요이. 변 색인디."

말하자면 '처음 만난 아가씨에게 똥색이라는 표현을 한 것은 실례다.' 누나의 그런 말로 이해한 아저씨가 한자인 변 색便色으로 정정해 유식을 떨었지만, 누나는 처음 보는데 남자가 여자의 아랫도리를 본 것에 기분이 상한 것이었다.

눈 위에 서리가 앉는 격으로, 그럭저럭 대화 끝에 커피를 다 마신 누나가 아저씨를 따라 밖으로 나갔을 때 뜻밖의 일이 벌어졌다.

다방을 나선 누나를 기다린 것은 다름 아닌 누런 황소牛였다. 아저씨는 아무렇지도 않은 듯 소 옆에 자신의 등을 굽혀 누나에게 밟고 소 등에 올라타라는 것이었다.

투박한 방법이기는 해도 아저씨는 자신의 마음이 헌신적이라는 것을 보여 주려 했던 것이 아닌지. 첫 인상이 꼬여서 문제였지만, 같은 남자 입장에서 볼 때 마음만은 좋은 신랑감인 것이 확실하다.

어찌 됐건, 요즘 같으면 아주 특별한 이색 이벤트로 통할 수도 있겠지만, 그날의 누나 입장에서는 기절초풍할 일이 아닐 수 없었다.

아무리 소가 부잣집에서 키우는 동물이라지만, 가타부타 사전 설명도 없이 그것도 치마를 입은 아가씨한테 천 쪼가리 하나 안 깔린 소의 맨 등에 오르라고 했으니, 누나는 도무지 분위기 파악이 안 되는 이 남자에게 화가 난 나머지 함께 점심도 안 먹고 도망을 온 것이었다.

"잡놈이 사람을 무시를 해도 정도껏 해야제. 차도 아니고 소가 뭣이여 소가!"

누나가 다시 울분을 터트렸다. 나는 뭐가 어찌됐건 집에 돌아온 누나가 좋기만 했다.

지금 생각해 보면, 그 전날부터 가족들이 우울했던 것은 맞선을 보고 시집가는 누나를 미리서 상상하며 찾아온 기분이었고, 아빠 엄마도 딸이 맞선을 보는 것이 처음이라 오버를 한 것이었다.

꼭 그런 오해를 하지 않더라도 혼기가 찬 딸을 보는 부모의 마음이 오죽할까?

그리움, 기다림

큰누나가 엄마의 성화에 못 이겨 억척스런 큰딸로 자랐던 반면에 작은누나는 여성스럽게 자랐다. 작은누나는 항상 큰누나 뒤에 있었다. 여자가 하는 일은 뭐든지 척척 해내는 언니 뒤에 있다가 슬쩍슬쩍 나서서 하는 체만 해도 나무라지 않았고, 가족들도 작은누나에게 힘들거나 어려운 일은 시키지 않았다. 아들로서는 나도 마찬가지였는데 그런저런 면에서 큰누나와 형에 비해 작은누나와 나는 비슷한 점이 많았다.

나에게는 그런 작은누나가 가장 만만한 상대였다.

아빠와 엄마는 아닌 사람이었고, 형한테는 대들 엄두가 안 나는 것도 있었지만 까딱 잘못 대들었다가 최고 특제품인 딱지와 장난감을 안 만들어 주는 날에는 큰 낭패였고, 큰누나에게 몇 번 대들어 봤는데 매번 본전도 못 뽑고 되레 엄마한테 나만 혼났다.

작은누나는 체구도 작고 힘도 별로인 데다가 속이 상하면 마구 울어 대는 게 나한테는 만만하게 보였던 것이다. 그래서 나는 걸핏하면 부잡스런 행동으로 작은누나의 속을 긁어 댔고 화가 난 작은누나와 싸우는 일이 많았다.

봄.

올해 아빠가 첫 출항하는 날이 다음 날로 다가왔다.

예전에는 안 그랬는데 그날은 작은누나가 이상했다. 그날도 나는 큰누나의 화장품 상자로 만든 작은누나의 보물 상자를 대뜸 열어 조약돌 공기 다섯 개를 훔치고 상자 뚜껑을 잘라 접어 가며 나름 뽀삐—딱지—를 만들고 있었다. 나는 그냥 하고 싶어서 한 행동이었지만 여태껏 내가 작은누나에게 한 행동 중에서 가장 못된 짓이었다. 평소에 내가 이런 짓을 했다면 분명 작은누나가 집이 떠나갈 정도도 울고불고 난리를 쳤을 것이고, 누가 봐도 용서의 여지가 없는 짓이라 작은누나를 편든 엄마에게 볼기짝을 한바탕 신나게 얻어맞을 짓인데, 그날은 작은누나가 그걸 보고 다가오더니 함께 뽀삐를 접어 주고 공기놀이를 하는 것이었다. 그리고 아빠가 출항한다고 눈물은커녕 생전 서운한 표정 한 번 안 보이던 누나가 작업복을 챙긴다느니 양말과 내의를 챙긴다느니 아빠의 어깨와 다리를 주무른다느니 온갖 수선을 떨며 틈만 나면 아빠한테 들러붙어 갖은 애교를 부리는 것이었다.

아빠도 이상했다. 그런 작은누나의 행동을 기뻐하며 너털웃음을 웃었지만, 표정 가운데에는 어딘가 서운하고 섭섭한 기색이 역력했다.

엄마도 이상했다. 작은누나를 볼 때마다 마당이 꺼져라 한숨을 짓는 것이었다.

큰누나도 이상했다. 집에서 간단한 빨래를 하다가 문득문득 방망이를 내려놓고 먼 산을 바라보며 한숨을 내쉬었다. 그리고 평소에는 가끔씩만 하던 욕을 그날은 작은누나를 볼 때마다 짜증을 내며 욕을 했다. 엄마의 허락으로 광에 아껴두었던 말린 생선의 찜이 점심 반찬으로 올랐는데, 큰누나가 작은누나의 밥술에 두툼한 살을 뜯어서 올려 주며 말했다.

"많이 먹어. 이년아."

그러면서 시큰한 눈을 깜빡거렸다.

형도 이상했다. 아쉬운 표정으로 작은누나를 보며 자꾸 묻는 것이었다.

"추석 때 온당가(와)? 설날 때는 온당가?"

"응."

작은누나가 무심히 대답했다. 나는 그런 대화가 왜 오가는지 몰랐다.

다음 날 아빠는 나와 작은누나를 안아 주더니 버스를 타고 목포로 출항 길에 나섰다. 매년 여러 번 겪는 일이라 마음속에 굳은살이 붙었지만, 아빠의 봄 첫 출항은 나에게 겨우내 놀아

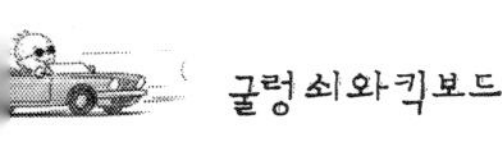

주던 아빠의 빈자리를 새로이 걱정하게 만들었다.

그리고 그다음 날, 무엇 때문인지 가족들이 아침부터 분주하게 움직였다. 그리고 온 가족이 함께 버스에 올랐다. 버스 안에서 생각해 보니 그날은 5일 장날이었다. 온 가족이 함께 장에 가는 것이 처음이라 나는 신이 날대로 나 있었다. 한 이틀 새 가족들이 하던 모습으로 보아 이번 장날은 틀림없이 엄마가 자장면을 사 줄 것이었다. 나는 이런저런 상상을 하며 들떠 있는데, 가족들은 시무룩이 앉아 있었다.

"아프지 말고 잘해. 이년아."

나지막한 큰누나의 말이 가물가물 들려왔다.

버스가 장터 입구에 서자 형과 나는 큰누나의 손을 잡고 내렸는데 웬일인지 엄마와 작은누나는 내리지 않았다. 큰누나는 뿌연 먼지를 일으키며 달리던 버스가 굽이 길을 돌아 안 보일 때까지 손을 흔들었다.

우리 동네에 들어오는 버스는 면面 읍내와 장터 입구를 경유해서 고속버스가 있는 군郡 읍내까지 운행하는 버스였다.

작은누나는 그 뒤 며칠이 지나도 집에 돌아오지 않았다.

"엄마, 짝은누나는 아직도 장 본당가?"

그러잖아도 아빠의 빈자리가 큰데 작은누나가 며칠 동안 안 보이자 허전한 마음에 내가 묻는 것이었다.

"그려, 맷밤(몇 밤) 있으먼 니 꼬까옷 사 올 것이여."

"와!"

엄마의 말대로 몇 밤 자고나면 작은누나가 꼬까옷이 든 보따리를 들고 올 것 같아 탄성을 질렀다. 그 기쁨도 잠시 몇 밤을 자고 나도 작은누나가 오지 않자 내 질문은 점점 잦아졌다. 그때마다 엄마와 큰누나는 시무룩이 똑같은 대답을 했다. 그렇게 한 달여가 지나고 아빠가 집에 왔다.

"짝은누나가 꼬까옷 사온닥 했는디 아직도 안 와."

아빠가 왔으니 작은누나가 곧 올 것 같아 물으니 아빠도 엄마와 똑같은 대답을 했다. 그런데 그 대화를 듣던 엄마가 갑자기 울음을 터트렸다.

"그 애린것이(어린것이) 뭣을 안다고!"

아빠가 오니 그동안 가슴에 꾹꾹 눌러놨던 걱정이 터져 나온 것이었다.

작은누나는 열두 살 나이에 이웃집 할머니의 큰딸이 운영하는 패션 회사에 취직하러 서울로 떠난 것이었다.

엄마의 눈물을 본 후로 나는 가족들에게 작은누나를 묻지 않았다. 어렴풋이나마 하지 말아야 한다는 생각이 든 때문이었다.

아빠가 사 온 라면을 먹는데 비어 있는 작은누나의 자리가 자꾸 보였다. 작은누나는 밥 먹을 때도 꼭 그 자리에 앉아서 먹었었다. 내가 그 자리를 뺏으려고 한 적이 있었는데 작은누나는 밥을 안 먹어 버렸다.

어느 날부터 나에게 작은누나가 두고 간 공기를 가지고 노는 시간이 많아졌다.

- - -

우리는 공기놀이를 '줏어먹기'라고 불렀었다. 요즘이야 놀이거리가 많지만 그때는 추운 겨울이 되면 밖에서 하는 놀이가 아무래도 줄기 때문에 누나들과 함께 방 안에서 공기놀이를 자주 따라 했었다.

작은누나가 가장 아끼는 물건은 공기였다. 해변에 널려 있는 조약돌이 파도에 쓸리며 구슬 모양으로 닳은 것이었는데, 작은누나는 해변에 놀러 다니며 그런 하얀 조약돌을 하나둘 모았었다. 그 중에서도 가장 예쁜 것 다섯 개를 골라 공기 세트를 만들었는데, 엄마가 뜨개질로 만들어 준 복주머니에 담아 항상 지니고 다녔었다.

내가 가지고 노는 공기는 작은누나가 복주머니에 담고 다니던 것이 아니라 그동안 모아 뒀던 소위 2등급들 중 몇 개를 훔친 것이었다.

달포가 지난 어느 날 집배원 아저씨가 자전거에 걸린 우편자루에서 두툼한 편지 한 통을 꺼내더니 엄마에게 건네고 갔다.

전보, 등기, 소포, 전신환電信換, 편지. 당시는 그게 전부였다.

전보는 글자 수만큼 요금이 부과됐다. 요즘의 문자메시지나 이메일에 비하면 말도 안 되게 번거롭고 한참 느렸지만, 어찌 보면 당시의 연락 시스템 중에서는 가장 빠르고 편리한 연락 수단이었다.

등기는 요즘과 거의 똑같다. 우편물의 무게로 발신 요금을 산정했었고, 일반 우표값 70원에 발신 요금에 준하는 우표 값을 합하면 일반 우편의 10여 배가 넘는 요금이 들었지만 늦어도 3일 안에 도착하는 가장 빠른 우편이었다. 일반 우편에 비해 신뢰도가 높아서 돈을 보내기도 했었다.

요즘의 택배라는 말로 바뀐 소포는 당시에 우체국에서만 취급했다. 소포는 일반소포와 등기소포로 구분되었고, 그 무게와 배달되는 속도에 따라 추가로 요금이 부과되었다. 너무 무거운 소포는 우체국에 직접 가서 찾아야 했다.

전신환은 우체국을 통해서 송금하는 방식이었는데, 집배원이 통지서를 배달해 주면 그걸 가지고 우체국에 가서 현금으로 바꿨다.

편지는 가장 일반적인 것이었는데 체신부에서 정한 규격봉투보다 큰 연하장이나 초대장 등은 일반 우표에 추가 우표를 구입해서 붙이거나 우체국에 직접 가서 수량만큼 계산을 했다. 편지가 도착하는 기간은 발신자와 수신자의 거리에 따라 달랐는데, 어떤 땐 날씨에 따라 조금씩 차이가 날 때도 있었다. 보통은 3일에서 5일 만에 도착했었는데, 어떤 땐 10일, 보름까지 걸릴 때도 있었다.

그 편지는 작은누나가 10여일 전에 서울에서 보낸 것이었다. 엄마와 큰누나는 겉봉도 뜯지 않은 채 벌써부터 눈물을 글썽거

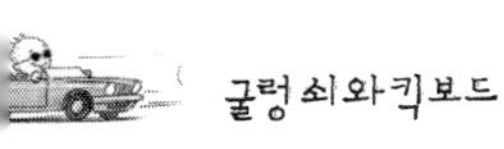

렸다. 가족들이 모두 모인 가운데 형이 읽기 시작했다.

가족 한 사람 한 사람의 안부와 처음 해 보는 객지 생활에 나름의 느낀 점과 어린 나이에도 가족을 걱정하는 각종 당부와 보고 싶다는 말을 적은 글이었다. 형이 편지를 읽어 내려가는 내내 엄마와 큰누나는 눈물을 그칠 줄 몰랐다.

날짜까지 모두 읽은 형이 나를 보더니 추신 내용을 읽어 주었다. 큰누나의 화장품 상자 안에 가장 아꼈던 공기가 들어 있는데 나한테 준다는 내용이었다.

나는 큰누나 방으로 달려가 화장품 상자를 열어 보았다. 스킨과 로션 가운데 진짜로 복주머니가 가지런히 들어 있었다. 복주머니를 열어 손에 쏟아 보니 조약돌 공기가 뽀얗게 반짝였다.

다음 날 밤 장맛비가 내리기 시작했다. 형은 촛불 밑에 엎드려서 엄마의 말을 받아 적고 있었다. 작은누나에게 답장을 쓰는 것이었다.

"너도 쓰랑께."

나란히 엎드려서 답장을 쓰던 큰누나가 웃으며 내게 말했다. 형이 주는 연필과 공책을 받아서 엎드리긴 했는데 글을 잘 몰라 깊은 고민에 빠진 내 모습을 보더니 큰누나가 자지러지게 웃었다.

이렇게 깊은 고민을 해 보기는 처음이었지만 왠지 싫지 않고 공책에서 눈이 떨어지질 않았다. 궁리와 고심 끝에 나름 예쁘게 동그라미 다섯 개를 그려서 건네자 큰누나가 고개를 끄덕이며 30센티미터 자를 대고 공책을 반듯하게 찢어 내더니 형이 쓴 종이 옆에 가지런히 놓았다.

다음날 큰누나는 집 앞을 지나가는 우편배달부 아저씨에게 우표값을 주며 편지를 부탁했다. 그 모습을 보던 나는 이상하게도 가슴이 설레었다. 그리고 공기를 볼 때마다 답장이 기다려지며 왠지 작은누나가 옆에 있는 것 같았다. 아직은 잘 모르니 정확히 표현할 수는 없었지만, 편지의 의미를 알게 된 것이었다.

라디오 편지

"함동갑님이 편지 한 통과 George Michael의 「Careless Whisper」를 신청해 주셨네요. 아주 오랫동안 잊혀지지 않는 어떤 고귀한 분께 보내는 편지라고 합니다."

수현 님.

순간처럼 지나 버린 시간이 어떤 사람에겐 평생토록 짊어지고 가야 할 멍에가 되어 버린다고 합니다. 잠깐이었지만 당신께 말하지 못했던 사랑이 영원히 벗지 못할 멍에가 되어 버렸습니다. 제가 당신을 이렇게 찾은 것은 그 멍에를 벗으려는 게 아닙니다. 아쉬움과 죄송함의 멍에를 잠시 동안 이 책의 끝에 부려 놓고 쉬었다가, 당신에게 느꼈던 감사와 따뜻함의 멍에로 바꿔 짊어져 볼까 합입니다.

하얀 도화지 같은,
맑은 이슬 같은,
가을 하늘 같은,
한없이 수수한 목화 같은,
자신이 무슨 꽃인지도 모르면서 자신의 아름다움을 금방이라도 꽃으로 활짝 피워 낼 듯 자존심에 찬 망울을 뽐내는,
그런 망울 속의 꽃 같은,
저에게 당신은 그런 사람이었습니다.

저는 두려워서 진심을 말하지 못했습니다. 처음이었으니까요.

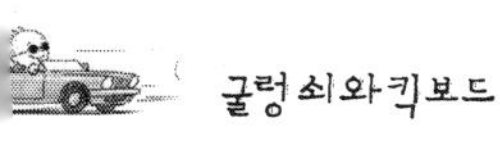

저는 때가 너무 많이 묻었었고, 모든 걸 버리고 당신만을 위해 살 수 있을 만큼 순수한 용기를 내지 못했습니다.

2년여가 지난 어느 날 나는 당신께 너무 가슴 아플 거짓 진심을 보냈습니다. 미리 후회하며 당신의 행복을 빌면서 말입니다.

지금은 당신을 사랑하고 있다는 말은 할 수 없습니다. 그저 커피를 마시며 창밖을 보면, 어느 날 커피를 들고 나에게 보여 주던 맑고 따스했던 당신의 그 미소가 가슴에 잔잔히 스며들 뿐입니다.

당신은 내가 죽는 날까지, 하얀 도화지에 그려 놓은 맑은 이슬 같은, 넓고 맑은 미소를 머금은 가을 하늘 같은, 그리고 수수한 자존심을 뽐내며 사람들을 따뜻하게 감싸 주는 목화 같은 그런 사람일 것입니다.

다시 당신을 만날 수는 없겠지만, 당신을 만났었다는 것만으로도 제 인생은 충분히 행복합니다. 그리고 행복할 것입니다.

마음을 다하지 못해 후회로 얼룩진 인생도 행복할 수 있다는 것을 가르쳐 준 당신께 감사드립니다.

당신의 행복을 빕니다.